美形司書さんは絶倫肉体派

Bikeishisyo san ha zetsurin nikutaiha

ヌルヌルなのはムキムキのせいで溺愛されました!?

冬見六花

eロマンス ロイヤル

アラン・ウィンウッド

（24）

大図書館に勤めるマッチョな司書。瓶底眼鏡にボサボサ頭、ヨレヨレシャツというダサい出で立ちは、その奥に隠された美貌と色気を隠すためのものらしい。昔から恋愛事においては苦労が絶えなかったようでかなり童貞を拗らせている。そんな時、スズの作品に出会い大ファンになった。

ミラベル・メイヤー

（21）

前世はエロコンテンツ大好きな「鈴乃」という名前のOLだった。この世界でエロを補充すべく自ら小説を書き官能小説家「スズ」としてデビュー。恋愛下手で年齢＝彼氏なしだが、目下の楽しみは図書館で“推し”の司書さんの観察。密かに彼を主人公にした作品を考えている。

通称「ヌルムキ」とは？

官能小説家「スズ」の書いたデビュー作でありヒット作「ヌルヌルなのはムキムキのせい」の略称。筋肉ムキムキの主人公の「ユウセイ君」が、すらりと細身の男性がモテる世界で不遇な扱いを受けながらも、ヒロインの「ハルカちゃん」と出会い恋をし成長していく、性描写もバッチリな官能小説。

ローラ・アナス

（21）

ミラベルの親友で、働いているカフェのオーナーの娘でもある。男性なら誰もが振り返るほどのクール系美人で巨乳。飾らない性格で、恋愛というか、性愛にも奔放である。

ヴィクター・アナス

（26）

ローラの兄で、やはり見目麗しく、チャラい風を装ったイケメン。ミラベルとはなにか複雑な事情でかなり関係を拗らせており、事あるごとに恋愛の邪魔をしてくる。

ルーファス・ヘガティ

（24）

アランの学生時代からの友人。アランの勤める図書館の隣の大学の職員をしている。アランが今かけている瓶底眼鏡は、ルーファスからのプレゼント。

Contents

Bikeishisyo san ha zetsurin nikutaiha

プロローグ

異世界エロ小説家の誕生

私、ミラベル・メイヤーは微(かす)かに前世の記憶がある。

一人暮らしを始めてまもないときに高熱を出し、その時に記憶が脳内に溢(あふ)れてきた。

前世の記憶を取り戻した直後は以前の黒髪黒目とまったく違う、今の自分のバターブロンドの髪と苺色(いちごいろ)の瞳に違和感を覚えたがそれはすぐに消え去った。それまでその姿で生きてきたから当然といえば当然だろう。

前世を思い出したとはいっても覚えていることはかなり少ない。

「鈴乃(すずの)」という名前で、二十三歳で、一人暮らしをしていたこと。読書が趣味でほぼ毎夜ＴＬ小説や漫画を読んでいたこと、そして女性向けＡＶを見ていたということ。そしてその内容。

……そんなことしか覚えていない。

そんな前世の記憶を持つ私が住むこのリンドルという街はそこそこ都会で大きい。

両親は田舎(いなか)暮らしがしたいと言って私が成人の十八となった三年前に遠方へと移り住み、悠々(ゆうゆう)とスローライフを送っている。私だけこのリンドルに残り、幼馴染(おさななじ)みのご両親が経営している香り高いコーヒーが売りの喫茶店で働いている。

オーナー夫妻とは気心も知れているし、美味(おい)しい賄(まかな)いも出る。しかもお店から徒歩五分ほどの場所にあるオーナー所有のメゾネットアパートに手ごろな家賃で住まわせてもらっている。

――そんな私の密かな趣味が小説を書くことだ。しかもエロいやつ。

前世は彼氏いない歴＝年齢で、毎日毎日仕事でヘトヘトになって帰る私の唯一の癒やしが、エロだった。

特にＴＬ作品の中にある溺愛甘々執着エロには何度疲れた心を癒やされたことか。働いたお金はほぼそっちの方に費やしていたと言ってもいい。

だが、この世界にはＡＶ動画なんてものはないし、漫画という文化もない。恋愛小説はあってもエロが生温い、というかエロ描写なんてない。とにかくエロを補給するコンテンツがない。エロを楽しみたければ実践しろ！　という世界だ。

違うんだ。エッチももちろん興味あるけど私は癒やしがほしい……。

――じゃあ自分でエロ小説書くか！　読むの自分だけだし！

そう閃いていざ筆をとってみると溜まっていた欲がドバドバと発散されるかの如く滑らかに筆が進んだ。まさか自分がこんなにも物語を書けるとは！　と自画自賛しながら執筆し、完成した原稿を読み上げたとき一つの作品を生み出したという高揚感で居ても立っても居られず、自分の為に書いた原稿を執筆ハイの状態で出版社に送った。

すると、みんなやはりエロが好きなのか、それともエロに飢えていたのか、私の作品は過激ではありつつも女性目線で下品ではなくエロも斬新だという理由ですぐさま女性向け官能小説として書籍化され本屋に並んだ。

そしてそれが思った以上に売れた。エロってすごい。

次回作を望まれ、次々とエロ作品を世に送り出し気付けば執筆活動は三年目を迎えている。

私は前世でも今世でもまったく性体験がないにもかかわらず、今や「スズ」というペンネームで人気のエロ小説作家となっていたのだった。

第一章

『ヌルヌルなのはムキムキのせい』

今日も喫茶店の仕事を昼過ぎに終えてから、私は気に入っているワンピースに着替え、足繁く通っている図書館へと辿り着き長い階段を上って三階へと向かう。

リンドルの街の中央にあるこの大図書館は三階建てで各階で本の種類が違う。

図書館内中央に吹き抜けがあるため一階が一番広く、主に小説や児童書や絵本が置かれ、その他にキッズコーナーや談話ラウンジなどもある。二階は主に学習参考書や実用書が置かれ勉強机の席数も一番多い、三階は専門書やビジネス書が置かれ、他には個室となる会議室などがある。

私がいつも利用する三階は格段に人が少ないため居心地もいい。そのさらに奥まった場所にある見晴らしのいい窓際の二人用勉強机をいつもお気に入りの席にしている。

そして、この多くの人がいる図書館内でエロ小説を書くのが私の常であった。

デビュー作は家で書いたが、それ以降の作品はほとんどここで執筆している。

理由は、まずエロ小説を外で書くというスリルを味わえるからだ。ぱっと見は何かの勉強をしているぐらいにしか思われないし、私の特等席は隅の方にあるため人が通らないから覗かれることもない。もちろん何か資料が欲しい時にすぐに本を探しにいけるという利点もある。

こんな優雅な図書館のビジネス書コーナーの端でまさかドエロい小説が書かれているだなんて誰

も思うまい。

このちょっといけないことをしている気持ちが楽しい！

だがわざわざ長い階段を上ってまで三階に来る理由はエロのためだけでなく、ずばり恋のためである。

「ハァ、毎度のことだけど三階までの階段きつい……」

乱れた息を整え、本を探すふりをしながら背の高い本棚を覗いていくと、すぐに目当ての人物を見つけた。

はあ～♡　今日も素敵～～♡　可愛い～～♡　エロい～～♡

寝ぐせだらけの艶やかな黒髪。その長い前髪に隠れて顔はよく見えないけれど髭も毛穴すらなさそうな白い肌。どこで売っているか逆に聞きたいほどに野暮ったくてぶっとい黒縁眼鏡。しかもそのレンズは瓶底のようで、その奥にあるはずの瞳がほとんど見えない。

そんな地味な出で立ちとは不釣り合いなほど長い手足に高い上背。

そのスタイルのすばらしさを見事に殺しているヨレヨレのシャツとトラウザーズ。

そのヨレヨレのシャツを押し上げている盛り上がった大胸筋。

そして腕捲りしながら重い本の山を持ち上げたときに見える前腕の筋！

広い肩幅！　プリっと上がった尻！

っていうかなんかもう全部!!

最っ高っっっっっ!!　今日もしゅき♡♡♡

私は「鈴乃（すずの）」の頃から大の眼鏡フェチのマッチョ好きだ。

逞（たくま）しい体つきの男性が眼鏡をかけているという、相反（あいはん）するといってもいいその二つを共存させている男性を見るとキュンッキュン来てしまうのだ。

眼鏡なのにマッチョ。

マッチョなのに眼鏡。

しかもその眼鏡が瓶底ときたもんだ。

――めちゃくちゃエロい!!


司書さんである彼を初めて見たのは既（すで）にデビュー作が本屋に並び、二作目を執筆している時だった。家で執筆していたのだがどうにも行き詰まってしまい、気分を変えたくて図書館に来たことがきっかけだ。

当時の司書さんはまだ今のように素晴らしい筋肉を纏（まと）ってはいなかったが、その素晴らしいスタイルと野暮ったい眼鏡のアンバランスさがエロいと目をつけていた。そしてその後彼は見かけるたびに少しずつ司書さんに似合わぬ隆々（りゅうりゅう）とした筋肉をつけはじめた。

初めはこの司書さんが性癖（せいへき）ドストライクだから見ていたわけなのだが、彼を観察しているともっさりとした見た目にそぐわぬテキパキとした動き、利用者を本の場所に案内するときの物腰の柔らかさ、本の整理をしながら少し中身を覗いているときの姿勢のよさ。

そんな細かいところを見ていたらちょろい話だが恋に落ちてしまった。

一度どうしても話しかけたくて、高い位置にある本を取りたいから司書さんの使う踏み台を貸してほしいと頼むと、その背の高さを活かしてあっさりと取ってくれたところに完全に落ちた。我ながらチョロすぎる。

日に日に司書さんへの恋心が募り、ついには彼を主役にした話を作りたいと思い、デビュー作であり一番の出世作である作品のスピンオフを作るべく彼を観察し、プロットも大方できあがったところである。彼をモデルにしたヒーローに「レン」と名付けた。ちなみに司書さんの名前は知らない。

勝手にモデルにしてしまったけれど、どうせ私の作品は完全女性向けの作品だし、年齢制限があるから図書館に置かれることなどありえない。

だから彼が読むことも気付くこともないだろう。


日課の司書さん観賞を終え、いつもの席に荷物を置く。

さてさて、今日は大まかだったキャラの設定を練るのと超重要案件である「レン君」のエッチをどういうものにするかを考えよう。候補は本編を書くときのメモがあるからそれを見ていこうかな。

さてどうするか。素顔はイケメンの地味系男子が実は超肉食、みたいなのが王道で萌えるし女子ウケもいい気がする。でも地味系筋肉男が女の子に攻められるというのも悪くない。いやむしろよい。レン君は童貞設定だしヒロインは天真爛漫なキャラにしてるからアリだな。

いやでも待て。地味系マッチョ男子のヤンデレ設定も萌えるぞ！　あーエロシーン考えるの楽しい！

怪しすぎる笑みを浮かべながら、思いついたエロネタをメモしなきゃと急いで書き綴るのに夢中になった。

ふっと意識が浮上して目が覚めた。

あれ？　暗い……ん、家じゃない……？　ここどこだっけ……？

あ、図書館だ。

どうやら私はいつの間にか机に突っ伏(つっぷ)した状態で眠ってしまっていたらしい。

微睡(まどろ)む頭を無理矢理覚醒(かくせい)させるように体を起こしながら「なんでこんな暗いんだろう」と思って正面に視線を向けたとき、動けなくなってしまった。

え、……え、えっ？　なんか血反吐(ちへど)吐くようなエロいイケメンが私の正面に座っているのだが!?

あれ、このヨレヨレのシャツの胸元に引っかかってる瓶底眼鏡っていつも視姦(しかん)している司書さんの……だよね？　あんな眼鏡かけてる人他に見たことないもん。

え、そうするとつまりこのイケメンは私の好きな人……？

いつもは顔が隠れている長い前髪を片側だけ無造作にかきあげていてご尊顔がよく見える。司書さんの素顔は絶対かっこいいだろうと思っていたけど想像以上の超がつくほどのイケメンだ！

スッとした切れ長の目は長い睫毛(まつげ)によって影が差していて、これは色気ムンムン方向のエロイケメンだわ！　あのダサ可愛い眼鏡外してシャツの釦(ボタン)にかけてるから胸元が余計に見えて鍛えられた胸板をチラ見せしてくれてる！　暗い図書館の大きな窓から入る月明かりと相まってなんというか、なんかこう、色気がすごい！　エロくてエロい！

私の好きな人が想像以上にかっこよくてエロい！

司書さんの視線は手元にある紙束に向けられていたが、私が起きたことに気づいたのか視線を上げた。

「あ、お目覚めですか？」

この声がまたエロい。顔も声もエロい人からの丁寧口調だなんて私の性癖にドスドス刺さる！

「閉館時間が過ぎているので起こそうとしたんですが起きなくて……」

「え！　閉館時間⁉　そうだ、真っ暗だ！　ごめんなさい！」

「こちらこそ閉館の際に係の者が気づかなかったようですみません。自分が見回りにきてよかったです」

「本当にすみません……待っていてくださったんですか？」

「あ……、実はこの紙が目に入ってしまい、不躾にもつい読み耽ってしまって……すみません」

「え？　何を読ん……で………」

え、ちょ、待って……。

司書さんが持っている紙束って、もしや私がスピンオフを書くために持ってきた本編のキャラ設定資料なのでは……？

サアアァァァ。一気に血の気が引いた。

終わった。私の恋が終わった。

だってそこにはキャラ設定の他にどんなプレイにするかのメモや、いつか使おうと思っていたプレイ中の会話とか、とにかくエッチなことが盛りだくさんに書いてある。

「スズ」の作品を知ってる人からすれば、私の資料だとわかってしまうし、知らない人からすればエロネタが盛り沢山に書かれた欲求不満痴女のメモ用紙だ。絶対この司書さんに幻滅される！　いや元々知り合いですらないから幻滅も何もないんだけれど。とにかくドン引かれる!!

……とにもかくにも時すでに遅し。

あぁ、もうここには来られない。図書館でエロ小説書くスリルも、密かに想いを寄せながら観察していた目の前にいる司書さんとももう会えない。

私の初恋と心のオアシスが終了しました。

でもまずは平身低頭謝る!!　これしかない!!

こんな綺麗な図書館でドエロいこと書いてすみませんでしたって謝らなきゃ!!

「つも、申し訳ありま……」

「――あの、もしかしてスズ先生ですか!?」

「……え？」

何？　今なんて言った？

「これって『ヌルムキ』の設定資料ですよね!?」

「…………え？」

今この人はなんと言った？　そのエロく整った顔で『ヌルムキ』なんて言葉を嬉々として口にしたのか？　そもそもなんでその言葉を知ってるの？

それは私の処女作でありデビュー作でもある『ヌルヌルなのはムキムキのせい』の略語だ。それを何故ご存じで？　略語は設定資料には書いてないのに。

「あ、勝手に読んでしまって本当に申し訳ありません。最初は読む気なんてなかったんです。でも

『ユウセイ君』と『ハルカちゃん』の名前が目に入ってしまって、いつの間にやらじっくりと……」

ユウセイ君とハルカちゃんは『ヌルムキ』の主役二人だ。

前世のような日本名にした方がこの世界では異国風になると思ってあえてそういう名前にしている。

「え、ちょ、待って……え？　なんで知って……」

好きな人がドエロいイケメンなだけでも驚いているというのに、色々混乱してきた。

なんで『ヌルムキ』を知ってる？　なんで設定資料を見てそんなに瞳をキラキラさせてる？　意味わかんない。

でもとにかくイケメン。顔が天才。天才的にエロい。でも普段の地味な姿も好き♡　あ、いや、そうじゃなくて！

「俺、スズ先生の大っっっファンなんです!!」

そう言った司書さんの顔が輝いている。眼鏡がないから初めて見るチョコレート色の瞳がキラッキラしている。

え？　今なんて言った？　ファン!?　しかもただのファンじゃなくて「大っっっファン」なの!?　スズの!?　どゆこと!?　だってあれは女性向けの、しかもエロくて、え？　え？

「勝手に拝読してしまったことは本当にすみません！　だけどユウセイ君とハルカちゃんの名前を見たら自分を抑えられなくって！　だって大好きな作品のこんな細かい設定資料。こんなにたくさんの設定を考えられていたんですね。二人のプレイもこんなに種類豊富で……。まさかユウセイ君が脚フェチじゃなくて足首フェチだったなんて……。えっと、とにかくほんとすみません！　でもほんとに大ファンなんです！　あの、握手してもらってもいいですか!?」

プレイって言った！　エロイケメンがプレイって言った！　なんかそれだけでエッチだ！

もはや思考がついていかずアホなことしか考えられない私の前に差し出された大きな手を見て、自分の手をフラフラと出すと、司書さんの大きな手に包まれた。

「名前も名乗らずすみません。アラン・ウィンウッドと申します。この図書館の司書をしています」

え？　これ手握られたまま話す感じ？

いや、全然いいけども。むしろいいけども。手おっきい。しかもすごくあったかい。

「わ、私はミラベル・メイヤーと言います。ここはよく利用させてもらってます……」

「ミラベル・メイヤーさん……。可憐なお名前だ」

いやぁ、結構一般的な名前だよ？

と、思っていると手は離された。

「実を言うとあなたのことを以前から知っていました。この階に通う人はなかなかいませんし、ましてや若い女性なんて滅多に来ないですから。いつも何か熱心に書かれているなと思っていたのですが、もしや作品はここで書かれているんですか？」

「は、はい……」

「わぁ……！　まさかあのような傑作を自分の職場で書いてくれているとは、夢のようです」

覚えられていたのか。そりゃ週に何度も来てるしな。なんか恥ずかしい。でも好きな人に認知されていたのは素直に嬉しい。そして傑作と言われたことが嬉し恥ずかし嬉しい。

「スズ先生の作品、全て拝読しています。俺、『ヌルムキ』の頃から先生のファンで、『緊縛してく

ださい』とか『筋肉の愛で方お教えします』もすごく好きです」

　うおおおぉぉ。作品名を言わんでくれ！　筋肉好きという私の性癖を筋肉エロイケメンに知られているだけで死ぬほど恥ずかしい！　作品を褒められるのは嬉しいけれども！

「でもやっぱり『ヌルムキ』が一番好きです！　先生の作品は通常のも表紙絵のもどっちも四冊ずつ買ってます！」

「四冊!?」

「読書用兼布教用と観賞用と保存用に必要ですから」

　私の全ての作品は同じ内容で二種類の装丁がある。

　一つは一般的に売られている小説と同じように特に絵などは描かれていなく、題名だけがオシャレに印刷されている通常装丁。

　もう一つはエッチなイラストが描かれている表紙絵装丁だ。そちらにはページ内にも挿絵がある分ちょっとお高いのだが、そっちの方が売れている。

　この世界には通販なんてものはないため、みんな本屋さんでエッチな表紙の本を買わないといけないという羞恥心と戦って買ってくれている。本当にありがたい。

　ん？　ちょっと待て。読書用兼布教用、観賞用、保存用、四冊買ってくれているというのならあとの一冊は何用なんだ？　……まあいいか。

「あ、あの私も司書さん……ウィンウッドさんのこと知ってました。いつも三階にいらっしゃいますよね？」

「え！　先生が地味な俺を知っててくれたんですか!?」

「ほ、ほら、ウィンウッドさん背が高くて目立つでしょ？　あと、いつもお仕事テキパキされてて、重そうな箱とか軽々持つところとか素敵だなって思ってて……」

どうしよう、見ていたの気味悪がられたりしないかな？　ストーカーとかじゃないんです！　ただかっこいいな、可愛いな、エロいな、好きだなって思っていただけなんです！

「あんな姿でいるのに素敵……ですか？　あ、よければアランと呼んでください」

「じゃ、じゃあ、アランさん………あ、そしたら私もミラベルでいいですよ。先生って呼ばれるのはなんだかこそばゆくって」

「ミラベルさん……。すげぇ嬉しい。スズ先生の名前を呼ばせてもらえるだなんて」

か、可愛い……!!　しゅき♡♡

普段あんなもっさりとしているというのになにこの可愛さ！

「地味な俺」って言ってるけど素顔めちゃイケメンじゃん！　地味じゃないじゃん！　エロじゃん！　国宝級エロイケメンじゃん！　いつもは野暮ったダサ可愛い眼鏡かけてて、でも顔面天才エロイケメンで、しかもマッチョって……これはえらいことになりそうだ。じゅるり。

「俺、もしスズ先生に会ったらお礼を言いたいなってずっと思っていたんです」

返してもらった設定資料をバッグに詰めていると、少し気恥ずかしそうな様子でアランさんが切り出した。

「お礼、ですか？」

「はい。実は今体を鍛えているのですが、そのきっかけが『ヌルムキ』なんです」

「え！」

「スズ先生の作品は逞しい男性が多いというかヒーローはみんなそうですよね？」

「あ、はい……」

性癖を好きな人に指摘されるという羞恥プレイは一体なんなんだろう……。

「俺は元々筋肉質ではあるんですが、職業からわかる通り体を動かすことよりもゆっくり本を読むほうが好きな人間でした。でも本の中に出てくるユウセイ君たちを見るたびにその鍛えられた体や、そこから漲(みなぎ)る自信を羨(うらや)ましく思ったんです」

机の上で組んでいた自身の手を見つめていたアランさんが顔を上げ、まっすぐに私を見つめて微笑(ほほえ)んだ。そのあまりの美麗さに胸がキュウゥ、と締め付けられる。

「読み終わったとき、なんと言えばいいのかな。自分の中で何か湧(わ)き上がるものを感じて、気付けば体を鍛えるようになっていました。そこからは本当に日々が楽しくなったんです。鍛えれば鍛えるほど結果が目に見えて実感できるし、仕事もスムーズになりました。司書は意外と力仕事なので。そうしたら仕事も楽しく思えてきて、毎日が楽しくなって、それでますます体を鍛えようって思えるようになって今みたいな体になれたんです」

アランさんはまるで眩(まぶ)しいものでも見るように目を細めながら私を見る。

「俺を今のように自信を持てる体にして、充実した心をくださったミラベルさん……いえ、スズ先生に感謝を伝えたかったんです。あんな素晴らしい作品を生み出してくださって、本当にありがとうございます」

「……っ」

ジワッと目に涙が溜(た)まった気がして急いで俯(うつむ)いた。

嬉しいとか、そんな簡単な言葉で表せないほどに嬉しい。やばい、泣きそう。

こちらこそそんな嬉しい言葉をありがとうございます、と言いたいのに今声を発したら震えた声しか出ないだろう。

でも泣き顔を見せたくなくて俯いたままの状態でいるのも失礼だ。あぁ、どうすれば。

「ミラベルさん、俺三階の戸締まりを確認してきます。もう暗いのでお家までお送りするのでここで待っていてくれませんか？」

「つ、……っん」

声が出ず強く頷（うなず）くと、アランさんの静かな足音が遠のいていった。

わかってる。私が落ち着くまで一人にさせようとする彼の優しさなのだろう。だけどその優しさがより胸に甘い苦しみを生じさせた。


私が落ち着いた頃、まるで見計らっていたかのようにアランさんが戻ってきた。

「お待たせしてしまってすみません」

「いえ、全然！　あの……アランさん」

「はい」

「さっきの、言葉、嬉しかったです。ほんとのほんとに嬉しかったです。こちらこそ、あんなに褒めてくださってありがとうございます！　私、自分がスズってことは隠してるからあんな嬉しいこと直接言われたの初めてで……ほんとに、すごく嬉しいです」

作家とは思えない語彙（ごい）の乏しさで必死に礼を伝えてからアランさんを見上げると、改めて背の高さを感じ、この身長差にも胸がキュンと苦しくなった。

「でも、アランさんが今の体になったのは私のおかげじゃなくてアランさん自身の努力あってこそだと思います。アランさんが言ってたように私の作品はきっかけにすぎません。でもそのきっかけになれたことが本当に嬉しいです！」

「……っ、ありがとうございます。スズ先生があなたでよかった……」

少し驚いた様子のあと、ふわっと優しい笑みを浮かべたアランさんが感嘆するように呟いた。その表情や言葉に今までで一番胸が締め付けられてしまう。

どうしよう。なんか眼鏡とかマッチョとかイケメンとかそんなんじゃなくて私……。

「では行きましょうか」

「は、はい！　でも私家が近いので送っていただかなくても……」

「ですがもう暗いから危険ですよ。迷惑かもしれませんが、決してミラベルさんに害を為すようなことをしませんので」

「いえ、迷惑だなんてとんでもないです！　でもそんな遅い時間でもないし、アランさん仕事帰りでお疲れなのに……」

「全く疲れてないので大丈夫ですよ。では行きましょうか」

「は、はい」

二人で図書館を出て歩き出す。

大図書館の庭園はかなりの広さがあって、様々な花が咲き乱れている。少し歩くと生垣で作られた小さな迷路もあって昼間は子供達が楽しそうに遊んでいるのをよく三階の窓から眺めている。

迷路の近くに丘のように高くなっている場所にはガゼボがあって、そこにいると迷路を上から見られるようになっている。子供を迷路で遊ばせている保護者達は大抵そこでお喋り(しゃべ)に花を咲かせているが、当然すでに真っ暗な庭には誰もいるはずがない。

……はずなのだが。

夜の庭をドキドキしながらも和(なご)やかに歩んでいると、急にアランさんがピタリと立ち止まって剣(けん)呑(のん)な雰囲気(ふんいき)を醸(かも)し出し、私の前に逞しい太い腕を差し出した。

「ミラベルさん、俺の側(そば)を離れないでください。……誰かいる」

「つえ、は、はい」

得体(えたい)のしれない誰かがいるかもしれない恐怖と、先程まで私を穏やかな表情で見つめてきた人と同一人物とは思えないほど鋭い眼差(まなざ)しで辺りを見回すアランさんに圧倒され、色んな意味でドキドキする。迷路の側まで静かに近寄ると、何かの音を耳が拾い思わず生唾(なまつば)をゴクッと飲み込んだ。

無意識に自分を抱きしめる私を見て、アランさんが少し笑みながら自分の唇(くちびる)に人差し指を当て

「静かに」とポーズをしながら「大丈夫。俺がついているので」と私を安心させるような優しい声で囁(ささや)いた。

こんな状況でもその仕草(しぐさ)と言葉にときめいてひたすらコクコクと頷くと、極めつきに流し目を向けながらアランさんが笑みを深くした。

ハウウウウゥッ♡♡♡

一人身悶(みもだ)えながらもアランさんの後ろにくっついていくと、ふと人の声らしい音を耳が拾った。

「――――!　や――――」

「――、――――」

「でもっ、まっ――――――！」

どうやら男女二人組のようだ。少し揉めている？　特に女の人の声が正確にではないが聞こえてくる。

そしてゆっくりとその声の方に近づいたときだった。

「アアァンッ！」

その声は、前世でのＡＶで何度も何度も聞いたことがあるような、女性の喘ぎ声だった。

「あっ、やあっ……っ、あ、キモチッ、ァ、きもちぃぃぃっ！」

「こんなところでそんな大声出してたら誰かに聞かれるぞ？」

「ヤッ、ぁ、ん！　でもぉ……ぁ、っあ、ンっ！」

「つ、外ですんの好きなんだろ？」

「好きぃ、……あっ、すきなのぉ、アッ、……奥っ、気持ちいいっ！　あぁぁんっ！」

「「…………」」

アランさんと二人してその場で固まった。

いつも奥様方がお喋りしているガゼボが今、己の情欲をぶつけ合う男女の盛りの現場と化している。

――ど、ど、どうするんだ！　この状況！

ガゼボから少し離れた位置でしゃがんでいる私達のことは、よっぽどのことがなければ向こうから見つかることはないだろう。それに彼らに周りが見えているとは思えない。だってお二人さん声がでかい。夜の図書館の庭に不法侵入しているんだからもう少し抑えなさいとツッコミたくなるほどに声がでかい！

　一体どうすればいいのかと焦りながら、未だ私を守るように腕を伸ばしているアランさんの顔をそっと覗き込む。

「〜〜〜っ」

　するとアランさんは私以上に赤い顔で眉を下げながら、口元を手で押さえて激しく睦み合う二人を戸惑いながらも刮目していた。

　スンッ。

　その瞬間、私の中から戸惑いが消え、小川のせせらぎのような音が心の中で心地よく響いた。

『イケメンの／テンパる顔を／盗み見て／私の心／癒やされました』

　――って！　アランさんが可愛すぎてド下手クソな短歌詠んじゃったよ！

　でもこんな純情乙女みたいな反応見たら誰だって癒やされるよ！

　思わず短歌詠んじゃうよ！　暗闇でもわかるほど顔あっかいし。

　なんだこの人！　ほんとに可愛いな！

「ミ、ミッ、ミラベルさんっ……も、もう、か、帰りましょう、か……」

　めっちゃ動揺してるー！　可愛い♡

　そしてごめん、アランさん。落ち着きを取り戻した今の私に帰るという選択肢はない！

「アランさん、悪趣味だと思われるでしょうが、私彼らのことを観察してから帰ります！　どうぞアランさんはお先に帰っていただいて大丈夫です！」

「え!?　み、見ていかれるんですか!?」

「はい！　最後まで見ていきます！　だって他人のこんなシーン見られるなんて超貴重な体験じゃないですか！　野外プレイってやつですよ！　絶対小説のネタになります！」

この世界にはもちろんAVなんてない。今までは前世で見たエロを活かして執筆してきたが、ここに来て生のエッチが見られるのならば絶対に記憶に残しておきたい！

今あのカップルはガゼボの支柱に手をついた立ちバック中だ。やはり野外は立ちバックが定石か。そういえば立ちバックは小説でまだ書いたことないな。

小声だが意気揚々と話す私を見て、アランさんは赤い困り顔で少し悩んだ後に頭を掻きながらポツリと呟いた。

「ミラベルさんをお家までお送りしなければならないので……俺も、残ります」

ははーん。やはりアランさんも男ですな。こういうシーンをもっと見たいんだろうな。己の欲に素直なとこ、嫌いじゃないぞ！　むしろ好き♡

結局、野外エッチカップルは二回戦目も始めてくれて、終わったあとは「もう、あんなところで、バカ」「でも最高だったろ?」「……うん♡」なんてイチャイチャしながら帰っていった。

いいものが見られたという満足感を抱きながらしゃがみこんでいた体をグーっと伸ばした。だが隣に居るアランさんはむしろ先程よりも体を屈めている。

「アランさん？　もうあの二人帰りましたよ？」

「あ……えっと、ちょ、ちょっとだけ向こうに行っていただいてもいいですか……？」

つかえながらも立ち上がらずに前屈みになっているアランさんの姿を見て、私は全てを察した。

ニヤァ。

色気ムンムンイケメンのちょっと情けない前屈み姿勢がただただ可愛くてニョキっと嗜虐心が生じてしまい、アランさんの耳元にまた口を近づけて囁いた。

「人のエッチ見て、おっきくなっちゃったんですか？」

「っ！」

「アランさんのエッチ♡」

「〜〜っ」

ニヤニヤしている私の顔を見て、綺麗な顔を真っ赤にして困惑している。さっき庭に誰かいるかもしれないって思ったときはあんなにキリっとしててちょっと怖かったというのに、恥じらう反応が可愛すぎてにやけが止まんない♡

「こ、これは違います！　『ヌルムキ』の設定資料を読んだときからずっと勃ってただけです！」

「いやそっちのがずっとエロいわっ！」


恥ずかしさと気まずい空気をアランさんが発している中、私はというと野外プレイに加えてアランさんの前屈み勃起姿勢が見られてかなりホクホクとした気持ちになっていた。

少し離れた位置で待っている間、アランさんが必死に気を鎮めようとしていたと思うと感慨深い。

あんなの見たら反応しちゃって当然なんだから気にしなくていいのに！　むしろアランさんのアランさんが元気でよきことですよ！

「お、お待たせしました……」

「いえ！　じゃあ帰りましょうか！」

　瓶底眼鏡をかけ直したアランさんと一緒に図書館の敷地を出て、夜道を歩きながらチラリと隣を見た。先程の色気ムンムンエロイケメンはいなくなり、髪は掻き上げられたままだがいつもの私の好きな野暮った可愛い司書さんがいることに、口角(こうかく)が上がりっぱなしで困ってしまう。

「そういえば私の作品を読んでいるってことはアランさんは恋愛小説がお好きなんですか？」

「いえ、むしろ恋愛小説はあまり読みませんね。乱読するタイプではありますけど」

「じゃあ何故アレ(ヌルムキ)を？」

「積読(つんどく)していた本がなくなって本屋でたまたま目に入ったからなんです。タイトルがなんだかおもしろいな、って思って。あ、その時は通常装丁のものを買いました」

　まぁ、初見で表紙絵の方を買うのはなかなか勇気がいるもんな。

　そう思ってちょっと苦笑いしていると、アランさんは懐かしむような眼差しで少し俯きながら笑んでいた。

「あのとき『ヌルムキ』を手に取った自分を褒めたいです。本当に素晴らしい作品と出会えました」

「も、もう、褒めすぎですよぉ」

　嬉しいけどやっぱり直接褒められるのは慣れない。ましてや好きな人からなら尚更(なおさら)だ。

「いいえ、さっきもお伝えしたようにあの作品は本当に色々俺を変えてくれたんです。初めてのことだらけでした。読み進めたいのに読み終わりたくないって思いながらページを捲(めく)る手を止められなくなったのも、本を読みながら声を上げて笑ったのも」

「あ、もしかして笑ったのって決闘のシーンですか？」

「はい。まさかユウセイ君がハルカちゃんに決闘を申し込むなんて、って思いました。あとは恋人のことダンベルって呼ぶところもおもしろくて笑っちゃいました。……でも二人の過去があんなにも辛いと知ったときは本当に悲しかった。その後ようやく二人がダンベルになれたとき心からよかったと思って恥ずかしながら大泣きしてしまいました」

「それは、嬉しいな……えへへ」

「それで俺、思ったんです」

いつの間にか家の近くにある時計塔広場へと来ていた。

「じゃあこの辺で」と言わなければと頭の片隅で思っているのに、アランさんが立ち止まって瓶底眼鏡越しに真っ直ぐ私を見つめてくるからか、動けない。

さっきのキュンキュンとは違う種類の鼓動を感じる。

「自分もこんな風に人を愛してみたいと、そう思ったんです」

先程の困惑や恥じらいの表情はなくなり、アランさんが穏やかに私を見つめている。

「本ってよく、特に小説だと読書を通じて疑似体験になる、って言うけど、俺にはそれがよくわからなかったんです。でも俺は読書が好きだし、感じ方も人それぞれなんだな、程度に思っていました。――だけど、スズ先生、あなたの作品に出会った」

その力強い言葉に、急激に目頭が熱くなった。

「疑似体験なんてものじゃなく本当に俺がハルカちゃんになって、ユウセイ君になった。互いを愛して、己の悲惨な過去で相手を傷つけて、傷つけたことに傷ついて、それが本当に悲しくて胸が痛くなって。そして二人が愛し合えたとき本当に嬉しくて。……でもすごく寂しいというか、もどかしい気持ちにもなりました」

寂しくてもどかしい？　という疑問を口には出さず表情に表すと、アランさんはそれを察してくれた。

「どうして俺は『ヌルムキ』の世界にいないのだろう、なんでこの世界にあの二人はいないのだろう、二人はこれからどうなっていくのだろう、何故俺はそれを見ることができないのだろうと、そう思ったんです。読み終わっているのにずっと作品のことが頭から離れなくて……。あれを余韻と言うんですよね。それを感じたのは『ヌルムキ』が初めてなんです」

「……っ」

「その時に思いました。俺は昔から本が大好きだけど、今まで本の楽しみ方をわかっていなかったのかもしれない、そして同時にこの疑似体験を本物にしたいと思いました。あの二人のように誰かを深く愛する気持ちを知りたい、感じたい、誰かを愛してみたい、と思うようになりました。俺はそれまで自分は恋愛事には向いていなくて、一生誰の事も好きにならないと思っていましたから」

言葉にならないとは、このような気持ちなのだろうか。

物語を書き始めたきっかけは、自分のオカズが欲しかったから。

それを必死に改稿し、本となり、本屋に並んだだけでも泣くほど嬉しかった。というか実際号泣した。

なのにその作品でこんなにも感動してくれる人がいるなんて、生き方を、考え方を変えるほどになっただなんて。それがまさか自分の好きな人だなんて……。

「スズ先生の本は、俺の体を変えて、仕事への意欲をくれて、充実した日々をくれて、本を読む楽しさを改めて教えてくれて、人を愛したいと思わせてくれた。俺の全てを作り変えてくれたんです。それが俺にとってどれだけの救いとなったか、得難(えがた)いものとなったか。だから『ヌルムキ』は、俺にとって人生の一冊です。褒めすぎ、なんてことありません」

さっき図書館で言われたときも本当に嬉しくて苦しかったけれど、ギリギリ泣くのを抑えられた。

でももう無理。だってこんなの嬉しいなんて言葉では表せない。

そう思った瞬間に涙が溢(あふ)れた。

するとアランさんが少し慌てて急いでポケットからハンカチを出してくれた。

「あ、ありがとう……ございますっ……ほんとに……嬉しいっ」

涙声でそう言いながら受け取ったハンカチは綺麗だけど少しくたびれていて、それがなんだかおかしくて「フフッ」と笑ってしまった。

するとそれにつられたのか、少し照れた表情でアランさんが柔らかく笑った。

瓶底眼鏡をかけたその表情に、目が離せなくなった。

もう……無理だ。

アランさんがダサかわ眼鏡とかよき筋肉とかエロイケメンとかそんなこと関係なく、見た目とかそういうのではなく、私……、アランさんのこと……、

好き――!!　好き好き好き――♡　めちゃくちゃ大しゅき――♡♡♡

「あ、すみません。こんなに長々と話してしまって!」

アランさんしゅきしゅき♡　と悶えていた私を現実に引き戻すようにアランさんが言った。

「いえ!　すっごく楽しかったです!　アランさんとお話しできて嬉しかったです!」

自分でも超ご機嫌なことがわかる。だってずっと好きだった司書さんとお話しできて、名前を知って、一緒に野外プレイも見られて、勃起前屈み姿見られて、ものすごく嬉しいこと言われて、……もっと好きになっちゃって。うへへ♡

「俺もミラベルさんとお話しできてすごく嬉しいし光栄（こうえい）です」

「そんな光栄だなんて……へへへ」

お話しできて嬉しいだって♡　それを言われた私の方が嬉しい♡　しゅき♡♡

ダサ可愛い眼鏡でアランさんの目はよく見えないけど笑顔素敵♡♡

「あっ、そうだ。今度良かったら私が働いている喫茶店に来てください！　いっぱいサービスしますよ！」

「喫茶店で働かれているんですか？」

「はい！　コーヒーがすっごく美味（おい）しいんです！」

うちの店でアランさんがコーヒー飲みながら、ゆっくり読書している姿を思い浮かべるだけでにやけちゃう！

「ぜひお邪魔させていただきたいです。ですが、作家の他にもお仕事を？」

「というか喫茶店の方が本業なんです。今の家も寮ですし。作家業はなんというか趣味と実益（じつえき）を兼ねた副業というか……」

「本業があるにもかかわらずあのような素晴らしい作品を生み出しているとは素晴らしいです」

「えへへ、ありがとうございます。ランチの時間なら絶対いるのでぜひ来てください！」

「はい。必ずお伺（うかが）いしますね」

やった♡　図書館以外で会うってなんかすごく仲良くなったって感じする！

もっとアランさんといたいし、さっき全然疲れてないって言っていたけど仕事終わりだしこのまま引き留めているのも悪いよね。今日はこのへんでお別れしないと。

「あの、これから図書館でアランさんを見かけたら、話しかけてもいいですか？　もちろんお仕事の邪魔にならないようにしますので」

「はい、ぜひ。俺もミラベルさんを見かけたら、邪魔にならない程度に話しかけてもいいでしょうか？」

「もちろんです！　アランさんのこと邪魔に思うなんてありえないのでじゃんじゃん声かけてください！」

嬉しいな。これからいっぱいアランさんと仲良くなって「スズ」の私じゃなくて、ミラベルを意識してもらえるようにがんばろ！　アランさん鈍感そうだし猛アタックしちゃお♡

◆◆◆

数日後、怒濤のランチタイムが終わって一緒に賄いを食べているときに、幼馴染みであり私が働く店のオーナーの娘であるローラにアランさんの話をした。

「好きな人？」

「うん！　ずっと前から気になってた人なんだけど、この間話してみたらすごい素敵でね！　もうなんかめっちゃ好き！　って思っちゃったの！　だからこれから猛アタックするんだ！」

「いいじゃん！　付き合ったら紹介してね」

「つ、付き合ったらって！　まだ全然そんなんじゃないよー♡」

そうなれるようにめっちゃ頑張るつもりだけどね！

「どんな人なの？」

「すぐそこにある図書館の司書さんなんだ」

「司書さん？　意外〜。ベルって筋肉好きなのに」

ローラは幼馴染みということもあって私の好みのタイプを知っている。だが私がエロ小説を書いているということはさすがに教えてない。彼女は読書を嗜まないため「スズ」作品を読んだこともない。

「実はその司書さんすごい逞しい体なんだ！　腕とか肩幅とかすっごいの！　なのにすっごく可愛いの！」

「なるほどね〜。好きな人できたから最近のベルから花が飛んでる感じだったんだ」

「え！　そんな浮かれてた!?　恥ずかし！　ローラは最近どう？」

「ん〜、あたしは別に。適当に遊んでる」

ローラはかなりの美人で恐ろしいほどモテる。

アッシュゴールドの長い髪と猫のように少し切れ長で大きな灰色の瞳は神秘的に見え、透き通るような白皙の肌に庇護欲を誘う華奢な体の割には主張が強めな胸ときたもんだ。

パッと見た感じはクールで、つっけんどんな雰囲気を持つがそんなことは全くなく、男女問わず友達も多い。そして男の人は話しやすい美人にコロリと落ちる。

モテることは自覚しているがそれを鼻にかけることもなく、むしろ潔くてかっこいい。

だが恋人というものを作らない。たまに男の人と二人で歩いているところを見かけるが、ただの友達だったり体だけのお友達だったりで、とにかく彼氏ではない。

「あ、そうだ。好きな人がいること、兄さんには知られないようにしなよ？」

「そうだね……、絶対会わせたくない……。あ、コーヒー飲むよね？」

「飲む。ありがと」

残りのサンドイッチを一気に頬ばってから、食後のコーヒーを用意するためにスタッフルームを出た。

そのためローラの「兄さん拗らせまくって歪んでるからなぁ……」という呟きは、パタンと閉まった扉のせいで私の耳に入ることはなかった。


そして待ちに待った休日。

鏡の前に立ってかれこれ三十分経っている。

ずっと遅番が続いていたため図書館に行けず会えない日が続いたが、今日やっとあの日以来初めて図書館へ行けるため、可愛く見せたくてオシャレをしようと意気込んでいるのだが、肝心の服が決まらない。

猛アタックしたいからバッチリオシャレしたいけど、気合入りまくりなのも引かれるかもしれない。でもあからさますぎるほどアピールしないと、鈍感（仮）アランさんは気付いてくれないだろうし。

それにしても好きな人のためにオシャレするって、大変だけど全然苦じゃないな。むしろ楽しい♡
片思いでこれってことは両思いになったらどうなっちゃうんだろ！

　結局服は、透け感のある長袖の白のブラウスにボルドーのくるぶし丈のハイウエストスカートにした。胸元が少し開いているので黒の細いチョーカーをして、靴は少しヒール高めのショートブーツ。これなら清楚(せいそ)でありつつも女らしさをアピールできるはず！

　髪の毛はサイドを編み込んだハーフアップにして、仕上げにお出かけのときにだけつける香水をほんのちょっとつけた。結局バッチリオシャレしちゃったけどまあいっか！

　ただ執筆のためにバッグが大きめになってしまうのが気に入らないが、アランさんに会いに行くときはバッグを机に置いておけば問題ないだろう。

　開館時間を少し過ぎた頃に図書館に着いて、一目散(いちもくさん)に三階へと上がった。

　アランさんを探すために辺りをキョロキョロしながらお気に入りの席に着いたが姿が見えず、なんだかやる気が削(そ)がれてしまった。

　今書いているのはアランさんをモデルにしたレン君が主役(ヒーロー)だし、アランさんを見ないと書く気になれない。

　……そういえばこれってアランさんに許可取った方がいいよね？　今まではどうせ「スズ」の作品なんて読まないからいいだろうと思って勝手にキャラ設定を練ってたけど、『ヌルムキ』のスピンオフ作品をアランさんが買わないはずがない！

　まだ担当さんにはスピンオフ書きますとしか言ってないけどプロットも大方できてるし、レン君を始めとして主要キャラは結構設定を練ってしまった。それになにより私は既にレン君を愛してしまっている。今更彼をリストラするのは辛い！

でもアランさんが自分をモデルにしたキャラが主役だなんて嫌だと言う可能性は高い。だってもちろんエッチシーンはあるし、レン君をヤンデレ設定にしちゃったから、複雑な気持ちになってしまうだろう。

とにかく早くアランさんに相談しよう。それに何より早く会いたい。

元々やる気も削がれてしまっていたし一階の本でも持ってこようかな。

席を離れて三階の小さな受付に行き「離席中プレート」をもらう。

ここの図書館は離席に関して厳格なルールがある。

離席は三十分までとされていて、その際は各階にある受付に行き「〇分まで離席中」というプレートをもらう。もちろんこの〇分は受付の司書さんが書く。

こうすることで例えば席に荷物はなく本だけが置かれている場合、誰かが離席中だからその席を取ってはダメなのか、本を置いたまま帰ったからその席を使っていいのか、というモヤモヤが解消される有り難いルールだ。

三十分後の時間が書かれたプレートと念の為ペンケースを机の上に置いて、小説コーナーがある一階へと下りた。気軽に読める短編小説を読みたくて背表紙を眺めながらゆっくりと探していた、その時だった。

「あれ、ミラベル……ちゃん、だよね？」

「ん？」

声を掛けられて振り返ると端整な顔立ちの男の人が立っていた。端整と言ってもアランさんの素顔には敵わないけど。

えっと……誰？

振り返った先にいる男の人を見て、そう思っているのが顔に出ていたのか苦笑いを浮かべられた。

「覚えてないかな？　前にローラと一緒に話したことがあるデニスだけど」

「デニスさん……ローラと……あぁ、どうもお久しぶりです」

うろ覚えだが思い出した。物腰柔らかなこの人はローラの彼氏さん……などではなくローラのセフレさんだ。以前二人が一緒に歩いているところにたまたま出くわし、そのまま少し話をしたことがある程度だがよく私の名前を憶えていたなと感心した。

「よく図書館に来るの？」

「そ、そうですね。たまに。デニスさんはよくここに？」

「たまにね」

エロ小説書きにしょっちゅう来てますなんて正直なことはもちろん言わずに逆に質問すると、朝にぴったりの爽やかな笑みが返ってきた。

知り合いとすら言えないような仲だから「じゃあ私はこれで……」と言おうとしたらデニスさんが先に言葉を発した。

「あのさ、ローラ、最近元気してる？」

私が二人に会ったのは数ヶ月前。それ以降二人がどうなったか知らないが、今の一言で現状逢瀬を重ねていないのだと察した。

「はい。元気ですよ」

「そっか。ミラベルちゃんはローラから俺のこと何か聞いてない？」

「いえ、特には……」

ローラはセフレのことを私に話さない。敢えて言うとすれば「セフレが数人存在する」というぐらいだ。私もローラも友達だからって何でもかんでも話さなくていいと考えている。事実、私も執筆業関係のことは秘密にしているし。

それにしても話聞いたほうがいいのかな？　早く本選んで席戻らないと時間過ぎちゃうんだけど。

「俺さ、ローラに告白したんだよね」

おっと、自分から話しちゃったよ。

「ほら、ローラって恋愛感情持たれるとすぐに関係を切るじゃん？　でも俺とは結構長かったから大丈夫かなって思ってさ」

どうしよう、この話長くなる？

「でもローラにとって俺も他の男も同じだったみたいで……」

この人、私が二人はセフレって関係を知ってること前提で話してるけど、私が知らなかったらどうするんだろう。話の展開が読めてきたけど、そろそろ本当に席戻らないとなんだなぁ、本もまだ選んでないし……、あっ、もうこの本でいいや。

「あれから全然会ってくれなくて。でも、どうしてももう一回ちゃんと会って話したくて……」

やっぱり。私を通してローラと接触したいということね。

「本当に申し訳ないんだけど、ミラベルちゃん。俺に最後のチャンスを……」

「ミラベルさん」

「っ⁉」

誰の声かなんて見なくてもわかる。

パッと振り返ると、思った通りの人がいて胸が甘く締め付けられた。

いつものボサボサ頭に、どこで売ってるかわからない野暮った可愛い眼鏡、ヨレヨレのシャツとトラウザーズ。そしていつも素晴らしい広い肩幅、シャツ越しでもわかる逞しい筋肉。

今日もしゅき♡♡♡

「アランさん！」

ギリギリ図書館で出していいほどの声量で名を呼ぶと、思わず口角が上がってしまい、それを見られることが恥ずかしくて隠すように手に取った本で口元を隠した。

「お話し中すみません、離席の時間が迫っていますので……」

あれ？　アランさんは三階にいたのかな？　私の離席プレートの時間を確認して探しにきてくれた……ってそんなわけないか。司書さんなんだから館内をあちこち歩くのは普通だもんね。たまたま私を見つけてついでに声を掛けてくれたのだろう。

「そ、そうですね！　デニスさん。私、席に戻らないとなんです。なので、ごめんなさい」

「そうなんだ。引き止めちゃってごめんね」

少し落胆（らくたん）している様子ではあるがあっさりと引き下がってくれたデニスさんに、ペコリとお辞儀（じぎ）をしてその場を後にした。

三階へと向かう階段を一緒に上がりながらアランさんにお礼を伝えた。

「私もそろそろ戻らないとって思ってたんですけど、ちょっとさっきの人につかまっちゃってて。正直助かりました。ありがとうございます」

「いえ、少し差し出がましかったかなと思ったのですが、ミラベルさんが困っていらっしゃる様子でしたので……」

え！　私そんな顔に出てたかな!?　それはデニスさんに申し訳ないことをした。

だけどローラのことに関しては仲介しないと決めている。ローラ自身も私経由で接触しようとしてくる人をよしとしていない。「あたし目当てとか言いながらベル目当ての奴もいるから相手にしなくていいよ」と前に言われたことがある。そんな人がいたのかは定かではないが……。

それに私がローラへの橋渡し役と知られれば、濁流のように男の人が押し寄せてくることは目に見える。ローラはそれほどまでにモテる女なのだ。

「あの、少し立ち入ったことを聞いてもいいでしょうか？」

ちょうど三階に辿り着いたところでアランさんが少し神妙な声色で言った。

「なんでしょう？」

「さっきの人は……ミラベルさんとどういう関係の人、なんでしょうか？」

「っ！」

も、も、もしかしてヤキモチ!?

やだ♡　アランさんってば♡　私はあなたにゾッコンだぞ♡　……って、ヤキモチなわけないよね。わかってるわかってる。さっきのちょっと変な空気を感じていれば誰でも聞きたくなるものだよね。

「もしかしてミラベルさんのお付き合いしている人でしたか？　それなら俺悪いことを……」

「ち、違います！」

「じゃあ昔お付き合いしてた人、とか？」

「違う違う！　私お付き合いとかしたことないので！」

「え？」

あ、いらんことまで口走ってしまった。彼氏なし＝年齢って引かれたりとかしないかな。

「そ、そうなんですか……。なんだか親密そうだなと思ったので……」

アランさんに誤解されたくない！　弁解しないと！

辺りに人がいないことを確認しアランさんに「ちょっと屈んでください」と小声で言うと、一瞬躊躇ったような様子だったがおずおずと耳を差し出してくれた。近づいて香ったアランさんの匂いにキュウゥ、と胸が締め付けられてしまう。

あ、なんか近すぎて緊張して声がうまく出そうにない……。

「私の、っ、友達の……セフレさんなんです」

「え？　セフレ？」

「はい」

ほんとにちょっと声を詰まらせながら言った私の言葉に、ピシッ、とアランさんの体が固まったような気がした。

アランさんはそういう関係への理解はなさそうだし、私としても人がそういう関係を形成するのは別に構わないが、自分がセフレを作りたいかというと断固として違う。たとえエロ小説を書くためにそういう経験が必要だとしても、だ。

というかわざわざ「セフレ」ってことは言わずに「友達の友達」って言えばよかったな。

「あ、〝元〟ですけどね」

「元……」

なんだか呆けてる……？　そんなに衝撃だった？　まあアランさん童貞（仮）だもんね。

あ、そうだ。レン君のことを相談するんだった。キャラを使わせてほしいって言ったら絶対困るだろうな。でも諦められないしどうにか説得しないと。そうすると時間かかるから仕事の邪魔になっちゃうし今話すのはダメだよね。でも私もなる早で返事欲しいしなぁ……。

「あの、アランさん」

「つ、は、はい」

「ちょっと相談したいことがあるんですけど、できたら早めにお時間いただけませんか？」

「俺に相談ですか？　昼休みなら時間取れますけど」

「あ、そ、それなら、もしよかったら、一緒にランチとかどうですか!?　近くのお店で！」

「いいんですか？　じゃあ昼休みになったらお声がけします」

「はい！　待ってます！　私はいつもの窓際の席にいるので！　お仕事がんばってください！」

小さく手を振ってアランさんと別れ、席に置いていた離席中プレートを受付に返してからフーッと大きく息を吐きながら席に座った。

これってランチデートってやつなんじゃゃ？　オシャレしてきてほんとよかった！　勇気出して誘った自分を褒めたい！　デートって何を話せばいいんだろ？　あ、でもまずはキャラのことを相談

しなきゃ。そうだ！　好みのタイプを聞きたい！　でもアランさんのことならなんだって知りたいな♡

ソワソワしながら時間が過ぎ、アランさんが昼休憩で迎えに来てくれたので二人で外に出た。

行く店は勝手に私が決めた。味はもちろんだけど、ソファの背凭れが高いためそれが壁の役割となり、隣の席の人に声を聞かれづらい内装のお店だ。これはもちろん『スズ』や『ヌルムキ』というワードをなるべく周りに聞かれたくないからだ。

店へと辿り着き、案内された席へと座って注文を終え、チラッと目の前にいる瓶底眼鏡の人を見る。

「♡♡♡（しゅき♡）」

アランさんと一緒にランチをしているというこの現実に、眩暈がするほど嬉しい。

あれ、さっき何話そうって思ってたんだっけ？　ダメだ、ドキドキしすぎて何も思い出せない！

なんとか必死に話題を頭の中で探し、口を動かした。

「ア、アランさんは普段お昼は何を食べているんですか？」

「隣にある大学の学食で食べることがほとんどですね。日替わりメニューもあるから飽きないんで。朝もそこで食べてます」

「そうなんだ。夜ご飯は？」

「恥ずかしながら全然料理ができないので自炊していなくて。仕事終わりに鍛えに行ったときは何か食べて帰りますけど、基本は家で酒飲むのが好きなので適当につまみを買って帰りますね」

「お酒好きなんですか？　私も好きなんです！」

　だったら一緒に飲みに行きましょう！　って言っていいかな？　あ、でも家飲みが好きって言ってるしな。それに酔った勢いで告白とかしちゃいそう。それは絶対ダメだ！　酔った勢いで告白だなんて絶対後悔しそうだし。

「ミラベルさんもお酒お好きなんですね。どういうお酒を飲まれるんですか？」

「毎晩じゃないけど最近はワインを飲んでます！　田舎に住む両親が送ってくれるんです！　でもお酒なら基本なんでも好きです！　あ、でも甘いお酒は苦手かな」

「俺もワイン好きですよ。でも甘い酒が苦手なのはなんだか意外ですね」

「甘いお酒ってすぐに歯を磨きたくなって嫌なんです。甘い物は好きなんですけどね」

「ッハハ、なんとなくわかる気がします。俺も甘い酒は飲まないですし」

　楽しい！　楽しいよぉ！　幸せだよぉ♡♡♡　一生お喋りしてたい♡

「そういえば気になっていたんですけど」

　楽しく会話しながら注文したパスタを食べ終わり、食後の紅茶を飲んでいるときにアランさんが切り出してきた。

「先日『ヌルムキ』の設定資料をお持ちでしたけど何故今更それを見ていたんですか？　あ、答えられないようなら無理に答えなくてもいいんですが」

　そうだ！　そもそもその話をするつもりだったのに、アランさんといるのが楽しすぎてすっかり忘れてた！

「アランさんへの相談っていうのがそれなんです！　折角お時間取ってもらったのに本題も話さず

すみません！　アランさんと話してると楽しくて！」

「あ、いや、俺みたいな奴といてミラベルさんに楽しんでいただけてるなら嬉しいです……。俺こそミラベルさんとこうして昼を一緒にできるなんて夢のようで、すごく楽しいですし……」

しゅきがしゅきすぎる♡♡♡

アランさんも楽しいって言ってくれて嬉しい!!

おっと、身悶えるだけじゃなくて本題を言わなきゃ。

「実は『ヌルムキ』のスピンオフ作品を書こうと思っているんですが……」

「スピンオフ!?」

アランさんが思わず立ち上がりかけたが、カップがガチャンと音をたてたためすぐに腰かけた。

だがその表情から興奮が見て取れる。

「めちゃくちゃ嬉しいです！　『ヌルムキ』のスピンオフだなんて！　でもそんな前情報を俺が知ってしまっていいんですか!?」

「じ、実はその話のヒーローを、勝手にアランさんをモデルにしちゃったんです……」

「俺を!?」

「はい……。無断でキャラにしちゃってごめんなさい！　まさかアランさんが私の作品を読んでくれているなんて夢にも思わなかったから……。それで相談というのは、そのアランさんをモデルにしたキャラをこのまま使うことを許してほしいってことなんです」

「え？」

「自分がヒーローのモデルになることに抵抗を覚えるってことは重々承知しています。私の作品は恋愛物だしそれにその、エッチな部分も多いですし……。だからアランさんが嫌だと言うならすぐにキャラは変えます！　でも、できることならレン君を……アランさんをモデルにしたキャラをこのまま使わせてほしいんです！　勝手なことを言っているのはわかってます。アランさんが『ヌルムキ』を人生の一冊って言ってくれるほど大切に思ってくれてるの、本当に嬉しいです。そんなに大切に思ってくれてる作品に自分が出ていると思ったら、色々イメージが壊れちゃうかもしれません……。だけどどうしてもレン君を使いたいんです。どうかお願いします！　キャラのモデルになることを許してください！」

「いいですよ」

「――――いいんかいっ!!」

思わず瞬時にツッコんでしまった。

「安易！　安易すぎますよ！　アランさん！　もっとよく考えて！」

「考えましたよ。その上で了承しています。むしろ身に余る光栄です」

「いや、受け入れてくれるのは願ったり叶ったりではあるんですが……。そうだ！　レン君の設定資料を見てください！　あっ、でも色々ネタバレになっちゃうか……」

「資料見てみたいです。俺ネタバレ大丈夫なタイプですし」

「寛大か！　懐が深過ぎますよ！」

あまりにもあっさり了承をもらえたことに逆に心配というか不安になってきて、アランさんを責めているのか褒めているのか自分でもよくわからなくなってきた。

そして懸命に話す私をニコニコしながら見てくるアランさんにキュンキュンしてしまう。これが惚れた弱み、好きになった方が負け、というやつか。

その時、アランさんが自分の腕時計を見て少し眉を下げた。

「ごめんなさい。設定資料をすぐに見たいのですがゆっくり読む時間はなさそうで……」

「あ、そ、そっか。お仕事戻らないとですもんね」

「すみません。そろそろ出ましょうか」

「あっ、あの……最後に一つ聞きたいんですけど、アランさんの好みのタイプを教えてもらってもいいでしょうか？」

とにかくこれだけはきちんと聞いておきたい！　好みの女性のタイプに私が近づけるのかわからないけれど努力はしておきたい。

「好みのタイプ？　それもキャラ作りに必要なんですか？」

「えっ、あ、ま、まあ……そんな感じです」

完全に個人的な質問だけど今は曖昧に誤魔化しておこう。できたら『好きになった人がタイプ』とかじゃなくてちょっと具体的なのだと助かる。『胸が大きい』とか具体的すぎるのも困るけど。

「そうだなぁ……、あっ」

「な、なんですか？」

「俺、匂いに結構敏感なので、俺にとっていい匂いの人だと嬉しいです」

「それ、は……」

どう努力すればいいんだろう……。

アランさんにとってのいい匂いとはなんぞや、と悩んでいるといつの間にやら店を出ていた。

あ、お金！　と思ったがアランさんが「すごく楽しい時間をミラベルさんからいただいたので、お金くらい払わせてください」って言って受け取ってくれなかった。

なにこのスマートさ♡　素敵♡　私だってものすごく楽しかったのに！　でもなんだか慣れてる？　もしや童貞じゃない？　過去にいい匂いの元カノさんいた!?　そりゃあアランさんイケメンだし可愛いし心寛大だもんなぁ。うぅ、ちょっと嫉妬しちゃう。いや、かなりしちゃう……。私って結構やきもち焼きなのかも。

「あ、じゃあ私はここで失礼しますね」

店を出てすぐの曲がり角まで一緒に歩いたところで、家へと続く方向を指差してアランさんに声をかけた。

「え？　図書館はこっちですよ？」

「今日はもう帰ろうと思ってたんです。レン君の件は改めて設定資料見てから決めてほしいからいずれにせよ作業できないし」

「そうでしたか。じゃあ送りますよ。またあの時計塔広場まででいいですか？」

「え！　いいですよ、まだ昼間だし、それにお昼休み終わるんじゃ……」

「多少なら過ぎても問題ありませんし、俺存在感薄いから誰も気づきませんから」

何を言っているんだ。存在感の塊みたいな素顔してるくせに。眼鏡してたって可愛さの塊で存在感すごすぎてなんなら光って見えるくらいだというのに。

お言葉に甘えて送ってもらいニヤける顔を手で押さえながら歩いていると、「あっ」とアランさんが声を出した。

「どうかしました？」

「俺もミラベルさんに聞きたいことがあったんです。楽しすぎて忘れていました」

テヘへっ、と笑うアランさんが可愛すぎて昇天しそう。何を聞きたいのかな？　私の好みのタイプとか聞かれたらどうしよ！　「可愛すぎる筋肉眼鏡司書さん♡」とか言ったら引かれるかな？　でもちょっと言いたい！

「ミラベルさんが働いているお店の名前を聞きそびれてしまって。是非お伺いしたいので」

「あれ、伝えてなかったでしたっけ？　すみません！　サルビアってお店で広場からすぐのところにあります！」

「サルビアですね。わかりました。できたらミラベルさんがいらっしゃるときにお伺いしたいんですが、急だけど明後日はいらっしゃいますか？」

「います！」

「よかった。その日休みなのでミラベルさんのご迷惑でなければ伺いたいのですが」

「もちろんいいです！　むしろ来てくれないと嫌です！　絶対来てください！」

突然のお店訪問許可が嬉しくて押し迫りながら答えてしまい、迫られた方のアランさんのキョトン、とした表情を見て引かれてしまったと思いすぐに身を引いた。だが、その後にアランさんが噴き出したように笑った。

「すみません、こんな笑っちゃって。そんなに歓迎してくださると思っていなかったので嬉しいです。必ずお伺いしますね」

「ご、ごめんなさい。なんかはしゃいじゃって……。でもほんとに来てくれるの嬉しいから待ってますね！　今日ご馳走になったしサービスしちゃいます！」

「全然気を使わなくていいですからね。でも楽しみにしてます」

嬉しさを噛み締めるようににやけていると、アランさんの顔に影が差していることに気が付いた。

「アランさん？」

「……あのっ、もう一つ聞きたいんですが、さっきのおと……」

「ベル？」

聞き慣れた中性的な声に振り向くと、アランさんと同じほどの上背でアッシュゴールドの長い髪を片方に寄せて髪紐で結わえた美丈夫がこちらを見ていた。

「げっ！　ヴィー君！」

「っ」

私が発した言葉に何故だかアランさんが少し反応したことに気づき、再びアランさんの方を見たが、ニコっと取り繕ったような笑みを浮かべていた。

私が明らかに嫌そうな声を上げてしまったから驚いたのだろう。変な声を出してしまったことを後悔した。

「げっ、ってなんだよ。失礼な奴だな」

「な、なんでここにいるの!?」

「家の周り歩いてるだけだろ。なんか文句あんのか」

「あるよ！　文句しかないよ！　いっつも昼間は寝てるくせに！」

「仕事終わりに店でさっきまで寝てて今から帰んだよ。キャンキャン騒ぐな、うるさい」

「話しかけてきたのヴィー君でしょ！」

「ってか何その恰好、ダサッ」

「えっ！」

私の恰好ダサい!?　確かにバッグが大きいのが不恰好かなとは思ったけど。どうしよう、なんだかめちゃくちゃ恥ずかしくなってきた……。

落ち込むというより羞恥に震える私を慰めるようにアランさんが少し抑えた声で囁いた。

「あ、あの、俺はとっても可愛いと思いますよ！」

「ほ、ほんとですか!?　私と一緒にいて恥ずかしくなかったですか……？」

「ミラベルさんといて恥ずかしいなんて思うわけありません！　……むしろ俺の方がこんななので一緒にいるのが申し訳ないほどです」

「アランさんはとっても素敵です！　シャツもトラウザーズもヨレヨレで髪ボサボサで眼鏡がダサいけど、そこが可愛いって思うし私は好き！　もちろん素顔も素敵で好きって思ってるけど、結局アランさんならなんでも好き！

「ベル。……この人は？　紹介してよ」

「うっ」

改めてアランさんしゅきしゅき♡　と思っているところに、ヴィー君の剣呑な声が聞こえて現実に引き戻された。

紹介したくないけど、この場でヴィー君を無視するようなところを見られてアランさんに嫌われたくはない……。

「アランさん……。彼は私が働いているお店のオーナーの息子で、私の幼馴染みの兄のヴィクターです。つまり私とも幼馴染みです」

「……どうも、アラン・ウィンウッドと申します。すぐ近くの図書館で司書をしております」

「どーも。ヴィクター・アナスです。ってか司書？　にしてはいい体してるね」

「趣味で体を少し鍛えていまして」

「へぇ。……で？　ベルとはどういう関係で？」

「ヴィー君！」

窘めるように声を上げたが、ヴィー君は聞こえていないかのようにアランさんを真っ直ぐ見つめている。

「……少し前に知り合いまして、それから親しくしていただいてます」

「親しくねぇ……」

「ヴィー君、あの、アランさんは、そのっ、違くてっ……」

ヴィー君の人を値踏みするような目つきに気づき、それをアランさんに見せまいと庇うように前に出たが、身長差があるから全く意味がなかった。

値踏みを終えたのか「じゃあね、アランさん」と言ってヴィー君は笑みを浮かべて去って行った。

残された私たちは何故だか少し気まずい雰囲気で、何か言葉を発そうとしたらアランさんが先に口火を切った。

「仲が、いいんですね」

「い、いやぁ、そんなことは断じて……。あの、彼のことは気にしなくていいですからね！　もしどこかで会っても無視していいですから！　っていうか無視してください！」

「ミラベルさんのお知り合いですし、そういうわけには行きませんよ。……それにしても、彼はずいぶんとミラベルさんを大切にしているようですね」

「え!?　全然！　全く！　そんなわけないです！　どこをどう見たらそう思えるんです!?」

さっきのやり取りで何故そう思う!?　ダサいって貶されたんだけど。

「俺にはそう見えましたが……。ただの幼馴染み……なんですよね？」

アランさんの表情も声も固いような気がしたが、聞かれたことにどう答えたらいいかわからず、思わず視線を逸らして、バッグを持つ手に無意識に力をこめた。

「あぁ～……いや、えっと……ただの幼馴染みっていうのとは違うというか……」

「それはどういう……」

「あ、えっと、そ、そういえばアランさん時間大丈夫ですか!?」

話題を変えようと言葉を被せると、アランさんが何か言いたそうにしながらも自身の腕時計に目をやって悔しそうな表情を浮かべた。

「……すみません。俺はここで。明後日必ずお店に伺いますね」

「は、はい！　ご馳走さまでした！　お仕事がんばってください！」

急いでその場を去って行くアランさんを見送ってから、「ハア……」と大きく息を吐いた。

「ヴィー君とアランさんは会わせたくなかったのにな……」

第二章　好きでいるのは

「おはよぉ〜」

「おはよう、ローラ。眠そうだね」

「ん〜、あんま寝てないんだよね。昨日も酒場の仕事だったし。仕込み終わったら寝るわ」

翌々日の開店前の仕込み中。ローラが酷く眠そうに灰色の瞳をゴシゴシ擦り、アッシュゴールドの髪を無造作に纏めてからテキパキと手慣れた様子で動いている。

「ローラあのね、今日私の好きな人が来るんだ」

「え！　うわ〜会ってみたいけど眠すぎて無理だ……」

「じゃあまたお店来てくれるよう伝えるね。ここでも仕事してるのに酒場の仕事もあって大変じゃない？」

「ん〜、でも向こうの仕事も楽しいんだよね。一昨日とかおもしろいお客さん来てさ」

「おもしろいお客さん？」

ローラがそんなこと言うのは珍しい。ローラは交友関係は広いけれどあまり人に興味を持たない人間だ。

「なんか成り行きでピュアな恋愛相談にのったんだよね。あたし達と同年代の男の人だったんだけどさ。酒場だとお客さんと話すことも多いし楽しいよ」

「そっか。でも仕事しすぎて体壊さないでね」

「ありがと。気を付ける」

　仕込みも終わって開店時間直前となり、ローラは「じゃあお疲れ〜」と眠そうに言って裏口から隣にある自宅へと帰っていった。

　開店するとすぐにお客さんがやって来て対応しているうちに、気が付けばモーニングのピークを終えてブランチの時間。お客さんも疎らだ。

　お客さんが来る度に勢いよく入口へ顔を向け、アランさんでないことに落胆しつつ、顔には出さずに席に案内していた。ソワソワしていて明らかに様子がおかしい私をオーナーの奥さんであるモナさんに気づかれてしまったため、「今日は知り合いが来てくれる約束なんです」と言うとニマニマした表情をされた。

　たぶん知り合いなどではなくて好きな人が来るってバレてた。モナさんは昔から勘がよく、それはローラにもヴィー君にも受け継がれている。ちなみに兄妹の美貌もモナさん譲りだ。

　カラン、カラン。

　来店を知らせるベルが鳴り入口を見ると、お目当ての人で思わず胸を押さえてしまった。

　今日はいつものヨレヨレスタイルではなく、シャツはアイロンをかけたてのように綺麗だし、トラウザーズも新品のようにピシッとセンタープレスがついている。髪の毛は片側が耳にかけられていて綺麗な額や形のいい眉がよく見えるがぶっとい眼鏡はご健在だ。洗練された出で立ちにそぐわない眼鏡がいい意味で背徳感を醸しだしている気がする。

要約するとにかくめちゃくちゃかっこいい！

アランさんも私の姿を捉えたらしく、いつもの穏やかな笑みを見せてくれた。

「アランさん！　いらっしゃいませ！」

「こんにちは。図々しくも来てしまいました」

「来てくれて嬉しいです！」

ニヤニヤしながらアランさんのためにこっそりとっておいた奥の席へと案内した。

「お腹空いてます？　軽めにモーニングメニューでもいいし、今の時間ならブランチメニューも出せますよ」

「実は結構腹減ってて、あ、でもミラベルさんのおすすめがあったらそれをいただきたいです」

なんの他意もないんだろうけど私のおすすめを食べたいと思ってくれることが嬉しい。どうしよう、アランさんが喋る度に好き好きって思ってしまう。

「私のオススメはホットサンドかな。厚切りベーコンとほうれん草のものと、ツナとタマゴとチーズでがっつりめなのでお腹空いてるならちょうどいいかも。セットでスープもつきますよ」

「美味しそうですね。じゃあホットサンドにしようかな」

「わかりました！　飲み物はコーヒーでいいですか？　苦手ならカフェオレとか紅茶もありますけど」

「いえ、コーヒーを。コーヒーが美味しいって以前言ってましたよね。楽しみにしていたんです」

「ほんとにとっても美味しいから、きっとアランさんもうちのコーヒーにハマっちゃいますよ！待っててくださいね」

私が言ったこと覚えてくれてたんだ♡　ハア〜〜好き♡　今日もアランさん大しゅき♡

荒ぶる心臓を抑えながらオーダーを通し、先にアランさんに出すコーヒーの準備をしているとススッとモナさんが隣に寄ってきた。

「ベルちゃん、ああいう人が好きだったのね」

「えっ！」

「眼鏡が野暮ったいけど素材のよさを感じるわ。体つきもいいし、あたしは好感を持ったわ」

「えへへ、私はあの眼鏡姿も可愛いなって思ってて♡」

「あら、ラブラブね。いいわいいわ！　惚気ならいつでも聞くわよ！」

「惚気といっても私の片思いなので……」

「まあ！　てっきり彼氏かと思ったわ！」

モナさんが大げさなほどに驚いたが、すぐに何か企んでいるようにニヤァっと笑った。美人だからその笑みも迫力がある。

「ベルちゃん。いい男ってのはすぐにどっかの女に掻っ攫われるものなのよ。押したり引いたりなんてことしてちゃダメ！　押して押して押しまくるの！　押してダメなら押し倒すのよ！」

「お、押し倒す……」

「そう！　ってことで昼休憩は彼の席で摂ってきなさい。今からでしょ？」

「えぇ!?」

「コーヒー持って行くついでに聞いてきなさいな。一緒に食事してもいいか、って」

「わ、わかりました！　聞いてきます！　押し倒してきます！」

「その意気よ！」

モナさんの力強いアドバイスに後押しされ、意気込みながらコーヒーを持っていくとアランさんは姿勢よく本を読んでいた。その顔にいつものダサ可愛い眼鏡はなく素顔のまま。黒く長い睫毛が伏せられ、チョコレート色の瞳が素早く左右に動き文字を追っているのがわかる。片手でぺらっとページを捲る様が何故だか艶めかしい。

その姿に見惚れている私に気づいたらしく、本から顔を上げて私を見て微笑んだ。

「気付くのが遅れてすみません。置いてくださってよかったのに」

「あ、そうですよね。す、すみません。読書の邪魔をしてしまって」

「いえ、何度も読んでいるものなのでお気になさらず。これが噂のコーヒーですね」

栞も挟まずに本を閉じ、アランさんは早速コーヒーを口にした。眼鏡がないせいでいつもの野暮ったさなど全くなく、ここだけまるで淫靡な夜の世界のよう。だけどいやらしくなく、とにかく胸がドキドキする。

「本当に美味しい。俺すごく好きです、このコーヒー」

「でしょ？　オーナーの淹れるコーヒー美味しいですよね！　ホットサンドはあと少しだけ待ってくださいね。……それで、あ、あの、アランさん」

「ん？」

「私、今から少し早い昼休憩でご飯食べるんですけど……もし、もしよかったら同席してもいい、ですか？　読書したいなら全然断ってくれてもいいんですけど……」

「断るだなんて、是非ご一緒しましょう」

「ありがとうございます！　よかったぁ。あ、じゃあ設定資料は食後に持ってきますね！」

「はい」

無事に同席を許してもらったことをモナさんに親指を立てて教えると、何故だかファイティングポーズが返ってきてそのままモナさんはシュッ、シュッとシャドーボクシングをしながらウインクした。

肉食、というよりもはや武闘派だ。

今日の賄いはきのことベーコンのコンソメリゾットとかぼちゃサラダ。飲み物は動き回って少し暑いためアイスコーヒーにした。

冷たくて苦味が僅かに抑えられたアイスコーヒーがカラカラの喉をスッと潤していく。冷たくなった口内を温めようと、リゾットをあまり冷まさず頬張ると案の定熱い。でも美味しい。しっかりと焼かれたベーコンの甘みと旨みが少し芯を残したお米に絡まり、コンソメの優しい味付けとよく合っている。つるりとしてコリコリとしたきのこの食感もまたいい。

さてさて、かぼちゃサラダにいってみよう。

少し粗めにすり潰したかぼちゃがクリームチーズと合わさって、ねっとりとした食感となり、より濃厚な甘みを引き出している。隠されていない隠し味の粒マスタードがまたいい。舌に残る甘みにアクセントを加えているためしつこさを感じない。砕いたナッツが和えられていてコリコリとした食感があり飽きがこない。

はあ……、今日も美味しい……。

「先日も思ったんですけどミラベルさんってすごく美味しそうに食べますよね」

「え！」

賄いの美味しさに思わず一人食レポしていたが、アランさんの言葉にハッとした。アランさんはあっという間にホットサンドを平らげ、その後に追加で頼んだガレットを食べながら楽しそうに私を見ていた。

「なんだかお恥ずかしい……美味しくてつい……」

「食事も美味しいですね。お店の雰囲気も落ち着いてますし、ずっと本を読んでいたくなります」

「そういう人結構いますよ。本とか勉強とか。気に入ってくれたならいつでも来てくださいね！」

「ありがとうございます。通わせてもらいますね」

あぁ、素顔アランさんとの食事って緊張するけどやっぱりめっちゃ楽しい♡

一口が大きくて可愛いな♡　ボリュームがあるホットサンドだけじゃなくガレットも食べちゃうなんて！　しかも一昨日約束した私からのサービスでデザートにガトーショコラを出したいと言ったら是非食べたいですって言ってくれたし、結構大食いで可愛い♡

モナさんが店が忙しくなるまでは時間を気にせず二人でゆっくりしていいよと言ってくれたため、その言葉に甘えさせてもらっている。二人とも食事を終え、お皿を下げるついでにスタッフルームに置いていた設定資料を持ち、二杯目のコーヒーとアランさんのガトーショコラを持って席へと戻った。今度は私がホットでアランさんがアイスだ。

「これがアランさんをモデルにしたキャラの設定資料です。あのほんとにネタバレになっちゃいますけどいいんですか？」

「大丈夫ですよ。ちゃんと刊行されたら買いますから。わぁ、なんだか緊張します。拝見しますね」

買う買わないではなくてアランさんが楽しめるかどうかが心配なのだが……。

それにしてもさっきの読書からずっと眼鏡外しっぱなしなのは何故？　目が悪いなら何かを読むときこそ眼鏡をかけるべきなのでは？　と思いながらも、既に資料に集中しているため問いかけはしなかった。

レン君はアランさんと同じ司書で見た目もそのまま、お仕事中のアランさんを採用している。『ヌルムキ』のスピンオフのためもちろんマッチョ設定なのだが、彼にはマッチョらしい爽やかさはなく、ちょっと陰険でヤンデレ気質なキャラだ。本編のヒーローであるユウセイ君は爽やかマッチョマンで寛大な心と壮大な愛をヒロインであるハルカちゃんに向けるが、レン君は激重執着男でエッチもしつこめ。ヒロインであるスミレちゃんはそれに翻弄されながらもどんどんレン君の手綱を握り、結果的にはヤンデレなところも愛してあげるというハッピーエンドだ。

本編の『ヌルムキ』はシリアス寄りだがこっちは完全にエロコメディにしている。スピンオフだから変に重い話にしたくなかったのだ。

設定資料には話の大筋は書かれてはいないが、レン君のヤンデレ行動と性癖は割と詳細に書いてある。

私は物語としてはヤンデレは大好きだけど、現実的に監禁などはご遠慮願いたい。

先日はあっさりモデルになることを許可してくれたけど、そのキャラがヤンデレと知れば気が変わるかもしれない。もちろんレン君を起用したいのは山々なのだがきちんと許可をいただいてからにしたい。資料を読んでアランさんが「やっぱり無理です」と言えば潔くレン君をリストラしよう……。

「ベルちゃーん」

真剣に資料を読んでいるアランさんを見つめていると、後ろからモナさんが遠慮がちに声をかけてきた。

「は、はい」

「楽しいデート中なのにごめんね。忙しくなってきたから仕事戻ってもらってもいいかな？」

少し焦(あせ)っているモナさんは小声などではなくアランさんにも聞こえるようにしっかり「デート」と言ってきた。

「デッ、も、もう！　モナさんったら！　すみません、アランさん。仕事に戻りますね。意見とか聞きたかったんですけど……それはまた今度にしましょっか」

「あ、それならもしミラベルさんが大丈夫でしたら今夜飲みに行きませんか？」

「えっ！」

アランさんから食事に誘ってくれるなんて！　断るわけがない！

「是非！　ランチが終われば私仕事終わりなんで！」

「じゃあ夕方に待ち合わせでどうでしょう？」

「大丈夫です！」

「よかった。長居するのも悪いので資料を読んだら一旦帰りますね」

「そんな気にしなくても……」

「俺も準備したいのでお気になさらないでください」

その後、資料を読み終えたアランさんは、タイミングを見計らったかのように空いた時間にレジを済ませ、「では、またあとで」と言って颯爽と出て行った。

怒濤のランチ時間を終え、あとはテーブルを拭けば今日の私の仕事は終了だ。待ち合わせ時間までまだ余裕があるから念入りに身支度しないと。

そう思っていると、裏口からまだ眠そうなローラが入ってきた。

「ローラどうしたの？　今日は仕込みだけなはずだよね？」

「なんかお母さんがベルの代わりにランチの片づけだけやれって言って起こしてきたんだけど。なんかあったの？」

「も～、モナさんってば。もう終わるから代わらなくていいよ。ごめんね？」

「なんであたし起こされたの……」

「ほら、私の好きな人が来るって言ったでしょ？　その人と夜飲みに行くことになったからモナさんが気を利かせてくれて……。でも待ち合わせまで余裕あるから大丈夫だよ」

それを聞いて寝惚けまなこだったローラの目がカッと開いた。

「お酒飲むってこと!?」

「うん。でも明日も早番だしそんなに飲まないよ」

「ちょっと待ってて！」

そう言うとローラは慌てて裏口から出て行った。

「ベル！」

「んぎゃわっ！」

既に仕事を終えてスタッフルームで帰り支度をしていたときに、扉が壊れたのかと思うほどの衝撃音と共に息を切らしたローラが戻ってきた。

驚きすぎて心臓バクバクの私にローラは手を突き出した。その手に持っているのはコンパクトなピルケースで真ん中に仕切りがあり片方には数粒の錠剤、もう片方には親指大ほどのシールが二枚入っていた。

「これは？」

「避妊薬と避妊パッチ」

「えぇぇぇ!?　いいいらないよ！」

ローラにつき返そうとしたが全く受け取ってくれず、逆につき返されてしまった。

避妊パッチとはこの世界における一般的な避妊具で、男性の体に貼ると一定時間の避妊効果がある。思春期になると大体の男の子の財布に入れられていて、そのシールを見ただけでそういうものだとわかる代物(しろもの)だ。

「薬はヤる前後どっちに飲んでも効果あるやつ。パッチ貼るなら薬は飲まなくていいから。あ、パッチは挿(い)れる二十分前には貼ってね」

「いいってば！　絶対そういうことしないもん！」

「でもお酒飲むんでしょ？　何が起こるかわかんないよ？　いきなり襲われるかもしれないよ？」

「アランさんはいきなり襲ったりなんてしないよ！」

ローラの中でアランさんがとんでもない性欲モンスターのようになっている気がする。アランさんは童貞（仮）で人の野外プレイにもドギマギするような人なんだよ！　とはさすがに言えないが。

半ば意地になりながら否定すると、ローラが大きくハァ……と息を吐いて私の両肩に手を置いた。

「ベルがそのアランさんって人を信用しているのもわかった。ベルの好きな人を悪いような言い方したのはごめんね？　でもあたしはその人がどういう人かわからないから心配なの。コレは念のために持ってるだけでいいから。ね？　お願い」

「……わかった。私もなんか意地になっちゃってごめんね。心配してくれてありがとう。コレもちゃんと持っていく」

「ん、よかった」

ピルケースをギュッと握った私を見て、ローラはホッとしたように美しい笑みを浮かべた。

「あっ、そういえばアランさんとヴィー君会わせちゃった……」

「うわぁ、やっちゃったね……」

「うん……」

「じゃあさ、思い切って今日告（コク）っちゃえば？」

「えっ！　思い切りよすぎない!?」

「いやいや、兄さんに知られたとなったら短期決戦でいったほうがいいって。今日そのアランさんが店に来てくれたってことはまだ何も嗾（けしか）けてないだろうからさ」

「確かに……。でも振られたらこれから会うの気まずいよ」

「店来てくれる時点で結構脈ありだと思うよ。仮に振られたら『これから好きになってもらえるよう頑張っていいですか？』とか言えばいいし」

自分でも悪いように思われていないのはわかる。でもそれはあくまで私が「スズ」だからだ。とは言え猛アタックすると決めたし、今日思い切って気持ちをぶつけるのもアリなのかも。

「ベルのタイミングとか気持ちの整理とかあるだろうから、絶対するって思わずにひとまず今日のデート楽しんできなよ」

「うん！」


家に帰ってシャワーを浴び着替えと化粧直しを済ませると、余裕があると思っていた待ち合わせ時間が差し迫っていた。

めちゃめちゃ緊張するな。なんだかやっとまともなデートって感じする。

「押して、押して、押し倒す……」

モナさんに言われたことを復唱し、気合を入れる。

ローラの言う通り告白するぞって感じじゃなくて、まずはデートを楽しもう。それにレン君のこともどう思ったかちゃんと聞かなきゃ。あと、お酒は飲みすぎないようにする。これ重要。

いつも出掛けるときにだけつける香水を、ほんの少しだけ足首につけた。

よし！　いざ戦闘(デート)へ!!

時計塔広場へと駆けていくと、なんだかいつもより人が多い。というより女性が多い。

この時間この広場に人が集まるだなんて珍しいこともあるもんだと思っていると、みんなの視線が一点に集中していることに気が付いた。

なんだか嫌な予感がしながらその視線を辿ってみると、予想通り素晴らしきスタイルのアランさんが立っていた。

いつ見てもそのスタイルのよさに驚かされるが、今はそれよりもその美麗なお顔に目がいってしまう。

「え⁉」

思わず声を出してしまうのも当然。だっていつもの野暮ったい眼鏡がおしゃれな細い黒リムの眼鏡になっている。

いやいやちょちょちょちょっと待って！　いつもより知的な雰囲気も相まってめっちゃかっこいいんだけど♡♡♡　何あれ！　眼鏡フェチのド真ん中ついてきてる！

昼間と同じ綺麗なシャツとトラウザーズ姿だが、上にカジュアルなジャケットを羽織っていてそれがまたセンスがいい。そしてなによりジャケットを着ていてもわかる筋肉もいい！

どうしたんだアランさん！　服のセンスないいんじゃなかったのか！

「あ、ミラベルさんっ！」

そんな筋肉眼鏡イケメンが私に向かって真紅のバラが咲くような笑顔で近づいてきた。かっこよすぎて動揺しまくり体が動かない。

「お仕事お疲れ様でした。急にお誘いしてすみません」

「ひゃわ、う、あ……、えと、お、お誘い、ありがとうございます……」

笑顔で私に駆け寄るアランさんを見て、広場にいた女性達の誰かが「やっぱ彼女持ちか」とぼそりと呟き、まるで解散！　と合図があったかのようにすーっと消えていった。

「店、ここから近いんです。もう開いてるはずだから行きましょうか」

「は、はい！」

「先日の服装も可愛らしかったですけど、今日の恰好もまた素敵ですね」

「はゅ♡　あ、ありがとうございます……」

今日は黒の厚布がベストのようになっていて胸の位置だけ編み上げられており、他はベージュのシフォンのロングワンピースだ。靴は先日と同じヒール高めのショートブーツ。髪は少し巻いてアップにした。

シンプルだけど黒のおかげでスタイルがよく見える気に入っている服の一つ。しかも今日はバッグも小さくて可愛いものを選んだ。

だけど私よりもはるかにアランさんの方が素敵だ。シンプルなのにこんなにかっこいいだなんて結局はスタイルがものを言うということか。

案内されたのはカジュアルバーで、食事も種類が豊富で美味しいらしい。デートでも使えるけど女同士でも男同士でも一人でも来られるようなお店だ。オシャレだけど気取ってない感じがこれまたいい。

ひとまずお酒とつまみを注文すると、お酒はすぐに出てきたためコツン、とグラスを合わせてビールを流し込んだ。

「素敵なお店ですね。よく来られるんですか？」

「いえ、白状すると実は俺、オシャレな店とか全然詳しくなくて。友人が色んな店を知っていて連れまわされるんですけどここもその一つなんです。連れまわした友人に初めて感謝しましたよ」

こんな可愛い白状あります？　なんかもうかっこいいのか可愛いのかわかんなくなってきたわ。

そうこうしているうちに注文していたおつまみも運ばれて来て、お酒が進む。だけど明日に残らないように水も頼んでいるし、私も割とお酒が強いためベロベロになることはないだろう。

「そうだ。資料、読んでみてどう……でした？」

「いいキャラでしたね。本編にはいないタイプでおもしろいです」

少し恐々（こわごわ）とした気持ちで聞いてみると、またもやあっさりとした答えが笑顔で返ってきた。

「いいんですか？　ご自分がモデルのキャラがヤンデレなんですよ？」

「うーん、俺にはミラベルさんが何故そこまで心配されるのかがわかりません。好きな作家さんが書く話に自分が出るなんて光栄で嬉しいことですよ」

「でも、それは端役（はやく）とかじゃありません？　メインヒーローなんですよ？　しかも激重束縛ヤンデレ男なんですよ？」

「何度考えてもやはり嬉しいという気持ちしかありません。それにあの設定資料を見ればミラベルさんがレン君のことをどれだけ好きなのかよくわかります。もし俺がここで拒否したら彼は降ろされてしまうのでしょう？」

「それは、まあ、もちろんです」

「レン君のお話、一ファンとしてきちんと読んでみたいです。どうぞ俺のことは気にせずミラベルさんが書きたいものを書いてください。刊行されるのを楽しみに待ってます」

ほんとにいいのかな？　嬉しいし有り難（ありがた）いけれども……。

ちなみに渡した設定資料はレン君だけだからアランさんは知らなくて当然だが、ヒロインのスミレちゃんにはほんの少し自分を投影してしまっている。つまりこの話は私とアランさんのお話と言っても過言ではないのだ。いや、過言かも。

「じゃ、じゃあ……ほんとにこのまま進めちゃいますよ……？　いいんですか？」

「はい！　よろしくお願いします」

いつもの眼鏡と違って今日の眼鏡はアランさんの綺麗な目がよく見えるから余計に可愛いがすぎる。クリアに見えるその目が自分を優しく見つめてくれていることが嬉しくて胸が苦しい。

やばい、今日はやばいぞ。アランさんがかっこよすぎてなんかものすごくエロい！　眼鏡が特にエロい！　いや、エロいのはいつものことだけど。

……アランさんは、私のことどう思ってるんだろう。やっぱりただ「スズ」として見ているだけなのかな。それとも、こうして誘ってくれたりお店に来てくれたってことは、ちょっとは異性として好意を持たれてるって自惚れてもいいのかな……？

圧倒的恋愛経験値不足すぎて「押して押して押し倒す」をどうすればいいかわからない。

「そういえばっ、ア、アランさん、さっきと雰囲気が違いますね！」

頭が混乱してきてひとまず今日一番の疑問がとっさに出てきた。

「あ、気付きました？　眼鏡を変えたんです」

「さすがに気付きますよ！　そういえば初めてお話ししたときも、さっきお店にいるときも何か読むとき眼鏡外してましたよね？　普通逆なのでは？」

「あぁ、俺、視力いいんです。いつものやつも、今かけているのも伊達なんです」

「え！　じゃあなんでいつもはあの……」

「ダサい眼鏡を、って？」

「いや、あの眼鏡もすごく可愛いですよ！」

「可愛い？　あの眼鏡が？　ッハハ、初めて言われました」

割と早いピッチでお酒を飲んでいるのに、まったく酔った様子がないアランさんが楽しそうに笑った。

確かに驚くほどダサい眼鏡だけど、アランさんがかけるととっても可愛いアイテムに早変わりするんだけどな。そう思っているのは私がアランさんを好きだからなのかな？　だとしたら今の発言ちょっと恥ずかしいな……。

「あの、もしかしてなんですけど、あの眼鏡をかけてるのはレン君みたいな理由だったり？」

レン君ももちろんダサい瓶底眼鏡をかけている設定で、それには大きな理由がある。

それは彼があまりにも美形すぎて老若男女問わず人々を魅了してしまうからだ。

妄執的に彼を慕う人々を見て彼は人を忌み嫌うようになってしまうのだが、底抜けに明るい性格のスミレちゃんと出会い、彼女に固執しヤンデレルートへと進んでいく。そしてこのことは設定資料に書いてあることだからアランさんも知っている。

「あはは、まさか」

あれ、違った。

まあレン君みたいな人が現実にそうそういるわけないか。でもアランさんほどのイケメンなら一概に違うとも言えないと思うけどなぁ。

そう思ってアランさんを見ると、ワインを空にしようとグイっと呷っていたところだった。

それを黙って見ていると、空になったグラスを静かにテーブルに置き、アランさんが少し視線を落とした。

「レン君みたいに老若男女問わずではなく、俺は女性の目だけ引いてしまうんです」

「――そっちのがタチ悪いわ！」

思わず強めのツッコミを入れたあと、私も中途半端に残っていたワインを呷った。

そしてすぐに己の暴言に反省した。

「……すみません、思わず暴言を吐いてしまいました」

「いえ、暴言というよりいいツッコミでしたね。ワインおかわりしましょうか」

アランさん、あんたなんでそんな楽しそうなの。褒められてるのかそうでないのかよくわからないのだが。でもアランさんが楽しそうにしてくれるのは素直に嬉しい。嬉しいのがなんか悔しい。

「だって、女性を魅了しちゃうなんてそんなのめちゃくちゃレン君じゃないですか」

「いやいや、目を引くというだけで魅了という言葉は大げさですよ」

いや、その二つはほぼ同義なのではないだろうか……。

「それにレン君のように誰彼構わずってわけでもありませんし。……ただ、多少整った容姿をしているんだろうな、とは自覚しています」

いや多少どころじゃないんですけど。抜群に整ってるんですけど。

「ただ俺はあまり自分の顔を良しとしていませんので。恋愛事となると嫌気が差すほどです」

「そう……なんですか？」

恋愛事ならなおの事容姿がいいに越したことはないのでは？　と安直な思考が恐らく顔に出てい

たのだろう。アランさんは少し困ったように眉を下げた笑みを見せた。

「何というか、この顔の系統のせいなのかなんなのか、何故だか初めから求められる基準が高いんです」

「求められる基準？」

「例えば高収入でいい家に住んでいるんだろう、だから色々買ってくれるんだろう、とか、話題が豊富で話も上手いんだろう、とか。とにかく様々な分野が完璧だと思われるんです。それでそれのどれか一つでもできないと酷くガッカリされてしまう」

　確かにアランさんの素顔を見たら「ハイスペイケメンだ！」と思ってしまうのも頷ける。正統派王子様系の顔でありながらも夜の覇王のように色気が漂っていて、さらには高い上背と素晴らしい筋肉を併せ持っているのだから。

「俺は本以外散財しないので生活に困らないほどの金はありますけど金持ちではありませんし、本の話はできますがそれ以外のことは全然知りませんし、話も上手くありません。つまらない男だと言われたのは十指に余ります」

　アランさんと一緒にいてつまらないなんて思ったことがない。そう言いたいのに視線を落としながら話す姿に声が出なかった。

「でもそう思われて当然です。俺は相手を楽しませようなんていう気持ち微塵もなかったんですから。最低ですよね。だけど、見限られて相手が去っていくときに思うことは悲壮感よりも解放されたという喜びだったんです」

　それは、アランさんからすればひどく息苦しかったということだろうか。

つまりアランさんほどのイケメンだと百点満点からスタートになってしまうということなのだろう。初めからあれこれ期待して完璧と決めつけて、それができないとどんどん減点されていく。

それはひどく傲慢だと思う。

そんなのはアランさんを好きになったんじゃない。ただ、顔がよくハイスペックだと思っている男性と付き合っている自分に酔っているだけじゃないか。

何故だか悔しさを覚え、膝の上に置いていた拳に力がこもった。

「見た目に惹かれるのが悪いわけではないとは思っています。中身だけが自分というわけではありませんから。でも、俺は外見に対して中身が伴っていないから、その差が落胆させてしまうようなんです。……そのうち言い寄られること自体に嫌悪するようになりました。『どうせ俺のことをつまらないと言うくせに。俺の顔しか見ていないくせに』なんて人のせいにするようなことを考えて。……そしてあの眼鏡で顔を隠して人の視線から逃げることにしました。あれをかけるだけで誰も俺を見なくなるとわかったとき、この顔のせいで言い寄られることもなく、自分も誰も好きにならずに、本を読むだけの静かな暮らしをしようってそう思ったんです。ほんと弱くて情けないですよね」

「そんな……」

そう淡々と話すアランさんを見て、少し泣きそうになってしまった私に気づいたアランさんがちょっと驚いたあとにハハッ、と笑った。

「でも、そんな僕の臆病な考えを変えてくれたのが『ヌルムキ』です。前に言ったでしょ？　誰かを好きになりたいと思った、って」

「あっ……初めて話した日に……」

「はい。『ヌルムキ』に出会って、いつか俺もこんなふうに誰かを好きになりたいと思えました。ユウセイ君のように、誰かを強く深く愛する幸福を知りたいと思いました。だからもし俺が誰かを好きになったら、本当の俺を見てもらえるよう努力しよう、つまらないと言われない男になろう、結果振られたとしても自分が誰かを心から好きになれたことを誇ろうと。……でももし奇跡が起きて、その人がこんな俺のことを丸ごと好きになってくれたら、その時は全身全霊でその人を愛そう。って思えるようになったんです。だから俺、もしかしたらレン君よりも重い男かもしれません」

そう言って、眼鏡の奥にある瞳を細めながら優しく微笑んだ。

——……気のせいだろうか……。

アランさんが私を熱のこもった目で真っ直ぐ見つめてくれているような気がする。

チョコレート色の目が優しく蕩けて、でも雄々しさがあって煽情的な、そんな目で見つめられているような気がする。

それはまるで、私のことを愛おし気に見つめてくれているようで……。

もしかして……私、自惚れちゃってもいい………のかな？

「だから俺、ミラベルさんに聞きたっ……」

「お待たせしました！　追加のワインでーす！」

私達の席に素早くグラスを置いた店員さんは忙しそうにすぐに立ち去っていった。

「「…………」」

しばしの沈黙。

「……の、飲みましょうか」

「そう、ですね」

何か問われたようにも思ったが、アランさんからそう言われては同意するしかない。

なんとも言えない甘く酩酊するような雰囲気が一気に消え失せてしまったことが、残念なような、でも少しホッとしたような何とも言えない後味を私に残した。

気持ち的にはなんならウイスキーをロックで呷りたいところなのだが、明日の仕事を考えるとこのワインを最後にして次からノンアルにするのが大人の飲み方というものだろう。

「アランさん、私次からお茶にしてもいいですか？　明日も早番なので」

「もちろん。ミラベルさんが好きなものを飲んでください。なら俺も酒はもう止めておこうかな」

「アランさんこそ好きなもの飲んでください！　というかお酒めちゃくちゃ強いですね！」

「確かに強いほうですけど、ミラベルさんも強いですよね。それに俺も明日は仕事がありますからそろそろ抑えようと思ってたんです。けどなかなか自分では止められなくて。ダメですよね。ミラベルさんがタイミングを作ってくれて助かりました。ありがとうございます」

「はゅ♡」

私、アランさんのこういうとこが好き♡　人に気を使わせないようにしてくれるところとか、すぐにお礼を言ってくれるところとか。

どうしよう！　なんだかさっきのアランさんの眼差しのせいでイケるんじゃないかって期待しちゃう！　それならもう告っちゃいたい！

アランさんが今まで辛かったり悲しかったこと、全部私が上塗りしてあげたい。

私がアランさんを幸せにしてあげたいって、そう思うくらい好き！

行け！　ミラベル！　押してダメなら押し倒せ！

「アランさん！　私、アランさんともっと仲良くなりたいです！」

「え!?　は、はい！」

ドクン、ドクン、ドクン、ドクン。

ワインを飲んでいたアランさんの喉から「ゴクッ」と大きく嚥下の音が聞こえた。

「アランさんはさっき、自分と話していても楽しくないって言ってたけど、私はアランさんといるとすごく楽しくて、時間過ぎるのあっという間で……でも、もっと一緒にいたいって思って……だ、だから、私、もっとアランさんと、と、特別な関係になりたいです！」

「っ、特別な……」

「もちろん、私だって清廉潔白な人間じゃないから邪な気持ちだってあります！　でも……」

私だってアランさんの外見が好きだ。顔も筋肉も大好きだ。だけどそれだけじゃなくって。そこだけを好きになったんじゃなくって！

ドクッ、ドクッ、ドクッ、ドクッ、ドクッ。

「邪って……え、ちょっ、ミ、ミラベルさんっ、待っ」

ドキドキしすぎて心臓が痛い。鼓動がうるさくて周りの声も聞こえない。恥ずかしさと緊張でアランさんの顔も見られない。

ドッ、ドッ、ドッ、ドッ、ドッ、ドッ、ドッ。

「つまりそのっ！　何が言いたいかと言いますと！」

心臓がうるさすぎて、アランさんの声どころか自分の声すら聞き取れない。

「私っ！」

ドッドッドッドッドッドッドッドッドッドッドッドッ。

「お化粧室にいってきます‼」

うわあ〜〜ん‼　私の意気地なし〜〜‼

脱兎の如く逃げ出してトイレへと駆け込み大きく息を吐いた。

「ハア〜〜」

あんな盛大にトイレ行きます宣言して、ただ恥の上塗りをした気がする。

気持ちが昂って言いたくなったのに、直前でひよってしまうとか意気地なしだよなぁ。

それにしてもこれからどうしよう。

どんなに鈍感（仮）アランさんでも、あんな空気であんなとこまで言ったら私の気持ち絶対バレたはず。好きバレしていいと思ってたけど、いざバレたらめっちゃ恥ずかしい！　そして気まずい！　私どんな顔して席に戻ればいいの⁉

このままさっきのこと、何もなかったかのようにする？　……いや、そんなことできるか？　もうここまできたらやっぱり告っちゃったほうがいいかな？

それに、さっきのアランさんの視線と表情はまるで私のことを……。いや、期待しすぎるのはよくない。振られてもローラが言ってたように好きになってもらう努力してもいいですか？　って言えばいい。

アランさんのこと簡単に諦めるなんて無理だもん。どれだけアランさんのことが好きか伝えて、アランさんの彼女になりたいって、ちゃんと言おう。

気付けば結構長いことトイレに籠ってしまった。

告白するのは帰り際にすることにして、席へ戻ったらアランさんにさっきの話を促される前に何か別の話題を私から持ちかけよう。そう結論付けて席へ戻ることにした。

席へと向かっていると、少し項垂れている様子のアランさんの背中が見えた。

何故あんなに項垂れているのだろうと思いながら近づくと、まるで私の気配に今気が付いたかのようにピン、と背筋を伸ばした。

席に座ろうとしたその瞬間に、アランさんが間髪を容れずに口を開いた。

「そういえば、スズ先生の作品の絵って素敵ですよね！」

「………え？」

「はい、絵です！」

いや今のは「絵？」って言ったわけじゃないんだけど。

ちょっと待って。話逸らされた？

まるで私が何かを話すより前に先手を打ったかのようだった。それってさっきの話の続きを聞きたくなかったってこと……？

あー……、そっか。アランさんが私によくしてくれるのは私が「スズ」だからだもんね。好きな作家に告白されるなんて困るに決まってる。………嫌に決まってる。

これだから恋愛初心者はダメだ。

好きな人の言動を自分の都合のいいように解釈してしまう。……バカだなぁ、私。

「ミラベルさん？」

「つ、あ、い、いえ！　そ、そうだ。絵ですよね！　すっごく綺麗でしょ？」

もし私達が両想いだったら、話題を変えるなんてしないよね。それに私だって話題変えようとしてたんだし、むしろ話題を変えてくれてよかったじゃん。自分はいいのにアランさんが話題を変えたのはダメなんて自分勝手だ。

「絵もミラベルさんが描かれてるんですか？」

「あ、いえ。絵は別の人にお願いしてるんです」

「そうなんですか。全部同じ人が描いてるんですよね？　作品とすごく合ってますよね。特にヒーローの筋肉とかすごく上手に描かれてて」

「そうなんですよ。やっぱそこは私的にもかなり大事だし、描いてくれてる本人も力いれてくれてて。でも私も結構口出ししちゃったりとかもしてて……」

アランさんは自分が誰かを好きになりたいって思ってるだけで、好きじゃない相手から気持ちを向けられることはやっぱり嫌だと思ってるのかもしれない。

……これ、私、告白もしてないのに振られたってことなのかな？

でも、せめて好きだって言葉にして伝えたいって思うのはダメかな？

だって、告白もしないで振られるなんて嫌だ。

気持ちだけでも伝えさせてほしいって思うのは一方的すぎるかな。

自分の気持ちを押し付ける、自己満足になっちゃうかな。

アランさんに私を傷つけたという傷を負わせてしまうかな。

でも……――――。

「ア、アランさん！」

「っ」

私の呼びかけに明らかにアランさんが怯えたような気がした。

膝の上に置いている拳をギュッと強く握った。

「さっきの、話の……続き、なんですけど……」

「ぁ……」

「アランさんを不快な気持ちにさせてしまうかも、しれない、けど……聞いて欲しい……です」

「不快……って……」

聞いてくれるだけでもいい。

自己満足を押し付けて、ごめんなさい。それでも私は告白したい。

「こんなこと言ったら、アランさんをきっと困らせてしまうかもしれないけど、私の思ってることを伝えたいんです。嫌な思いをさせたら、本当にすみません」

「……っ」

「私、アランさ……」

「――――待ってくださいっ！」

焦ったような様子のアランさんが私の言葉を遮った。

「もし、今俺が思っていることと、ミラベルさんが言おうとしていることが一緒だったとしたら、その……それは……」

悲痛な表情を浮かべたアランさんを見て口を噤んだ。

アランさんはきっと私の言いたいことをわかっている。私が告白しようとしていることをわかっている。

例えばこれが両片思いだったなら「俺から言わせて」なんて展開になるのかもしれない。

でも、アランさんの表情はそんな甘い熱を持ったものでないことは明白だ。

「ご、ごめんなさい……」

謝ることしか、できなかった。

決定打だ。確実な拒絶だ。私の気持ちをわかったうえで、拒否された。

これ以上は、もう言えない。

好きなんて、もう、言えない……。

「あの……明日、早いし、……今日はこの辺でお開きに、しませんか？」

アランさんの顔を見ることができなくて、目の前にある汗をかいたグラスを見ながらそう言った。

努めて明るく言ったと思ったのに、私達の間を流れる気まずい空気が消えることはない。

「そう……ですよね」

「ごめんなさい……。それに少し酔っちゃったみたいで……」

嘘だ。

確かに明日の時間は早いけど、こんな早い時間に帰らないといけないほどじゃない。それに少しも酔ってなんかいない。

「じゃあ、店出る前に俺、お手洗い行ってきますね」

「はい……」

そう言ってアランさんが席を立った。

さっきの言い方、感じ悪かったかな？　やだな。全然うまく立ち回れない。

何でもないようにすればよかった。伝えようなんてしなければよかった。

私がトイレから戻ってきたときだって、気まずくならないようにアランさんが私が話しやすい話題を振ってくれたのに。

優しいな。狡(ずる)いな。……好きだな。

でも、私が話を掘り返したから壊れちゃった。

けど、好きでいるだけならいいよね？

告白もさせてもらえずに振られたけど、好きでいるだけなら……。

アランさんのこと諦めるとかは今は全然考えられないけど、気持ちに区切りがつくまではこの気持ちを持っていたい。――それくらいは、いいよね？


トイレから戻ってきたアランさんが「じゃあ行きましょうか」と流れるように退店したため呆気(あっけ)に取られていたが、外に出たとき我に返って支払いをしたいと申し出た。

だけどランチのときと同様に受け取ってくれず、結局アランさんに奢(おご)られてしまった。

もう、こうして会えないのだからお金は払いたかったのに……。

互いに口には出さずとも振った振られたがわかっている。だから今後私達が食事に行くのは不自然だ。あぁ、さっきは涙なんて出なかったのに、今頃になってちょっと泣けてきた。

まだ多くの人が食事やお酒を楽しむ時間帯。

皆思い思いの店の中にいるからか、通りを歩く人は少ない。

等間隔に置かれた街灯が侘しく夜道を照らしていて、私達は少し間を空けて歩いていた。

もう、図書館にだって行きづらいし、エロ小説を外で書いてスリルを味わうなんて悪趣味なこと止めて家で執筆しよう。

でも、レン君はせっかく許可をもらったけど使えないな、……私が無理だ。

アランさんは、これからも「スズ」の作品を読んでくれるかな。

人生の一冊とまで言ってくれたのに、私のせいでもう楽しめなくなるかもしれない。もう読めなくなるかもしれない。

私の正体を知らなければ、……私と出会わなければよかった、なんて思うかもしれない。

それはちょっと……いや、かなり、悲しい。

グッと、目頭が熱くなった。

レン君のことは、いつかこの気持ちがちゃんとなくなったらまた話を書けばいい。いつかきっと諦められる。忘れられる……よね。

私が図書館に行かなければ会わないし、アランさんだって振った相手の店には来ないはず。そうすれば、薄っぺらい関係でいる私達の接点なんてなくなるもんね……。

――そう思ったときだった。

オシャレをしようと張り切ってヒールの高いショートブーツを履いていた私は、道端の小石をヒールの部分で踏みしめたらしく……盛大にこけた。

バッグに入っていた小物類が散乱するほど盛大にこけた。

は……はっっっっず!!

恥ずかしすぎて体を起こせない！　あと両膝を強打して地味に痛い！

「ミラベルさん！」

そう言われた瞬間、クルリと視界が反転し、体が浮いた。

「へ？」

「大丈夫ですか!?」

踏み潰されたカエルのように地べたに倒れ伏していたはずなのに、いつの間にかアランさんに抱きあげられている。何故!?　どうやってこうなった!?

「大丈夫ですか!?　どこか骨が折れたりとか!?」

「全然全然全然!!　擦りむいただけです！」

「でもすぐに立ち上がらなかったでしょ!?　どこが痛むんですか!?　このまま病院に……」

「病院!?　いやいや！　大丈夫なんで!!」

「ですが……」

ただ恥ずかしすぎて起き上がりたくなかっただけなんですけど……。

するとアランさんが辺りをキョロキョロと窺った。

「座れる場所がありませんね。そこの壁に寄りかかれますか？」

「あ、あの私ほんとに平気で……」

「俺が隣にいたというのにミラベルさんにケガをさせてしまうだなんて……本当にすみません！」

ほっといても数日で治るような傷だし、私が勝手に転んだだけでアランさん何一つ悪くないんだけど。

「少し待っていてください。落ちた物を拾ってくるので」

「あ、自分で……」

私の制止も聞かずに近くの壁に寄りかかれるように私を下ろすと、散乱している私の化粧品を拾い始めた。バッグの中身までまき散らすとか恥に恥を重ねてどうする！

散乱していたものを拾ってくれたアランさんが髪を掻き上げながら駆け寄ってきてくれた。

「これで全部でしょうか？　確かめてもらってもいいですか？」

「あ、ありがとうございます！　ほんとすみません、拾ってもらって……って、どうかしました？」

拾ってもらったものを受け取ろうとすると、アランさんが興味深そうに私の化粧品を見ていることに気が付き声を掛けた。

「あ、すみません、ジロジロと。自分には縁遠い物なので何がどういうものなのかなと思いまして」

「男性にはなかなか馴染(なじ)みがないですもんね。グロスはわかりますか？　これ塗ると唇(くちびる)がつやつやにもなるしケアもできるんです」

「唇をケアするんですか？」

キョトンとした顔で聞いたアランさんからは「理解できない」という気持ちが漏(も)れてしまっている。なんだかそれがおもしろくてさっきの気まずさなど忘れて笑ってしまった。

「そりゃあしますよ！　唇の皮が捲れてたら気になるし、ほら、もしキスするとき女の子の唇が荒れてて固い皮が当たったら嫌でしょ？」

「あ、……なるほど」

まあ私はキスしたことなんてないんだけども。ただグロスの色が気に入っているから使っているだけなんだけども。

「これはなんですか？」

「アトマイザーです。今つけている香水を小分けにしてそれに入れてるんです」

「え、香水つけてるんですか？　キツイ香りなんてしませんけど」

「香水は別にキツイ香りってわけじゃないですよ。つける量が重要なんです。飲食業だから仕事中はつけないけど、こういうお出かけのときにはふんわり香る程度につけてるんです」

「花の香りはこれだったのか……」

そして最後の一つをアランさんが私に手渡した。

「これは薬のケースですか？　……ぁ」

「あぁ、それは避妊や……くっ!?」

それはローラからもらった避妊薬と避妊パッチ!!

どどどどうしよう!!　「避妊薬」って言っちゃったよね!?　聞こえちゃった!?　いや聞こえなかったとしても避妊パッチなんて見ただけでそれだってわかっちゃうやつだ!!

気まずい!!　さっきとまた違う気まずさだ！　まるで私が今日そういうことをするのも予定に入れていたかのようだ！　違うの！　これは友達が心配して念のために持たせてくれただけで今日ア

ランさんとエッチしようなんて全然思ってなかったの！　なんなら存在忘れてたくらいなの！

「アアアアアランさん、そそその、それは……」

つかえまくる私とは違い、アランさんはまるで時が止まったかのようにピルケースを見つめたまま固まっている。街灯が眼鏡に反射していて、アランさんの目がよく見えない。

それがひどく怖い。

「ア、アラン……さん……？」

「っ！　あ、失礼しました。お返ししますね」

押し付けるようにピルケースを私に返すと、私に背を向けるようにクルリと後ろを向いた。広い肩幅と背中にどこか壁を感じてしまう。

やっぱり引かれてしまったのだろうか。

「歩けますか？　行きましょう」

「あ……はい……」

何にも触れないということが一番怖い。確かにアランさんとこうして会うことはもうないだろうってさっきは思ってた。だけど最後にこんなことになるなんて。せめて弁明させてほしい。

重すぎる空気のまま無言で時計塔広場へ辿り着いたときになって、半歩前を歩くアランさんに向けてようやく私の口が開いた。

「ア、アラン……さん」

「はい」

「あの、さ、さっきのは違うんです！」

「さっきの……とは？」

「その、ピルケースの……。あ、あれは、別にアランさんに使うとか、今日使うとかそういうのじゃなくって……」

ピタリと、アランさんが歩みを止めた。だけどこちらを振り向かない。

バクバクと心臓が早鐘のように鳴っていて、スカートの中に隠れた脚が僅かに震えている。さっき転んでできた傷が今になってズキズキと痛みを主張し始めた。

「……俺には使わず、今日は使わない、と」

「は、はい！」

ぼそっと聞こえたアランさんの声に勢いよく肯定した。だけどアランさんは振り向かない。

「じゃあ、――――――つもりなんだ……」

「今なんて……」

「さっき」

聞こえなかった言葉を聞き返そうとした私の声に被せるようにアランさんが声を発した。それと同時に私の方に体を向ける。

見上げた先にあるアランさんの表情は、さっき私の告白を止めたときのような悲痛なものだった。

「さっき、ミラベルさんは……俺ともっと仲良くなりたいと……特別な関係になりたいと、そう言ってくれましたよね？」

「……はい」

「ミラベルさんにも邪な気持ちがある、とも……」

「は、はい……」

その表情からは、私を喜ばせるものが繰り出されることはないと感じる。

「ミラベルさんは、俺と……さっきの薬やパッチを使うような関係を望んでいるんですか？」

「っ」

目の前にいる彼の苦々しい顔が視界を埋める。

恋人同士になれたら体の関係を持つことは必然だ。だけどアランさんの口ぶりは、それを拒否している。真面目（まじめ）なアランさんのことだから、きっと気持ちを持っていない相手とはしたくないと思っているはず。……それはつまり、私のことが好きではないということだ。

私が黙っていることを先程の問いの肯定と受け取ったらしいアランさんが、グッと拳を強く握ったのが見えた。

「俺も、ミラベルさんともっと仲良くなりたいし、特別な関係に、って……思ってましたけど……」

思ってましたけど。

もうこの言葉だけで、アランさんの言いたいことがわかってしまう。

「俺が思う、それと……ミラベルさんが思うそれには、違いが……あるように、思います」

「そう……みたい、ですね……」

私はアランさんと〝恋人〟になりたい。

だけどアランさんは〝友達〟になりたいだけなんだ。

確かに私達の今の関係は友達というにはあまりによそよそしい。今の私達の関係は作家とファン、そして次のキャラのモデルにすぎない。つまりは〝知り合い〟だ。

アランさんがグシャッと歪めた顔を隠すように片手で顔を覆った。だけど指の隙間から苦しそうな顔が見えた。そして苦しそうな顔で、絞り出すような苦しい声で、私に言った。

「俺は、ミラベルさんに……今思われているような気持ちを向けられるのが、すごく……悲しいです」

「――――……え」

悲しい？

それって、私のアランさんへの気持ちは、負担ってこと？

嫌だったってこと……？　迷惑って……こと？

好きだと、伝えることも止めようと思ったのに……。

ただ、アランさんを好きでいることも嫌、ってこと……？

「俺は、……俺はミラベルさんのこと……」

「ダメ……なんですか？」

シフォンのワンピースがグチャッと歪むほどに服を握る。何かを掴んでいないと立っていることすらできないような気がして。

アランさんの綺麗な顔も逞しい体すら見ると苦しくて真下を見ると、アランさんの綺麗に磨かれた革靴が見えた。今はそれさえも私を苦しくさせる。

「ど……どうしても、嫌……なんですか……？　私の……気持ち……」

「……っ、それはっ、その……」

泣くな。泣いたら余計に負担になっちゃう。

迷惑になっちゃう。

嫌がられちゃう。

……嫌われちゃう。

そう思うのにポタタ……と、二粒の雫(しずく)が落ちて、雪だるまのような二つの円を地面に描いた。

何がアランさんももしかしたら私を、だ。

こんな勘違いして、振られて、派手に転んで、……嫌がられて、恥ずかしい。

……悲しい。

「ミラベルさんっ、俺はあなたと……」

「好きで、いるだけなのもっ……つめ、……迷惑……です、か……？」

声は涙でガタガタに震え、しゃくりあげることを止められない。

「え」

「私が……ア、アラン、さんの、こと……好きで、いるだけ、なの、も、……い、嫌……ですか？」

「え？　……え？」

「私の、気持ちは……アランさんの……め、迷惑に、なっちゃい……ますか？」

「え？　ちょ、待っ」

「だから……さ、きの、告白、しよ、としたの、も……なか、たことに……」

「あれは……え？」

「あんな、小説……書いたり、こんな薬……持ってるような、はしたない、私だから……好きでいられるのも、迷惑……ですか？」

「ちがっ、違います！」

わかってる。今の「違う」は優しさだ。

自分を卑下(ひげ)する言葉をわざと言って、優しいアランさんに否定してもらいたいと思っている自分が浅ましい。

「ご、ごめんなさ……。お、送ってくれてありがと、ございまし、た。し、失礼します！」

「つ、ミラベルさん‼」

最後まで顔も見ないでその場を後にした。声もろくに出ず、こんなグシャグシャな顔、見られたくない。泣いていることがバレバレであっても見られたくない。

地面を蹴るように駆けだしてその場から逃げて急いで家へと向かった。

顔もグチャグチャ。

服もグチャグチャ。

髪もグチャグチャ。

心もグチャグチャ。

言わなきゃよかった。

伝えなきゃよかった。

でも、もっと言いたいことといっぱいあった。

アランさんの笑顔が好きです。

すぐに照れるところが可愛くて好きです。

丁寧な口調がたまに崩れるところが好きです。

スズの作品のことを話しているときの少し早口になっちゃうところが好きです。

ご飯を食べるとき一口が大きいところが好きです。

いつもの眼鏡のとき、レンズで見えないけど真っ直ぐ私を見てくれるところが好きです。

好きじゃないところなんてないくらい好き。

もっと知りたかった。もっと好きなところを見つけて、もっと好きになりたかった。

……なのに、ごめんなさい。

嫌な思いさせてごめんなさい。

すぐに諦めるのが無理そうでごめんなさい。

好きになってごめんなさい。

いつか、ちゃんと諦めますから。

それまで何もしないし会いにも行かないから、好きでいることだけは、どうか許してください。

あ、好きでいるだけでも嫌がられたんだった。

でもどうすればいいんだ。

こんな膨らんだ「好き」を、どうすれば風船を割るように一瞬で消せるんだ。

自分の家の前へと辿り着き、指をもたつかせながら逸る思いで鍵を開けた瞬間、

「ひゃあっ！」

ノブを掴んだ腕が、自分の倍はあるのではないかと思うほどの太い腕に掴まれ、グイっと力強く

引っ張られ思わず後ろを振り返ると、僅かに息を切らしたアランさんがいた。

「————……やっ」

眼鏡の奥にあるチョコレート色の瞳があまりに綺麗で、それが今の私にはあまりに辛くて、既に涙でグシャグシャなのに、更に涙をブワッと浮かばせた。

「ぁ……」

まるでその涙に怯(ひる)んだかのように小さく声を漏らしたアランさんが、私の腕を掴んでいた手の力を緩ませた。その隙に滑(すべ)りこむように中へと入ってすぐに鍵を閉め、その場にへなへなとしゃがみこんだ。

どうして、追いかけてきたの……。

アランさんにとってはただ泣いた私を追いかけたという、大して考えもせずした行動が、私の気持ちを荒波のように掻き乱しているということを、あの人はきっとわかっていない。

そしてそれが残酷な優しさだと、彼はきっとわかっていない。

「……っく、……っぅぅ……っ」

きっともう扉の向こうにアランさんはいないだろう。

だけどしゃくりあげる涙と声が外に漏れないよう必死に堪(こら)えることを、私は止められなかった。

第三章
眼鏡のある生活

『アランのいいとこって顔だけよね。ほんとつまんない』

いつの間にか俺の恋人ということになっている女性達は、勝手に寄ってきたくせにこんな台詞（せりふ）を吐いてすぐに去っていった。

自分の顔はひどく色香を放っていると言われる。ただ立っているだけで、座っているだけで、そこにいるだけで、周囲にそう思わせてしまうらしい。

そんな自分の周りには自己主張が強く傲慢（ごうまん）な女がいつもいた。その性格を表しているかのような鼻が曲がりそうな程のキツイ香水の香りを纏（まと）ってすり寄り、我が儘（わがまま）や自身の話をペチャクチャ話しているかと思ったら、急につまらなそうにして先の言葉を吐いて去って行く、そしてすぐにまた似たような女が隣に来る。その繰り返しに心底うんざりしていた。

初めのうちは皆優しい。共感した振りをして、楽しそうな振りをして笑ってる。そして笑みを浮かべながら俺を探ってくる。

だがすぐに「そんな人だと思わなかった」「ガッカリした」「つまらない男」と言って火が消えたように笑みはなくなり去って行く。

元々向こうが言い寄って来ただけで好きでもない女性を追いかけるつもりもないし、俺がつまらないのは本当のことだ。

だがそれを言われて全く傷つかないほど、俺は強い人間ではなかった。

大学卒業まであと少しという日の夜、遠方の同じ地での就職が決まっている友人のルーファスから「アランに見せたいものがあるんだ」と言われ飲みの席にポンと置かれた眼鏡はダサいとしか表現できず、もしどこかに売っているのだとしたら誰が買うんだと思うほどの代物だった。

真ん丸なレンズは太すぎる黒縁に覆われ、そのレンズはまるで瓶底のように厚くしかも少し磨りガラスのようになっている。

「就職祝いの餞別。新天地では顔隠して暮らしたいって言ってたろ？　だから作ってみた」

「こんなレンズじゃ前見えないだろ。それに重くて耳もげそう」

「へっへっへ。そんなこと言っていいのかな～？　とにかくかけてみろって」

持ってみると見た目と違ってかなり軽い。その軽さにも驚いたがかけてみると更に驚いた。

外側から見たら確かにレンズが磨りガラスのようになっていて到底前など見えないと思っていたのに、かけてみるとただの伊達眼鏡だ。

「……すごいな、これ」

「だろ？　今のお前いい感じにキモイしだせぇぞ！　それで髪でもボサボサにしとけば完璧だ！」

ルーファスに眼鏡のスペアを作ってもらうことを新たに頼み、大学卒業と共に引っ越した。

ダサい眼鏡と髪で顔を隠し、上背がある体はヨレた古着で隠して歩くと、まるで天地の差だった。

地元にいたときはどこを歩いてもジロジロと秋波を送られ辟易していたというのに全くそれがない。むしろ存在感がなさすぎて気付かれないことの方が多い。

――……なんて生きやすいのだろう。

もう誰かに時間を取られ本を読む時間が減ることも、残り香すら嫌悪したきつい香水の匂いを嗅ぐこともない。

それからは仕事も休日も関係なく眼鏡をかけた。すると本当に穏やかで快適な毎日が送れた。

自分には女性と親密に関わるなんて向いていなかったんだ。これからはずっとこの眼鏡をかけて、静かに本を読む人生を過ごしていこう。

本気でそう思っていた。

（あ、あの人また来てる……）

視線の先にあるのは、一人の女性が真剣に何かを書いている姿だ。

バターブロンドの髪と苺色の瞳を持つ彼女を初めて見たとき、その髪と瞳の色から、バタートーストの上に苺ジャムを載せたようだなと思った。

司書となって数年が経っていた。案外この仕事は面倒事が多いし割と体力を使う。職を変えたいとは思ってはいないが、どうにもモチベーションが上がらない日々を過ごしていた。

そんな日々の中に彼女は突如現れた。

自分が担当する三階は置かれている本の種類から利用者が少ないし、顔を覚えるほどに足を運ぶ人などまずいない。そんな中若い女性が足繁く通い、いつも窓際の奥まった席へと座る様は目立っていた。

その人は何かを勉強しにここに来ているようだ。本棚へと行って辞書や何かの専門書を席へと持ってきて読んだり、そう思ったら今度は黙々と何かを書いていたり、時には窓から見える図書館自慢の庭園迷路で遊ぶ子供を楽しそうに見ていたり。

彼女がここへ来るようになってから三階の利用者が少し増えたように感じる。主に男の。

みんな本を読んだり、勉強したりしながら横目で彼女の様子をチラチラと覗(のぞ)くだけで、暗黙の了解でもあるのか真面目(まじめ)な彼女の邪魔をするような者はいない。そして当の本人は全く気付いていないのかいつも何かを、時には苦しそうな表情で、そして時に何かおかしそうに笑みを浮かべながら黙々と書いている様子は、傍(はた)から見てて少し面白かった。


彼女とは一度だけ話したことがある。

台に上って棚を整理しているときに少し緊張した面持ちで「あの……」と声を掛けられ、何かと思えば取りたい本が高い位置にあるから俺が使っている台を貸してほしいというものだった。

いつもここに来ている女性だとすぐにわかったし、他にも職員はいるのにわざわざ存在感の薄い自分に声を掛けてくるなんて珍しいなとも思った。

その本は見たところ自分だったら台に上らずとも取れる位置にあった為、取って渡してあげた。

すると彼女の苺色の瞳が、レンズで見えづらいはずの俺の目を見て少し顔を赤らめながら嬉(うれ)しそうに微笑(ほほえ)み、丁寧に礼を言ってくれた。

過去に向けられていた捕食対象を見るような笑みでなく、こんなダサい恰好(かっこう)をしてから偶(たま)に向けられる嘲笑でもない。彼女の笑顔は、ただ美しかった。

それから日々つまらない仕事の中で、彼女が来ることを密かな楽しみにするようになった。

ある時、積読していた本すらも全て読んでしまったことに気づき、新たな本を求めて本屋へと向かった。

ジャンル関係なくなんでも読むが、恋愛小説だけはあまり気乗りせず読むことは少ない。だがその日はなんとなく、本当になんとなく恋愛小説を読んでみようという気になった。

恋愛小説コーナーへと入り本棚を眺めていると、パッと目に入ったのは『ヌルヌルなのはムキムキのせい』という少し下品とも言えるタイトルの本。上下巻でもないのに何故か同じタイトルで少し装丁が違うものが隣にあり、それを手に取ってみるとそっちは表紙が絵になっていた。

腹筋にこだわりを感じる逞しく綺麗な顔の男が頭を起こしながら不敵な笑みを浮かべて横たわり、覆い被さっている困り顔の女性の太ももを撫でているという少々官能的な絵だった。

なるほどな。こっちは通常の装丁で、こっちは表紙が絵になっているから少し割高なのか。内容は全く同じなのか？　まあいい。この表紙でメイン二人のイメージはわかったし通常の装丁を買うか。

『ヌルムキ』との出会いはそんななんてことのないきっかけだった。


「めちゃくちゃおもしろかった……」

ハァ、と大きく息を吐きながら、いつも本を読むときに寝転がっているソファに深く体を預けた。

なんだこの気持ちは……。読み進めたいのと読み終わりたくない気持ちがせめぎ合いながらページを捲り、読み終わってしまった高揚感と寂寥感が体の中をグルグルと回っている。

　タイトルに似合わず『ヌルムキ』はシリアスな話だった。

　美醜の決め方が独特で、男性は女性のようにスラリと細身なのが魅力的で、逆に筋骨隆々としているといるのは醜いとされている世界。その中で主人公の「ハルカちゃん」が、筋骨逞しいためブサイクとされている「ユウセイ君」と出会い物語が始まっていく。

　初めは心身共に頑健な「ユウセイ君」の明るさと「ハルカちゃん」の純粋さが微笑ましいのだが、「ユウセイ君」がブサイクとして不遇な扱いを受け続けているにもかかわらず体を鍛えている理由が明かされたとき、涙が止まらなかった。

　そこから強いと思っていた「ユウセイ君」の弱さと人間らしさと、「ハルカちゃん」の強さと優しさが巧みに表現されていて本当に素晴らしかった。

　それに性描写もすごい。

　官能小説を読んだことはあるがそれとはまた違うように思えた。主人公である「ハルカちゃん」の激情がきちんと表現されていながらも、まるで二人の情事を第三者としてじっくりと見てしまっているような気持ちになる。そして快感に身を委ねている「ハルカちゃん」を「ユウセイ君」が愛おしげに見つめているのだろうということも感じさせてくれる。

　彼らの未来をもっともっと知りたい。

　彼らの世界に何故自分はいないのか、何故自分の世界に彼らはいないのか。

「こんな気持ち、初めてだ……」

　その後『ヌルムキ』の絵表紙の方もすぐさま購入し、挿絵にも感動し、その日のうちに幾度も読み返した。ユウセイ君の心身の頑健さを羨み、自分も体を鍛えたいと思うようになるまでさして時間はかからなかった。今まで趣味といえば家で読書というだけの自分にそれは革命とも言えた。

ルーファスが時折通っているという体錬場を紹介してもらい、そこで基本的な体作りをし、体が出来上がってきたころには対人術も習い始めた。

それがとにかく楽しかった。

そして体を鍛えたことによって仕事へのモチベーションも上がった。

きつくて辛いと思っていた大量の本運びもトレーニングだと思えばむしろ進んで行うようになったし、事務作業も集中力を鍛える練習だと思いながら取り組んだ。

スズ先生の新作が出版されるとすぐさま購入し、次の日仕事であろうとも読了してすぐに読み返し、じっくりと世界観に浸るのが楽しかった。

先生が作る世界観の男性は皆逞しい体の持ち主なのも、今の自分を肯定してくれているような気がして更に自分の気分を上げさせてくれた。

それまで、ただ自分が弱いということを受け止め諦めて、本の中に逃げていた俺にとって、たった一冊の本との出会いでこんなにも自分を変えることができたという事実が心底嬉しかった。

俺にとって『ヌルムキ』は、スズ先生は、かけがえのない、救いのような存在だ。

スズ先生の作品はどれも素晴らしい。出会えて本当によかった。こんなにも自分の人生に彩りと楽しさをくれた。どれほど感謝してもし足りないくらいだ。

——だけどただ一つ、困ったことを挙げるとすれば……。

「……つふ、ぅつ……つく」

痛いほどに熱(いき)り立っているソレを目を眇(すが)めて扱(しご)いていく。

ベッドのサイドテーブルの上でブックスタンドによって開かれている『ヌルムキ』のページは、物語の中で一番激しく二人が愛し合っているシーン。

スズ先生の作品に出会ってから性的に昂奮してしまうことが増え、おのずと自慰の回数が増えてしまった。自瀆用を読みながらの手淫(しゅいん)が一番自分を高めるのだとわかってしまったのだ。

挿絵を見て自分がユウセイ君となってハルカちゃんを抱いていることを想像する。

——なのにいつも。

「ぐっ……っ、……っはあ、はあ……」

吐精するときに思い浮かべるのは、自分に声を掛けてくれた名前も知らない彼女の笑顔だった。

◆　◆　◆

その日は司書室に籠って書類仕事をしていて、気づけば閉館時間は過ぎて他の職員はもういなくなっており、館内も暗くなっていた。

心許ない足元のライトだけを頼りに館内の戸締まりをチェックして回り、三階へと辿(たど)り着(つ)いたときだった。

奥まった席に人影が見えたため、近づいてみて驚いた。

————彼女だ！

机に突っ伏して眠ってしまっているようだ。奥まった席にいるから誰も気づかなかったのかもしれない。

「あの、すみません……」

恐る恐る声を掛けてみたが起きない。無人の図書館だったからよかったようなものの、こんな寝顔を無防備に晒してたら絶対襲われるぞ。

彼女を起こそうとして肩に触れたとき、その薄さと細さに驚いた。

女性とはこんなにも細いものであったのか。あんなに近寄られ、すり寄られ、胸を押し付けられたときでさえ何とも思っていなかったのに何故彼女の肩を触ったくらいでこんなにも動揺しているのだ。だがその動揺も、今感じる早鐘のような鼓動も、不快とは思わなかった。

「あ、あのぉ……、起きてください」

少し体を揺らしてみると、フワリとしたコーヒーの香りと筆舌に尽くしがたいいい匂いがほんのり鼻をくすぐった。

地元にいたとき、頭痛がするほど悩まされたキツい香水の匂いとは全く違う。落ち着くような、でもどこか浮足立つような……コーヒーの香りがなかったら、どんなにいい香りか……。

「っ」

そんなことを思った自分に驚いて触れていた手を引っ込めると、彼女が突っ伏している先にある紙束に目が行き、その中の「ユウセイ」と「ハルカ」という文字が目に留まった。

(これって……もしかして『ヌルムキ』のユウセイ君のプロフィール？　こっちの紙にはハルカちゃんの設定がかなり細かく書かれてる……。あれ、こんな設定、話の中にあったか？)

いつの間にか彼女の前に腰かけ集中するために無意識に眼鏡を外し、その紙束を読み耽っていた。

それは設定資料だけでなく「この台詞は必ず入れること」というメモであったり、二人が睦み合うプレイの種類が箇条書きで書かれ、何重にも○がつけられているものは本編で実際に書かれたプレイのようだ。

……もしかして彼女は、スズ先生、なのか……？

細かい設定に感動しながら文字を追うことを止められないでいると、視界の隅で何かが動き、視線を感じたため顔をあげた。そこには物音に気付いて目が覚めたのか、驚いた様子で俺を真っ直ぐ見つめている彼女がいて、その表情が可愛かった。

「俺、スズ先生の大っっっファンなんです!!」

好きでたまらない作品を生み出してくれた人と出会えたことへの興奮が冷めやらぬまま、思わず握手を願い出ると困惑した様子の彼女がおずおずと手を差し出してくれた。

「わ、私はミラベル・メイヤーと言います。こちらの図書館はその、よく利用させてもらっております……」

手………やわらか…、ちっさ……。

やべぇ、俺、今、スズ先生と握手してる……。しかもそれが前から知っていた彼女だなんて……。

ミラベル・メイヤーさん……。ミラベルさん、ミラベルさん、ミラベルさん………。

…………ミラちゃん。

気味悪がられない程度にミラちゃんのことを前から知っていたと伝えた後、純粋な読者であることを伝えたくて思いつくままに作品のことを話すと、暗がりでもわかるほど顔を真っ赤にしながら照れていた。その照れた顔がなんとも可愛らしい。

なんだ、俺、一体どうしたんだ？　こんな風に女の人を可愛いと思うような奴だったか？　彼女がスズ先生だからか？　とにもかくにも、見れば見るほどミラちゃんは可愛い。

しかもミラちゃんも俺のことを知ってくれていただなんて、彼女の目に留まっていたと思うとまるで夢でも見ているようだ。

なんだこれ……心臓が痛いし、顔が熱い……。

勢いで名前で呼んでほしいと伝えると、俺も名前で呼ぶことを許された。ミラちゃんが「アランさん」と少し恥ずかしそうに呼んでくれたとき、グワッっと何かが沸き立つような思いに駆られた。

さすがに「ミラちゃん」と呼ぶのは心の中だけにしておこう。


「ハア……、夢のような時間だった……」

ミラちゃんを送り届けて家に帰り、ソファに深く腰掛けながら思わず言葉が漏れた。

可憐で大人しそうだと思っていたミラちゃんは意外とパワフルな人だった。

打てば響くような心地いいテンポでの会話。鈴を振ったような可愛らしい声。時折丁寧な口調が崩れて繰り出されるツッコミ。どれだけ作品が好きかを伝えると、感極まったように声を詰まらせ恐らく泣いてしまったのだろうがそれを見せない気丈さ。そしてその後に本当に嬉しいと素直に言ってくれる純粋さ。身長差があるから俺を無意識に上目遣いしてくる大きな苺色の瞳。

別れ際再度『ヌルムキ』への感謝を伝えたときにまた泣かせてしまって、くたびれたハンカチを渡したときの笑顔。

帰り道、思いがけず他人の情事を見てしまったとき、その光景というよりもそれをミラちゃんと見ているという状況に昂奮してしまった。半勃ちの状態に引かれてしまう、と焦ったが、何故だか彼女はむしろ楽しそうに俺を揶揄った。それが少し悔しかったがミラちゃんの少し嗜虐的な面を垣間見られて、更に昂奮し結局全勃ちしてしまった。

しかし、まさか他人の野外プレイが貴重でネタになるからと最後まで見るだなんて。

「ネタになります！」と意気揚々と楽しそうに話す顔も本当に可愛かった。

あんな可愛い女性があんな激しく官能的な話を書いていると思うと、昂りを抑えろなんて無理な話だ。

あぁ、今夜も自瀆用をフル活用してしまうだろう。だって仕方ない。不可抗力だ。ミラちゃんがあんなに可愛いのにエロいのが悪い。

――……あれ？　ちょっと待て。

あの可愛いミラちゃんがスズ作品の特徴でもある激しいエロ描写を書いているんだよな？

あんなにリアルで細かい描写は想像だけでは書けないだろう。まるで他人の情交を何度も見てきたようだ。

だが、彼女は今日のような出来事は貴重だと言った。

つまりあの性描写は、彼女自身の経験に基づいて表現しているのではないだろうか。

あの設定資料に書かれていたいくつもの性癖やプレイだって、想像だけで思いつくものなのだろうか？

顔面騎乗とか裸エプロンとかノーパン彼シャツとかコスプレエッチとかだいしゅきホールドとか……。彼シャツはなんとなくわかるけどコスプレってなんだ？　だいしゅきホールドってなんだ？

とにかく、彼女は相当場数を踏んでいる性の玄人とも言える女性なのではないだろうか……。

ミラちゃんの体を暴き、喘ぐ姿を知っている男がいる……。

そう思ったとき、自分の腹の内に怒りにも似た重くドス黒い炎が燃えたことを確かに感じた。

あの日から、ミラちゃんのことばかり考えてしまう。

以前からミラちゃんがここに来てくれることを楽しみにしていたが、今の焦燥にも似た気持ちとは比べ物にならない。

働いているという喫茶店へ行こうと思ったが、そもそも店名を聞いていなかったため会いにも行けない。

いくら自分が書いたものとはいえ、エロ小説を好きだと早口で熱弁する男に引いてしまったのかもしれない。

あぁミラちゃん！　俺はただエロが好きで作品を読んでいるわけじゃないんだ！　ちゃんと物語が好きで、丁寧な心理描写が好きで、キャラ一人一人が好きなんだ！　確かにエロシーンも好きだし、それで抜いてしまっているけれど……。一回二回じゃおさまらないけれど……。

その日もつい癖でミラちゃんが座るいつもの席に目を向けると、そこには離席中プレートと女性ものの筆記用具が置かれていた。

これはミラちゃんのペンケースだ!!

一気に心が浮き立ち、フロアを探したが見当たらないので違う階を探してみると、先日ふと嗅いだミラちゃんの香りに似た匂いを感じて辺りを見渡すと、すぐにその可愛らしい姿を見つけた。

ミラちゃんだ！　……ん？　側(そば)に男がいる。

いつも図書館で見る服装とは違うオシャレな装(よそお)いのミラちゃんが、小綺麗な顔の男と話をしている。まさかそのオシャレはその男のために……？

全身の毛が逆立つような怒りのような感情に駆られ、気配を消して近づいてみると二人は少し声を潜めて話をしている。

「――――、すぐに切る――――結構長かった――――」

「――――他の男――――」

「――――全然会ってくれな――――でも、どうしてももう一回ちゃんと会って話したくて……」

後半は男が声のボリュームを上げたからよく聞こえた。男ばかりがずっと喋(しゃべ)っていてミラちゃんの声は聞こえない……というよりも喋っていないのだろう。

この男、ミラちゃんの昔の男で復縁を迫っているのか？　ミラちゃんの綺麗な苺色の瞳に映らないよう俺がこの男を消し去ろうか？

だってミラちゃんは俺の……。

「本当に申し訳ないんだけど、ミラベルちゃん。俺に最後のチャンスを……」

「ミラベルさん」

仄暗(ほのぐら)い感情であえて男の言葉を遮(さえぎ)るように邪魔をして入る。そんな俺の顔を見て、彼女は花が咲くような笑みを返してくれた。

かっっわいい!!　抱きしめたい!!

その後男があっさりと引き下がったことにいささか疑念を感じながら階段を上っているとき、

「助かりました」とミラちゃんが礼を言った。

役に立ててよかった。と同時に先程の男は何なのだろうという疑問が湧いてきた。

昔の男ではと考えただけで相手を叩き潰したいほどに腹立つが、ミラちゃんほど可愛い女性なら過去に男がいてもおかしくない。あんな激しい性描写を書けるほど経験しているのだろうから。

だがそのあとすぐにミラちゃんに恋人などできたことがないという嬉しい情報を手に入れた。

こんな可愛いし館内でもモテていたのに恋人ができたことがないってことは相当鈍感なのか、身持ちが固いということなのだろうか。

すると彼女はキョロキョロと辺りを窺ったあと、「ちょっと屈んでください」と内緒話をするときのように口元に手を当てて言った。

彼女に近づくことでうるさく鳴る鼓動を感じながら耳をかたむけると、先日のコーヒーの香りではなく花の匂いが鼻孔を擽った。

(めっちゃいい匂い!!)

それだけで鼓動が跳ねるように高鳴った。

「私の、――――ドクン――――セフレさんなんです」

声と共に吐息を吹きかけられるように耳元で囁かれ、鼓動が大きく跳ねた。

と、同時に脳がショートしたように思考が止まった。ちょっと待て。今なんて言った?

「え?　セフレ?」

「はい」

セフレ?　セックスフレンドのこと?　ミラちゃんの?　ミラちゃんのセフレ?　セフレ!?　さ

っきの男が？　……え？　俺の聞き間違い？　いやでも「セフレ？」と思わず漏らしてしまった俺の問いに「はい」と肯定された。

「まあ、〝元〟ですけどね」

元？　……でも昔はそういうことをしていたってことだよな。じゃあさっきの奴はまたミラちゃんとセフレになりたいと迫っていたのか？　この甘い香りがする体を暴いて、彼女がどんなふうに啼くのか、彼女のナカがどんなに熱いのかを、あいつは知っているのか？

いやちょっと待て。さっきの男が〝他の男〟とも言っていた。とすれば、考えたくはないがミラちゃんはあいつ以外にもセフレがいる……のか？

皮肉にも今まさに自分の気持ちが明確にわかってしまった。だからきちんと確かめたい。だけど今自分が考えたことを肯定されたらと思うと、怖くて仕方がなかった。

さっきのセフレの件はひとまず置いておいて、相談事があると言うミラちゃんと一緒に昼食を食べに行くことになった。相談はなんと『ヌルムキ』のスピンオフのメインヒーローを俺をモデルにしたキャラで作ってしまったからその許可を取りたいというものだった。

ダメな理由など全くなく承諾すると、彼女は何故だか戸惑っていた。

ランチを終えてミラちゃんを時計塔広場まで送り、ミラちゃんが働いているお店に行っていいか聞くと怒濤の勢いで来てほしいと言ってくれた。

そんなに喜ばれると自惚れてしまいそうになる。

あえて着古されたような服を身に着け、本当は寝ぐせがつきにくい髪をグシャグシャに崩し、瓶底のような眼鏡をして、隣にいるのも恥ずかしいと思われるような見た目なのに、このダサい眼鏡を外せとも言わず楽しそうに嬉しそうに笑いかけてくれると、もしかしたらこんな俺を好きでいてくれているんじゃないかと勘違いしそうになる。

人を好きになるというのはこんなにも心が温かくなって、泣きそうになるのか……。

こんなにも相手を欲しくなって、相手に自分をどこまでも染み込ませたいと思うものなのか。

ミラちゃんだけ光って見えて、その姿をずっと見ていたい。

でもそれじゃ足りない。

触れたい。撫でたい。摑(つか)みたい。揉(も)みたい。弄(いじ)りたい。

舐(な)めたい。嚙(か)みたい。吸いたい。食べたい。飲みたい。

……俺のものにしたい。

――やっぱり、何故性描写をあんなに細かく書けるのかきちんと聞きたい。セフレはあの男以外にもいたのか、今もいるのか。

そう聞こうとした時、男の声が聞こえてきた。

「ベル？」

ベル？

ミラちゃんを愛称で呼ぶ男だと？　さっきの男だってミラベルちゃん、と呼んでいたのに。しかもミラちゃんも愛称でこの男を呼んでいるみたいだ。

その後その男が幼馴染(おさなな じ)みだと紹介をしてくれて合点(がてん)がいった。ミラちゃんに気があるのだろう。好きな子が長く側にいるものだから素直になれず悪態をついてしまうタイプだ。幼馴染みだから許される立ち位置なんだろうが癇(かん)に障(さわ)る。そして余裕そうな目で俺を見てくることにも腹が立つ。

ミラちゃんにあいつのことは幼馴染みとしか思っていないのかを聞いてみると、曖昧（あいまい）だがただの幼馴染みではない、という答えに心が凍った。

じゃあヴィクター・アナスという男はミラちゃんにとってなんなんだ……。

ミラちゃんと別れ、鬱々（うつうつ）とした気持ちで午後の仕事を続けていたときだった。

「アラーンさん」

館内で俺をそう呼ぶ職員はいない。振り返ると先程紹介されたミラちゃんの幼馴染みのヴィクター・アナスだった。

中性的な美麗な顔も声も、髪紐（かみひも）で結んでいる腰まで伸びているアッシュゴールドの髪が艶（つや）やかなのも鼻につく。

「……どうも」

「ほんとに司書なんだぁ」

「何か？」

「ッハハ！　さっきと態度全然ちがーう。愛想いいのはベルの前でだけなのかな？」

なんだこいつ。こいつこそさっきと全然態度が違う。まるで人を小馬鹿にしているような口調とミラちゃんを〝ベル〟と呼ぶことに、元々募（つの）っていた苛立（いらだ）ちが倍増していく。

振り返ったことを後悔し、腹の立つ声がする方は一切見ずに本を棚へ並べていく。

「館内ではお静かに」

「あ、すみませーん。でも俺、アランさんと仲良くなりたいからさ」

「……はあ」

「あ、ちなみに俺こっちが素なんで。さっきの態度はベル専用だから。安心して？」

安心も何もないのだが。というかさっきの酷い態度はミラちゃんの前だけって自覚してんなら直せよ。

「それに、どうしてもアランさんに聞きたいことがあるんだよね」

「仕事中なので」

「すぐ済むからさ」

「では手短に」

「アランさんはベルの本性、知ってるの？」

ピタリ、と動いていた手が止まった。

それを見たヴィクター・アナスがニヤリと笑んだことに不快感が胸を撫でる。

「……本性、だなんて嫌な言い方をされますね」

「そう？　アランさんがあいつのこと誤解しないように親切心で教えてあげようって思ってさ」

「結構です」

再び動かした手は、にやける男の少し冷えた大きな手によって制され、まるで愛を囁くように耳元に顔を近づけられる。

「あいつ、あんな純情そうな顔してっけど、中身ド淫乱だよ」

その言葉に制された腕がピクリと動いた。その動きは俺の腕を掴んだままの男にも伝わっている。

更にニヤリと笑んだのが気配でわかった。

「あいつ結構積極的でさ、毎回毎回すげぇ求めてくるんだよね。こっちも応えるのが大変よ」

「は……？」

「ほーんと、こっちの身が持たないっつの。ね？　そう思わない？」

「……俺には関係のないことですから……」

ミラちゃんが多少性に対して興味が深いのは知っている。ああいった本を書いているんだし、だからスズ先生の本は面白い。俺だってイロイロお世話になっている。

だけど、何故お前がミラちゃんがそうだと知っている。

『私の、………セフレさんなんです』

今朝囁かれた言葉が脳裏をよぎる。

〝ただの幼馴染みじゃない〟というのは、そういう意味でのことなのか？　こいつも、ミラちゃんと関係を持ったことがある、もしくは今も持っているということなのか……？

「そっか！　アランさんには関係なかったか！　あいつにもう声掛けられたのかと思ったからさ！」

「こ、声……？」

「やだなぁ、察してくださいよ。……こんな真昼間の図書館で話せるようなことじゃない誘いのことですよ」

「……っ、仮にも幼馴染みなのでしょう？　悪い冗談を吹聴されるのはどうかと思いますけど」

「悪い冗談？　もしかして俺が嘘吐いてると思ってる？」

ニヤリと嗤う美麗な顔が視界に映り、不快さが募る。

「俺、絶対嘘は吐かないんだ。ベルに聞いてみたら？　俺らの関係はただの幼馴染みなのか、ってね」

既に聞いた。そしてその返答は俺が望んでいたものではなかった。

ミラちゃんとこいつは、ただの幼馴染みじゃなくて……。

明らかに動揺している俺を見て満足したのか、俺の動きを制止していた手がスッと離れた。

「でも、アランさんには全っ然関係ないことだったね」

「っ」

「俺はベルがド淫乱でむしろ嬉しいけど、アランさんは嫌かなぁ？　って思ってあいつの本性を教えてあげただけ。でもアランさんが言ったようになぁんにも関係ないいんだもんね。お仕事の邪魔してごめんね。またね、アランさん♪」

「……っ」

言いたいことだけ言って去って行ったヴィクター・アナスの残り香にすら苛立ってしまう。

グチャグチャと汚い澱のようなものが自分の中に溜まっていく。この苛立ちは、一体誰に向けてのものなのか、よくわからなかった。


その日の仕事の後、図書館の隣にある大学の職員出口に立っていると、仕事終わりの様子の目当ての人物が出てきた。

「ルーファス」

「んお？　……おいおい、くそダサ眼鏡野郎の出待ちなんざ頼んでねぇぞ」

「飲みたいんだ。ちょっと付き合ってくれ」

「いいね。じゃあ同僚から教えてもらった店あっからそこ行くか」

案内されるがままについていくと、目的の店へと辿り着いた。ウッド調で綺麗な店内ではあるが客はほぼ男しかいない。何人かいる女性は店員で女性客はゼロのようだ。

適当に酒とつまみを頼み、重苦しかった喉に冷えたビールを流し込んだ。

「んで？　なんかあったわけ？　お前が俺を飲みに誘うなんて珍しいじゃん」

「ちょっと相談、というか話を聞いてほしいんだ」

「なに。このルーファス様に話してみな」

「実は好きな女性がいるんだが」

「ふぁっつっ!?」

突如ルーファスが奇声をあげたことで一気に周りの注目を浴びてしまった。が、すぐに正気を取り戻したルーファスが柔和な笑みで謝り、場はすぐに活気を取り戻した。

「やべぇ、俺耳が腐ったらしい。お前が好きな女できたとか言ったように聞こえた」

「全く腐ってないから心配するな。お前の聞こえた通りだ」

ルーファスの糸目が見開かれ、「信じられない」とでも言うような顔から目を逸らし、ビールを一気に呷った。

「女なんて自分の周りを鬱陶しく飛ぶ羽虫のようだと言っていたお前に!?」

「そんな酷いことは言っていない。鬱陶しいとは思っていたが」

「自称アランの彼女って女が何人もいて泥沼の戦いしてたのに我関せずだったお前に!?」

「俺はそもそも誰とも付き合ってなかった。向こうが勝手に言ってただけだ」

「女に言い寄られるのが嫌で地元捨ててそんなくそダサ眼鏡かけた禁欲生活しているお前に!?」

「これ作ったのお前だろ」

「好きな女!?」

「あぁ」

「よっしゃあ!!　今日は飲もう!!　肉食おうぜ肉!!　おねーさーん！　なんかよさげな肉頼むわー！　あとビール二つ追加よろしくー！」

急にテンションが上がったルーファスによって、二人のテーブルは山盛りの料理で埋め尽くされた。

「どんな子？　いつ知り合ったんだよ」

「図書館に通ってくる子で、前から勉強熱心な人だなと思っていた」

「ほうほう」

「たまたま話す機会を得たら、彼女が俺の好きな作家……のファンだったんだ」

「共通点があったわけか」

ミラちゃんはスズ先生だということを隠していると言っていたから、もちろんそれを俺が言うわけにいかない。

それから今までのことをかいつまんで話した。

初めは楽しそうに聞いていたルーファスだったがだんだんと表情に陰りが見え始め、最後には相槌すら打たなくなっていた。

「ってことはその子さ、元セフレの男がいて、その幼馴染みの男ともヤッてるってこと？」

「幼馴染みの方は確証はない……。そいつの発言から俺がそう思っただけで……」

「んで、お前にも好意があるように見せてて、お前はまんまとそれに引っかかったってわけか」

「嫌な言い方するなよ。もしかしたら俺が何か誤解してるだけかもしれないだろ」

「いやいや、どう考えても清楚系ビッチだろ。たぶんその子、他にも男いるぞ」

「清楚系ビッチ」

聞き慣れない言葉に思わず復唱してしまった。

「お前ほんっとに女運ねぇな。やっと惚れた女ができたかと思ったら清楚系ビッチにまんまと引っ掛かりやがって」

「いや、彼女はそんなっ……」

「ってかお前に脈なくね？　あったらわざわざセフレだって紹介するか？」

「そ……れは……」

「お前の素顔見たんなら大方お前と一発ヤリたいか、新しいセフレになってほしいだけじゃね？」

「そんなふうには見えない！　こんな恰好している俺のことを素敵だって言ってくれたし……」

「ぶわぁか。そりゃ清楚系ビッチのテクニックってやつだよ」

そう……なのか？　俺を慕ってくれているような素振りは、俺ともそういう関係になりたいと思っているからなのか……？

料理に手をつけずボーっとする俺を見かねて、ルーファスがハァ、と大げさなため息を吐いた。

「まあ好きな子ができたってのはお前にとっていい経験になったわけだし、一回だけでもヤラせてもらえば？　お前だいぶご無沙汰だろ？　腐るぞ」

「そういうことをしないと腐るのならとっくに俺のは腐っている」

「え……え？　は？　待て、お前……童貞なの？　あんなに女いたのに？」

「好きでもない相手に反応などしないし、そもそもしたいという気持ちも湧かないだろ。そんなに驚くことか？」

「驚くわバカ！　眼鏡取ったら色気大魔神なくせに新品野郎とか！　やっべ！　くっそウケる！」

なんだ色気大魔神って……。

「いい機会じゃん！　その子に筆おろししてもらえよ！」

「声がでかいぞ」

「その子に童貞バレすんのが嫌なら花街行ってからその子とヤれば？」

「声がでかいんだよ！」

「酒追加しよー！　おねーさーん！」

女性店員がテーブルに近づくと、ルーファスがメニュー表を見ながら酒を頼んだ後、話しかけた。

「ねえねえおねえさん聞いてよ。こいつ好きな子が清楚系ビッチなんだよ。なのにこいつ童貞でさ！」

「おい！　お前っ」

「女性の意見も聞こうぜ！　おねえさん童貞ってどう思う？」

意見を聞かれた女性店員はアッシュゴールドの髪を綺麗にまとめていて、猫のような少しつりあがった大きな灰色の目を向けてくる。めちゃくちゃ美人だけどクールな感じで少し怖い。

あとヴィクター・アナスに色合いも顔も少し似ていることに少し気後(きおく)れする。

「別にいいんじゃないですか？　童貞」

意外と話に乗ってきた。まあ飲み屋の店員さんだからこういう話題を振られるのも慣れているのだろう。

「女の子的に童貞ってありなの？　自分が経験豊富でも？　リードとかできないし下手かもじゃん」

「ん～、適当に遊ぶだけの男なら上手いほうがいいですけど」

「あれ～？　おねえさん結構遊んでる感じ？」

「それなりに」

ルーファスの失礼な物言いにもサラリと返して、自分が遊んでいることをあっさりと認めた。

「でも好きな人なら童貞でも構いませんよ」

「ほんとに？　経験ある方がよくね？」

「経験があるから上手いとは限りませんよ。反対に童貞だから下手とも言えません。ほら、スポーツでも何年も練習してきた人より初めてやった人の方が上手かった、みたいな。それと一緒です」

「才能ってこと？」

「どんなことにも才能ってあると思います。もちろん経験を積んで上手くなる人が大半ですけど、たまに経験人数だけ増やして自分は上手いと過信したド下手くそな人っていますから。そういう人と比べるなら自分は童貞だから自信がないって言ってくれる方がかわいく感じます」

「へぇ、そんなもんなんだ」

「まあ童貞だとか相手が清楚系ビッチとか気にせずに、その子が好きなら好きだと言えばいいのでは？」

ごもっともなご意見だ。なんだかこの店員さん妙に頼りがいがあって本格的に相談にのってほしくなってきた。

「俺の好きな人はとてもモテる人なんです。複数の男から好かれて、その、関係を持つ女性に好かれるにはどうすればいいんでしょうか……？」

「え、お前その清楚系ビッチちゃんにアタックすんの？　やめとけよー。脱童貞はできるだろうけど捨てられて終わりだぞ」

「だけど俺は……」

　俺は仮にミラちゃんが本当に清楚系ビッチだとしてもこの気持ちが消えることはない。ずっと一人で生きて行こうと思っていたんだ。もう、この先ミラちゃん以外の誰かを好きになれるなんて到底思えない。

　ミラちゃんが俺を好きになってくれないのなら、俺は一生童貞でいいし、一生一人のままでいい。この先、自分の隣にいてほしいと思えるのはミラちゃんだけだ。

　真面目に悩む俺の顔を見て店員さんがフッ、と微笑んだ。

「そんなに愛されるなんて女冥利に尽きますよ。きっとその子だって清楚系ビッチとは言っても自分だけを好きでいてくれる人がいるのは嬉しいと思います。お客さんがそんなふうに真摯に思いを伝えたら、彼女はお客さんにだけ向き合ってくれるかもしれませんよ。まずはセックスなしで食事に誘うのがいいんじゃないですか？」

「い、一応明後日会う約束をしてます！」

「そうなんだ。がんばってくださいね」

あ、笑うと普通に綺麗な女性だ。クールで怖そうと思って申し訳なかったな。

「でもさあ、付き合うってなったらセックスってかなり大事じゃん？　少しはテクも必要っしょ？　ちょっと花街行って勉強してくるってのもアリじゃね？」

なんだか少し不服そうな顔をしたルーファスが、ソーセージにブスリとフォークをさしながら言った。

呆れたような視線を送る俺と違って、店員さんは変わらず冷静な表情だ。

「確かに付き合うにあたってセックスは大事だとあたしも思います。でも仮に眼鏡のお客さんがその好きな女の子と付き合えたとき、君と付き合いたくて童貞を娼館で捨ててきたって知ったらキモいし引くと思います。逆で考えてみてくださいよ。好きな女の子がお客さんと付き合うために男娼に処女あげて勉強してきたって知ったら嫌じゃないですか？」

「そりゃあ……嫌だな」

「嫌です！　絶対に！」

可能性は低いが仮にミラちゃんが処女だったとき、俺との付き合いのために大事な大事な純潔を適当な男になんかあげたくない！

「まあ実際はそんなこと相手に知られるなんてこと滅多にないですけどね。とにかく相手のことを好きって思う気持ちがあれば童貞も処女も上手いも下手も全然問題じゃありませんよ。付き合うことになったとき堂々と童貞だってカミングアウトすればいい。童貞は別に恥ずかしいことじゃありませんから。それに相手が手練ならその子にこそ教えてもらえばいいじゃないですか」

「あ、それさっき俺も言った！　筆おろししてもらえって」

なんだか美人が「童貞」を連呼するというのはなかなかに迫力があるものだな。

そしてルーファスは花街に行けって言ったり、ミラちゃんに筆おろししてもらえって言ったりどっちなんだ。

「男にそういうことを教えるっていうのは嫌だったり抵抗はないいんですか……？」

「なんで？　全然ないですけど。恋人同士のセックスは上手い下手の品評会じゃないいんですよ？いかに自分のことを大切に愛してくれるかに重きを置くし、相手のことを愛していることの表現にもなるとあたしは思います。必然的にそれは相手に伝わって快感に繋（つな）がりますから。初心者なりに相手を思いやって気持ちいいかどうかを聞いてくれるほうが、独（ひと）りよがりのオナニーセックスより遥かにいいです」

「オナッ……」

「セックスの際のテクニックみたいなものは二人で探求して研鑽（けんさん）すればいいんですよ。その方がその子だって過去の男の誰よりもお客さんで気持ちよくなれるし、結果それがあなたの自信に繋がるでしょ。女の体だって性感帯も性癖も人によって違うんですから、その子と何度もセックスしてその子のためだけの技術を磨けばいいんですよ」

「その子のためだけの技術……」

ただただオウム返しに繰り返すことしかできない俺に対し、ルーファスは言葉を失っているような様子だった。そして発言した当の本人は顔色一つ変わっていない。

「ローラちゃーん！　いくら酒場とは言えちょっと下ネタが直接的すぎだよ〜」

カウンターにいた店長らしき男性が女性店員に向かって苦笑しながら注意すると、周囲からは

「いいぞ姉ちゃん！」「もっと言ってやれー」という声が飛び交う。

いつの間にか周りも俺らの話、というか彼女の話を聞いていたようだった。

「すみませんでした。皆さんお騒がせしました」

彼女が焦った様子もなく冷静に謝った。

「今のは完全にあたしの個人的意見なんで、お客さんの好きな人がどう思っているかわかりませんけどね。あたしの意見はそこまで気にせず好きな女の子のことを見てあげるべきかと」

「そ、そうですよね……。貴重なご意見ありがとうございます……」

なんだか圧倒されて素直に礼を言うと彼女は呆けてる俺ら二人の顔を見て、クスリと笑った。

「でもお客さんって見るからに童貞臭いから変に取り繕わなくていいと思いますよ」

「ど、童貞臭い!?」

「あ、言い方を間違えました。純情青年、って感じです。では、ごゆっくり」

店員さんがスタスタと奥へ行くと客達が「ローラちゃんかっこいいね！」「今度俺とヤッてくれ！」「俺素人童貞なんだけどどうすりゃいい!?」と声をかけられていてそれを素気なくかわしている。

「なんかすごい店員さんだったな……」

店内にいる全員に自分が童貞だとバレた羞恥よりも彼女に感嘆していると、途中からずっと黙っていたルーファスが彼女の後ろ姿をじっと見つめた後、俺の方に向き直って「ハアァ」と大きく息を吐いて俯いた。

軽い気持ちで彼女に意見を聞いたらその達弁っぷりに圧倒されてしまったことに、ルーファスのプライドが傷ついたのだろうか。

「やばい……」

ルーファスが顔を上げると、耳まで真っ赤に顔が染まっている。手で口元を覆って隠しているつもりだろうが全然隠せていない。

「お前……」

「ローラちゃん、かぁ……」

ルーファスの糸目が僅かに開き店員さんの後ろ姿を捉えている。その表情は紛れもなく、獲物を逃がさんとする飢えた獣の目だった。

とにかく色々吹っ切れた。

ミラちゃんが清楚系ビッチだろうが、自分が童貞だろうが気にしない。

俺はミラちゃんが好きなんだ。

彼女にセフレ関係になりたいと思われないよう、好きになってもらえるよう、そしてそうなったときは俺だけで彼女が満足できるよう精進するしかない。


「アランさん！　いらっしゃいませ！」

翌々日眼鏡以外の身なりを正した恰好でミラちゃんの店へと行くと、笑顔で出迎えられ一瞬で色々浄化された。

休憩時間となったミラちゃんが席にやってきてまた一緒に食事をする。美味しそうに食べている姿に今日も癒やされた後、コーヒーを飲みながら俺がモデルのレン君というキャラの設定資料に目を通す。

　スズ先生の設定資料を読めるだなんて幸せだ。それに俺をモデルにしてくれたってのは有り難いと何度も言ったのにどうしてミラちゃんは納得できないんだろう。そんなところも好きだけど。

　資料によると「レン君」は、黒髪黒目で初めは細身の体形。職業は司書。普段は瓶底眼鏡をかけているが、その素顔は老若男女を惹き付ける魔性とも言える顔立ちと声色を持つが故に孤高。人間不信なところもあるが、誰かと一緒にいたいという気持ちを併せ持つ複雑で面倒臭い性格。

　太陽のように明るい性格の「スミレちゃん」に救われ惹かれていく。自分だけを（物理的に）見つめてほしいという理由で彼女の人間関係を断絶させ、監禁紛いなことをする。その後はスミレちゃんを自分だけのものにするため、頑強な体を目指す。彼女の行動を逐一管理したり、彼女の使用済み私物をコレクションしたり、他の男と話すとそいつを視線で殺す勢いで睨み、邪な気持ちがあれば裏で排除する。独占欲が強くてとにかく重い。スミレちゃんがなんやかんやでそれを受け入れてくれるため直す気はない。

　性癖は舐め犬。スミレちゃんの体を余すことなく舐めることが好き。全身舐めないと挿入しない。好きな体位は立ちバック。恥ずかしいことを言わせたがりのやらせたがり。やっかいな絶倫。スミレちゃんがもう止めてと泣いてからが本番。

　……ふむ。舐め犬立ちバック泣いてからが本番か……いいな。というかこれって重いか？

　俺も好きな子が他の男と話をしているだけで相手を叩きのめしたいと思うほど腹が立つし、ミラちゃんが使ったものならなんでも収集したい。

　人間関係断絶まではしないけど、今いる男とは全員手を切ってほしい。常にその体のどこかに触れていたいと思うし、いっそのことずっと抱きしめたまま行動したい。それに体だって余すことなく舐めたい。ドロドロになるまで甘やかして俺がいないと息もできず歩くこともできなくなってほしいとも思う。

俺が仕事中は手乗りミラちゃんを胸ポケットに入れて常に触ったり撫でたり舐めたりしたい。そのサイズなら全身一気にしゃぶってあげるのもいい。

そう思っているのだが、これ重いのか？　……いや別に普通か。

となるとレン君との共通点は、職業と黒髪と瓶底眼鏡をかけていることと愛が深いくらいか。

資料に集中していると、ミラちゃんが仕事に呼ばれてしまった。その時、離れていってしまうことへの寂しさから思わず今夜飲みにいかないかと誘うと、ミラちゃんがすごく嬉しそうな顔で了承してくれた。

これは俺と食事ができるからではなく、レン君の話ができるから喜んでいるだけかもしれない。だがいずれにせよ喜んでくれるのは嬉しい。そしてとにかく可愛い。


喫茶店を出た足で眼鏡屋へと向かい、普段使いできるような黒縁の伊達眼鏡を買ってから家へと帰った。

自分で誘っておいて変な話だが急に決まったデートに戸惑っていた。だが真っ先に考えたのはこのダサい眼鏡ではダメだろう、ということだった。もう素顔を見せてしまっているわけだし、素顔で行っても問題ないとも考えたが長年の眼鏡生活で、眼鏡をかけずに外出するのがどうにも落ち着かない。

早めに待ち合わせ場所に行き、時計塔へ寄りかかってミラちゃんを待つことにした。これからのデートを思い逸る胸を抑えながら街行く人々を眺めていると、ふと視線を感じた。しかも複数。

……あぁ、この視線には覚えがある。

恋慕などという甘いものではなく、今にも狩猟されそうな感じ。気持ち悪い。こういう視線は不快でしょうがない。せっかく『ヌルムキ』と出会って体も鍛えて前向きになれたと思っていたけれど、少し眼鏡を変えただけで態度を変えられることを悍ましいとまで思ってしまう自分が嫌になる。自分は全然大した男ではないのに。好きな女性に振り向いてほしくて齷齪しているかっこ悪い男なのに。

だけどその不快さは、視界にミラちゃんの姿をとらえた瞬間一掃されていった。

昼の仕事のときだって最高に可愛いかったけど、それを軽く飛び越えるほど可愛い。

ベージュと黒のロング丈のワンピースはミラちゃんのために作られたのかと思うほど似合っているし、昼間は仕事だから一つにまとめられていた髪もハーフアップに変わっている。俺と会うために着替えるだけでなく髪型も変えてオシャレしてくれたと思うだけで心が躍る。

ふわりと心地よく香る花の匂いは以前ランチをした時も香ったものだ。ミラちゃん自身の香りなのだろうか、いや、それにしては人工的な花の香りを感じる。いずれにせよ昔自分の周りにいつも漂っていた、吐き気を覚えるキツい香水の香りとは天と地ほどに違う。心地よく気持ちがほぐれるいい香りに酔いしれた。

以前ルーファスに連れて行ったもらった店へと案内し、色々注文してすぐにテーブルの上は美味そうな料理で埋め尽くされた。

レン君のことを改めて聞かれ了承した。なぜか最初はためらっていたが、結果としてミラちゃんは納得してくれた。

俺としては既にレン君の話が刊行されることを心待ちにしており、是非とも彼には頑張ってほしい。レン君を自分に重ね、スミレちゃんをミラちゃんに重ねて読んだら俺は一体どうなってしまうのだろう。自瀆用が一冊で足りるだろうか……。

それから自分の過去の情けない話をした。

女性に好意を持たれはしたけど、見てくれと中身が伴っていないことにすぐに気づかれ責められて、早々に自分の前からいなくなっていくこと。だけど『ヌルムキ』に出会って考えが変わったこと。

ミラちゃんは真剣に話を聞いてくれた。その真摯さを愛おしいと思ったと同時に考えてしまう。あの性描写はミラちゃんの実体験によるもので、そういうことをするだけの関係の相手が複数人いるのか、と。今いる男全員を切って、俺と付き合ってほしいと言ったら彼女は……。

「だから俺、ミラベルさんに聞きたっ……」

「お待たせしました！　追加のワインでーす！」

間が悪すぎるだろ‼

だが考えてみたら隣の席との間隔はあるが、人目のあるところでの話題ではなかったのかもしれない。それに俺たちはまだ話すようになって数回しか会ってない。そんな新参者の男からセフレいるの？　なんて聞かれたらドン引かれるかもしれない。

「アランさん！」

急に意を決したような顔つきのミラちゃんに呼ばれた。

「私、アランさんともっと仲良くなりたいです！」

え、俺もです。

「アランさんはさっき、自分と話していても楽しくないって言ってたけど、私はアランさんといるとすごく楽しくて、時間過ぎるのあっという間で……でも、もっと一緒にいたいって思って……だ、だから、私、もっとアランさんと、と、特別な関係になりたいです！」

「つ、特別な……」

「もちろん、私だって清廉潔白（せいれんけっぱく）な人間じゃないから邪な気持ちだってあります！　でも……」

もっと一緒にいたいとは……、特別というのは……どういう意味だ？　そして邪な気持ちとは、どういう意味だ？

俺が望んでいる特別な関係（恋人）、と思っていいのか？

それとも特別な関係（セフレ）になりたいってことか？

もし、俺とセフレになりたいとしか思っていなかったら、それはすごく悲しい。

俺だけがこんなに想っていて、その相手から何の感情も向けられていないのに体を重ねるなんて、俺にはできない。それにきっと一度そうしてしまえば他の男と共有なんて絶対にしたくない。ミラちゃんの全部、俺のものにしたい。

俺はミラちゃんの体だけが欲しいわけではないのだから……。

そう思って何と答えていいのか黙っていると、

「お化粧室にいってきます!!」

そう言ってミラちゃんは脱兎のごとく席を離れて行ってしまった。少し呆然としたけれどホッとして、大きな安堵がやってきて大きく息を吐いた。

参ったな。これ以上話を聞くのが怖い。俺ってつくづく臆病でかっこ悪いな。あぁ、ウイスキーストレートでも呷りたい気分だ。

ミラちゃんが戻ってきたらさっきの話の続きを聞くべきか？　いや、俺が気持ちを伝えるべきか？　ミラちゃんが俺に伝えようとしているのが、望んでいるのとは違う話だったとしても、まずは俺がミラちゃんのことを好きだと思っていることを伝えたっていいはず。

今日は別に告白しようとは思っていなかった。考えなしに勢いで誘ったデートだがミラちゃんとの交友を深めたいと思っていた。それだけなのに刻々と想いが膨らんで、必然的に苦しみも増えていく。あれが清楚系ビッチのテクニックってやつなのか？　ダメだ。その術中に嵌まっているとわかっていてもどうにも抜け出せそうにない。

「あー！　もしかしてアランさん!?」

突如として、ここ最近聞いた中で一番嫌悪している声が陽気に聞こえてきた。

「……アナスさん」

何故お前がここにいる。ヴィクター・アナス。

「ヴィクターでいいって！　ってか眼鏡そっちのがいいじゃん！　アランさんめっちゃイケメンだね！　アランさんも誰かと飲みにきてるの？」

「まあ……」

「俺も友達と来たんだけど満席みたいで違う店行こうと思ったら、アランさんの後ろ姿が見えたから話しかけちゃった」

「よくわかりましたね……後ろ姿だけで俺だって……」

「俺、人の体とか観察するの好きだから。ほらアランさんっていい体だからすごい記憶に残っちゃってさ」

「はあ……」

「ねぇ、もしかして一緒に来てる人ってベル？」

「っ！」

「ふーん、そうなんだ……」

何も言わずとも俺の反応で察したらしく、ヴィクターはおもしろくなさそうな顔をした。

「それにしてもアランさんっていい体してるよねぇ。ッハハ！　ほんとあいつ無類の筋肉好きだよなぁ」

「は？」

「教えてあげたじゃん。ベルがド淫乱だって。あいつ、俺の周りの男とも体目当てで仲良いんだよ」

「っ！」

今一番言われたくないことを毛嫌いしている男から言われ、大して回っていないが酔いが醒めるのを感じた。苦々しさを感じている俺の心が読めているかのように、ヴィクターがフッと笑んだ。

「まあ？　俺に関しては体じゃなくて技術目当てって思われてるだろうけど」

「ぎ、技術……？」

「やだなぁ、テクニックってやつだよ。俺かなり上手いからさ」

「テクニック……」

「アランさんもあいつにいいように使われるのが嫌なら早めに手を切った方がいいよ。あいつ、筋肉がある男とあらば見境ないから」

「な……」

「念押しするけど、俺、嘘は絶対言わないからね？　んじゃ！　楽しい夜を！」

ヴィクターは綺麗な顔で凄艶とも言える色香を放ったかと思うと、人懐っこい笑みを残して去って行った。奴の言葉が頭の中でこだまし、嫌な汗が滲んでくる。

確かに作風からみてもミラちゃんが筋骨隆々の男が好きなのはわかる。

さっき、まるで告白でもするような雰囲気だったけれど、じゃああの言葉の続きは俺の体がミラちゃん好みだから、そういうことをしたいと、そういう関係になりたいと言うことだったのか……？

いやいや、あの男が嘘を吐いているだけかもしれないだろ。俺があいつの言葉に動揺してミラちゃんと離れるように仕向けているのかもしれない。それに俺はミラちゃんがそういう子でもがんばるって決めたじゃないか。

——でも、もしそうなら体目当ての相手に好かれるにはどうすればいいんだ。今日はレン君の話があるからこうして食事ができているけれど、次はどう誘うんだ？

俺がミラちゃんに手を出さないことにガッカリされて、もうこうして会ってくれなくなるかもしれない。それならミラちゃんを……いや、一度そういう関係になったらきっと恋人になるなんて無理だ。それに俺には技術も経験もない。もしかすれば一度だけで二度目はないかもしれない。

先日のあの女性店員さんだって言っていた。

遊ぶだけなら上手い方がいい、と。童貞が許されるのは好きな気持ちがあるからだ。

「くそっ」

ガブリと氷ごとお茶を流し込んだ。苦しいほどの冷たさを喉に感じたがそれはすぐに消えていった。

だけど今頭に浮かんだ重い思考はどうにも消え去ってはくれなかった。

考えがまとまらないでいると、後ろからミラちゃんの匂いを微かに感じ、自然と猫背になっていた姿勢を正した。

こんな気持ちのままでミラちゃんのさっきの話の続きを聞くことが恐くて、ミラちゃんが席に座るやいなや話題を変えてしまった。

自分が弱くてダサくてかっこ悪いのもわかってる。だけどこんなグチャグチャな心のままミラちゃんから万が一にも「セフレ」を打診されたら、俺は大げさでなく発狂してしまうかもしれない。

とにかく今日はこのまま談笑して解散しよう。そして後日、自分の気持ちを整理してちゃんと告白すればいい。

「ア、アランさんっ！」

またも意を決したようなミラちゃんの声と表情に、今度は自分が固まった。

「さっきの、話の……続き、なんですけど……」

「ぁ……」

ま、待ってくれ。

「アランさんを不快な気持ちにさせてしまうかも、しれない、けど……聞いて欲しい……です」

「不快……って……」

不快って何だ、不快ってどういう意味だ。俺が喜ぶようなことは言わないということだよな？

「こんなこと言ったら、アランさんをきっと困らせてしまうかもしれないけど、私の思ってることを伝えたいんです。嫌な思いをさせたら、本当にすみません」

その言葉でほんの僅かにあった希望は完全に打ち砕かれた。少なくとも俺を好きだという告白では決してないだろう。

ミラちゃんからの告白だったら不快とか困るとか嫌だとか思うわけがない。

じゃあ何を言われる？

ミラちゃんの思っていることって……。

「私、アランさ……」

「────待ってくださいっ！」

待ってくれ。やめてくれ。聞きたくない。

「もし、今俺が思っていることと、ミラベルさんが言おうとしていることが一緒だったとしたら、その……それは……」

俺の盛大な勘違いならいい。何を勘違いしているんだと笑ってくれていい。恥ずかしい奴だと笑ってくれ。

「ご、ごめんなさい………」

だけど次に耳に入った言葉は彼女の謝罪。

それは、俺が考えていた事を肯定しているかのようだった。

お開きにしようとミラちゃんが俯きながら言って店を出て、賑やかだが人が疎らな道を少し間隔を開けながら歩いていたとき、ミラちゃんが盛大にこけた。

急いで抱き起こすとその体の軽さに驚いた。さっき飯食べたよな？　なのになんでこんなに軽いんだ。

散乱しているミラちゃんの化粧品を拾って渡そうと思って手にしたものをまじまじと見ると、何をどう使うのかまったくわからないものばかりだった。

素直にそれを伝えると少し笑って丁寧にどういう用途のものなのか教えてくれた。

唇や香りに気を使っていることに女性らしさを感じつつ、それは誰に向けてのものなのかと思うと胸が重くなっていく。

そして最後に、半透明のケースを渡そうとしたとき大きく心臓が跳ねた。拾ったときは錠剤の方しか見えていなかったがその隣にあるのは……。

「あぁ、それは避妊や……くっ!?」

避妊薬。

確かにそう言った。この錠剤が避妊薬で、しかも避妊パッチまで持っている。そのことに愕然として手に持っているピルケースを凝視した。

誰に使おうとした？　いつ使うためにこれを？　いや、この場合は今日、俺と……？　確かに俺は避妊パッチなんて縁遠い物持っていないし買ったこともないが……。

それに避妊パッチは十枚セットなどで売られているはず。だがこれはどうみても二枚だけ。じゃあ残りは？　もう使ったのか？　それともこれから使うのか……？

気付けば時計塔広場に着いていて、いよいよミラちゃんと別れなければならない。だがこんな気まずい状態で別れていいのだろうか。

そうだ、とにかくさっきのピルケースは見なかったことにすればいい。だけどミラちゃんのほうからピルケースのことに触れてきてしまった。

「あ、あれは、別にアランさんに使うとか、今日使うとかそういうのじゃなくって……」

俺には、使わない。

今日は、使わない。

じゃあ……。

「じゃあ、いつ、誰と使うつもりなんだ……」

俺とは使わないのに、何故その小さなバッグに何故わざわざ入れて持ってきたんだ。

この後誰かと会うのか？　早い時間にお開きにしようと言ったのは、そいつに会いにいくため？

ずっと背を向けていたミラちゃんのほうに振り返ると、まるで俺に脅えているかのように小さな体をもっと小さくしていた。

ダメだ。ミラちゃんを責めたくないのに。たとえ本当にミラちゃんが清楚系ビッチでも気にしないって決めたのに。聞きたくないって思ってたから俺が話題を止めたのに。

「さっき、ミラベルさんは……俺ともっと仲良くなりたいと……特別な関係になりたいと、そう言ってくれましたよね？」

止まらない。

「……はい」

「ミラベルさんにも邪な気持ちがある、とも……」

「は、はい……」

知りたくなんてないのに。純粋じゃない、邪な気持ち。

「ミラベルさんは、俺と……さっきの薬やパッチを使うような関係を望んでいるんですか？」

恋人同士だって夫婦だってパッチは使う。でもその（恋人の）可能性はきっとない。

ミラちゃんが望んでいるのは……。

頬が赤くなりながらも戸惑うミラちゃんの顔を見て、俺の問いに対しての答えがわかる。

「俺も、ミラベルさんともっと仲良くなりたいし、特別な関係に、って……思ってましたけど……」

ミラちゃんはただ、俺と体の関係を持ちたいだけ。

わかってたけど、その事実がはっきりわかってしまうとこんなに辛い。

俺は、恋人になりたいって思ってる。けど。

「俺が思う、それと……ミラベルさんが思うそれには、違いが……あるように、思います」

「そう……みたい、ですね……」

俺だってミラちゃんを抱きたい。

でも、違う。ミラちゃんの気持ちがないのに、俺はそんなことできない。

「俺は、ミラベルさんに……今思われているような気持ちを向けられるのが、すごく……悲しいです」

「————……え」

「俺は、……俺はミラベルさんのこと……」

好きだから。ミラちゃんのことがこんなにも好きだから。

だからこそ、俺のことをそんな体目当てなふうに見られると、すごく、俺は悲しい。

「ダメ……なんですか？　ど……どうしても、嫌……なんですか……？　私の……気持ち……」

気付けば互いに俯き合って話していて、その震えた声を聞いて顔を上げると、つむじが見えるほどに俯いて自分のワンピースを強く摑んだミラちゃんがいた。俺の体の半分ほどしかないのではないかという薄く狭い体が震えてる。

「ミラベルさんっ、俺はあなたと……」

恋人になりたいって思って……。

「好きで、いるだけなのもっ……っめ、……迷惑……です、か……？」

————え？

「私が……ア、アラン、さんの、こと……好きで、いるだけ、なの、も、……い、嫌……ですか？」

え？　好き？

「私の、気持ちは……アランさんの……め、迷惑に、なっちゃい……ますか？」

え？　待って。意味が……え？

「だから……さ、きの、告白、しよ、としたの、も……なか、たことに……」

あれは、あの告白は……え、そういう告白？

「あんな、小説……書いたり、こんな薬……持ってるような、はしたない、私だから……好きでいられるのも、迷惑……ですか？」

違う。はしたないとか、迷惑とかじゃない。ただ俺は悲しくて。

でも待て。

ミラちゃんは、邪な気持ちじゃなくて、純粋に俺を好きでいてくれたってこと……？

「ご、ごめんなさ……。お、送ってくれてありがと、ございまし、た。し、失礼します！」

「っ、ミラベルさん!!」

脱兎の如く駆けだしたミラちゃんの姿はすぐに小さくなった。

このままでいいはずがなく、急いで追いかけると家の前でもたつく手で鍵を開けているミラちゃんをすぐに見つけた。

待って！　待って待って待って!!

ごめん、本当にごめん！

全部、全部俺が悪い。勘違いしてた俺が全部悪い。変に自意識過剰で勘違いしてた俺が全部悪い。君が過去にどんなに男と体を繫げていたっていい。だけど俺もそのうちの一人にされるのが怖くて、怖じ気(おけ)づいてしまった。気持ちがないのに体を繫げることだけを望まれることが悲しかった。

でも、違った。全部馬鹿な俺の勘違いだった。

もうこの瞬間、呆れられて俺への想いがなくなったとしても、俺を好きと言ってくれたことへの返事を言わないと、俺が君を好きなことを……。

パシッと摑んだその腕はあまりにも細く、簡単に折れてしまうのではと瞬時に思ったのにグイっと自分の方へと引き寄せていた。

そして見えたのは、苺色の瞳から落ちる大粒の涙。

「――――……やっ」

そして聞こえた小さな声。

自分が強く引き寄せた腕が痛かったのだろうか、それとも単純に拒絶なのかわからないけれど、すぐに力を弱めるとミラちゃんは滑り込むように家の中へと入っていってしまった。

呆然とした。

ミラちゃんのあんな悲しそうな泣き顔を見て、胸を掻き毟りたくなって、自分の胸元のシャツを強く握った。

するとすぐにドアの向こうから小さくしゃくりあげる声が聞こえてきた。

このドアのすぐ向こうに、彼女がいる。自分の愚かな言動のせいで泣かせてしまったミラちゃんがいる。

どうすればいいかわからず、ただずっと泣き声が止むまでドアの前から離れることができなかった。

――――あれから数日が経過した。

当然ミラちゃんはあの日から図書館に顔を出さない。

話をしたくて次の日、仕事終わりにサルビアに行くとまだ閉店時間ではないはずなのに店内が暗かった。店のドアに張り紙があり「しばらく休業します」と書かれていて、いつ営業開始するかは書かれていなかった。

どうにかしてミラちゃんと話をしたくて家まで行き、呼(よ)び鈴(りん)を鳴らしたが出てこない。どこかに出かけているのだろうと思いしばらく待っていたが、ミラちゃんは帰ってこない。居留守を使われたのかとも思ったが家の灯(あか)りも灯(とも)っていない。

それから出勤前と仕事終わり、毎日ミラちゃんの家に行っては灯りがあるかを確認するようになった。休みの日は朝からずっとミラちゃんの家の見えるところに居座り、ミラちゃんが帰るのを待った。

だけどミラちゃんは帰ってこない。

……ミラちゃんは今どこにいるんだろう。

他の男のところに……？　俺を好きと言ってくれたのに……？

いや、人に幻滅(げんめつ)し好意が一瞬で消えるなんてよくあることだ。今までだってそうされてきたじゃないか。ミラちゃんが俺に失望して、男のところに行ってたとしても俺に責めることなどできない。あんなに傷つけて泣かせてしまったんだ。

第一、女友達のところにいるのかもしれないじゃないか。この期(ご)に及(およ)んでミラちゃんを疑うなんて……恥を知れ。

とにかくどうにかしてミラちゃんに会いたい。ミラちゃんの思いが迷惑なんかじゃないことだけでも伝えたい。伝えたところでミラちゃんの気持ちがもう離れていたとしても、それでもどうしても伝えたい。

思いは日に日に強くなっていくのに、どうすればいいかわからないまま日々が過ぎていった。

日夜ミラちゃんのことを考えながら家の側で帰りを待つ日が続き、日に日に様子がおかしくなる俺が目に余ったのか、上司から明日の休館日と合わせて明後日も休んでいいからもう帰れと言われ、言われるがままに早退した。

まだ昼前という時間帯に家へは帰らず街を歩いた。

あてもなくトボトボと覚束(おぼつか)ない足取りで歩いていると、いつの間にか目抜き通りの方へと来ていた。屋台の他に衣服店や雑貨店が並ぶこの辺りは人々で活気づいていて、それが今の自分には少し気疎(けうと)い。

帰ろう。……いや、またミラちゃんの家の前に行こう。

そう思った後すぐに、ミラちゃんの泣き顔が頭に浮かんだ。

ここ数日はいつもミラちゃんの最後の泣き顔がいつでもどこでも頭に浮かぶ。苺色の瞳に涙を含ませた悲しい泣き顔だ。可愛いと思っていた笑顔も、照れた赤い顔もすぐに思い出せるけど、それを消すようにまたあの泣き顔が浮かんでくる。

「……っ」

やっぱり自分の家に帰ろう。

仮に今こんな状態でミラちゃんと会えたとしても、言葉が出てくるはずがない。下手すればまたミラちゃんを傷つけるようなことを口走ってしまうかもしれない。

踵を返そうと一度顔を上げたとき、ふと視界に光るものが見えた。

……ミラちゃんだ。

シンプルなエプロンワンピースを着て、バターブロンドの髪はポニーテールにしていて、それで隣には……ヴィクター・アナスがいる。

二人は俺に気づくことなく目抜き通りから外れ路地裏へと入り、パステルパープルの店へと入っていった。無意識に二人についていき、店の前に立ってみるとそこは下着店だった。

「ここは……」

ルーファスから聞いたことがある。路地裏にある紫色の下着店は、下着の他に夜の営みに使う際の衣装や道具を豊富に揃えていて密かに人気だと。

何故この店に……と思う事すら愚かだ。

その場に立っていることすらしたくなくて、地面を蹴るようにその場から走り去った。


気付けば夕刻。黒い雲が空を厚く覆っていて、まだ明るい時間のはずだというのに薄暗い。もうすぐ夕立がきそうな天気で人々は家路を急いでいた。

そんな中、俺はミラちゃんの家の玄関ポーチの上に座っていた。

おかしい。俺は家に帰ろうとしていたのに何故またここにいる。

これじゃまるでストーカーだ。

だけどここへと足が向いて、座ったまま動けない。

ミラちゃんは当然家にいない。今頃奴の家にいるのかもしれない。あの店で買ったなにがしかの物を使って愉しんでいるのかもしれない。

「……っ、くそっ」

あの日、俺を好きだと思ってくれたことは迷惑なんかじゃ、嫌なんかじゃなかったと伝えたい。

嬉しかった。本当に嬉しかった。

だからごめん。傷つけてごめん。

好きなんだ。ミラちゃんの事を愛しているんだ。

――……それを伝えたい。

ザアアアァァァ。

一気に雨が降ってきた。

玄関には小さな庇しかなく、土砂降りの雨にあっという間に体が濡れた。着ていたシャツが体に張り付いていくのが嫌で腕を捲り、ボサボサの髪も濡れて顔にはりつくことが鬱陶しく掻き上げた。顔が濡れるせいで滑る眼鏡もうざったく、濡れている胸ポケットにしまった。

……こんな雨じゃ、ミラちゃんは帰ってこないよな。

あの大きな木の下にある地面が濡れて全部色が変わったら帰ろう。

あの軒下にいる猫がどこかへ行ったら帰ろう。

あと十数えたら帰ろう。いや、やっぱり追加であと五十数えよう。

誰に言うでもなく言い訳しながらその場に居続けているうちに、雨脚が少し弱まってきていた。

……帰ろう。

さっきの言い訳は何だったのかと思うほどあっさりとそう思った。

既にびしょ濡れなために新たに濡れることを厭うことなく立ち上がった瞬間、傘が雨をはじく音がすぐ近くで聞こえた。

「アラン……さん……？」

ミラちゃんが立っていた。

その姿を見て、体が固まってしまった。

つい数時間前に見たときと同じ服装、同じ髪型。隣には誰もいない。それが嬉しかった。

「なんで、ここに……って！　めっちゃびしょ濡れじゃん！」

濡れ鼠状態の俺を見てひどく驚いたミラちゃんが慌てて鍵を取り出しドアを開けた。

「とりあえず入ってください！　タオルを用意してきますから！」

「待って！」

中には入らず雨に打たれながら声を発した。ミラちゃんは俺が入らないからドアを開けた状態で俺の方を向いている。

「俺……」

何を話せばいいか、頭が回らなくなってしまった。

あの日のことを謝りたい。今までどこにいたのか聞きたい。今日あいつと何故あの店に行ったか聞きたい。好きだって言いたい。……まだ俺を好きでいてくれているか聞きたい。

だけどいざミラちゃんを前にしたら、それをどう口にしていいかわからない。

「アランさん……？」

「明日！」

「え？」

「明日、図書館に来て欲しい！」

「え？」

「俺、ミラちゃんが来てくれるまで待ってるから！」

「え？　ミ、ミラちゃ……？」

「ミラちゃんに会ったら言いたいことといっぱいあったんだけど、ごめん、今、頭働かなくて。なんかもう、ミラちゃんに会えただけでいっぱいいっぱいで……」

「ちょ、待っ……ミラちゃんって……え？」

「じゃあ、俺はこれで！」

「あっ！」

ミラちゃんの顔も見ずに踵を返し、びしょ濡れの状態で雨を切るようにして走って帰った。

第四章

俺とけっ〇〇してください！

昨日のあれはなんだったのだろうか。

一夜明け、ベッドから起き上がりながらまず最初にそう思った。

アランさんとデートして振られた夜大泣きし、腫れに腫れた顔で翌朝出勤すると、前夜オーナーの親戚が急逝されたそうでオーナー夫妻が慌ただしく出かけて行ったため、しばらく休業するとローラから聞かされた。ローラとヴィー君は面識のない親戚だということで家に残っている。

私の悲惨な顔を見たローラは慌てふためき、心配だからしばらくうちにいな！　と言ってくれて私も一人でいたくなかったためアナス家にお世話になっていた。

数日滞在しまだ元気になったとは言えないが、親友のおかげで僅かばかり失恋の傷が癒えたため久々に家に帰ってきたら、家の前にずぶ濡れのアランさんがいてめちゃくちゃ驚いた。

盛り上がった筋肉にはりつく濡れたシャツ。びっしょりと濡れて掻き上げられた黒髪や傷一つない綺麗な肌から滴る雨水が彼の色香をより際立たせ、それでいて憂いを含んだチョコレート色の瞳がまるで捨て犬のようで。

告白してしまった日からアランさんの事を考えない日はなかった。この数日だけでアランさんを諦めるだなんて到底できるわけがないし、今すぐに諦めたいとも思っていなかった。

好きでいるだけなのも嫌だと思われているけれど、絶対にアランさんに迷惑をかけるつもりはない。ただ、自分の中でこの気持ちを整理するのに時間が欲しい、――そう思っていた矢先の捨て犬アランさんだ。

言いたいことがあるから今日図書館で待っているって言ってたけれど、正直何を言われるのか見当がつかない。

アランさんはとんでもなく美形だ。過去に女性で色々トラブルもあっただろうし付き纏うな、と釘を刺されるなんてことも可能性としてはあるかも。

だがそれを言うためだけに雨の中、しかも土砂降りの中待っているだろうか。

そして最大の謎。――ミラちゃん。

正直これの印象が強すぎる。ミラちゃんなんて今までアランさんから呼ばれたことないよね？　あれは何かの聞き間違い？　でも二、三回は言われたような……。ダメだ。これはどう考えても答えが出ない。

とにかくアランさんが来てと言ってくれたわけだし、今日会って話そう！

早く行ってもアランさんが仕事中なら話なんてできないだろうし、閉館時間ギリギリ前くらいに行った方がそのあとどこか公園か喫茶店にでも入って話せるよね。

あまり気合が入ってる服装で行くのもおかしいと思い、普段よく着ているシャツワンピースに着替え、派手にすっころんだことを反省しローヒールのパンプスを履くことにした。

財布とハンカチと鍵だけ入った小さなショルダーバッグを持ち、アクセサリーはつけず髪も下ろしたまま。お出かけのときにつける香水も今日は止めておいた。

夕方となり家を出て、図書館へと向かう。

何を言われるのだろうかという不安と、「もしかしたら……」というほんの少しの期待が混じったまま歩いていき、図書館の敷地内に入ったところで、少し違和感があることに気が付いた。

なんだか全然人の気配がしないのだ。閉館時間まであと少しあるのにこんなに人がいないなんてことあるのだろうか。

そう思いながら入口の扉に手をかけ中へと入った。

「ミラベルさん！」

「ひゃぐ！」

まだ爪先しか館内に入っていない段階で聞こえた大声に大げさに反応してしまった。

眼鏡をかけておらず服もシワひとつないが、なぜか疲れ切った顔のアランさんが駆け寄ってきた。疲れ切っているのがわかるのに妙に色気を感じてしまう。

「アランさんっ、あの……？」

「よかった……来てくれた……」

「ご、ごめんなさい、そんなに待たせちゃいましたか？　お仕事終わりに話すのかなって思ったから閉館時間ギリギリに来ようと思ってて……」

「あぁ、そういうことだったんですね……」

なんだ、そっか……と安堵するように小さく零してからアランさんは大きく息を吐いた。その様子に戸惑いながらも辺りを見たがやはり誰もいない。

「あの、なんで誰もいないんですか？　閉館時間はまだなのに職員の方もいないし……」

「今日は休館日なんです。なので朝から誰もいませんよ」

「え！　あ、そっか！　休館日か！　……あれ、じゃあアランさん今日もしかして朝から待っててくださった……とか？」

「あ～……ぇと……まぁ……」

「す、すみません!!」

今日一日アランさんのことを待たせてしまっていただなんて、あまりにも申し訳なさすぎる！

「ミラベルさんは全く悪くありません！　俺が昨日ちゃんとお伝えしないまま帰ったから……」

そういえば「ミラベルさん」呼びになってる。やっぱり「ミラちゃん」っていうのは私の聞き間違いだったのかな？　あぁ、でもせめてあと一回だけでもミラちゃんって呼ばれたいな。

「まずは謝らせてください。ご自宅の前で待つなんて付き纏うようなことをしてすみませんでした」

「いいえ、全然！　それより風邪引いたりしてないですか？」

「え、優しい………あ、風邪などは全く。ご心配をおかけしてすみません。……それで、こちらへわざわざご足労いただいたのには、ミラベルさんにお願いがあるんです」

「お、お願い……ですか？」

あれ？　私に言いたいことがあるって言ってたから話をするのかと思ったけどお願いなの？

やっぱりアランさんを好きな気持ちを早急に消せ、とかもう姿を現すな、とかかな？　いやでもそれを言うために土砂降りの中待って、今日も朝から待つなんておかしい。

胸がドキドキとしていることがアランさんにバレてしまうのではないかというほどに緊張してい

るが、アランさんの方が表情も固く緊張しているように見える。

ふと眩しさを感じて窓を見ると夕陽が差していて、館内も暗いオレンジ色に染め上げられていた。

「あぁ、もうこんなに暗い……。これだともう無理か……いや、ギリギリいけるか……？」

「？　えっと、私にお願いって何なんでしょうか？」

私の問いにアランさんが少しの迷いを見せた後、すぐに真っ直ぐに私を見下ろした。

「ミラベルさん……」

「は、はい……」

「――――俺と決闘してくださいっ！」

静かな館内に、アランさんの美声が木霊した。

「け、とう……？　え？　決闘ですか？」

「はい！」

「あの、どう考えても私、アランさんに勝てる気がしないんですけど……」

「あ、いえ、決闘と言っても俺と直接戦うとかそういうのではなくてですね！」

焦ってる。アランさんがこの上なく焦ってる。うぅ、焦ってるアランさん可愛い。

いやしかしなんだこの状況は。なんで振られた私が割と落ち着いていて、振ったアランさんが焦ってるんだ。全然意味わからん。あと決闘って何!?　決闘って……ん？　決闘？

「決闘ってもしかして『ヌルムキ』の決闘、ですか？」

「はい!!」

『ヌルムキ』の主人公であるハルカちゃんにヒーローであるユウセイ君が決闘を申し込むというシ

ーンがある。二人があるとき喧嘩をしてしまい、ハルカちゃんが大激怒してしばらくユウセイ君を無視していた。それに焦った脳筋なユウセイ君がハルカちゃんに決闘を申し込む、というものだ。

もちろん剣や拳で戦う、なんてものではなく、足が速いハルカちゃんと追いかけっこをするという申し出だ。このあと意味がわからないまま逃げるハルカちゃんを鬼神が如き勢いで追いかけるユウセイ君を見て、最早何に怒っているのかわからなくなって仲直りするという、ようはつまりただのギャグシーンだ。

だが私とハルカちゃんでは決定的に違う点がある。

「あの、私、足遅いんですけど……」

私は運動神経があまりよろしくないのだ。だからどう考えてもフィジカルパーフェクトなアランさんに勝てるわけがない。

「いえ、俺が考えていたのは、ミラベルさんに館内のどこかに隠れてもらって、それを俺が探し出す、というものです」

それはつまりかくれんぼをするってこと？

この広い無人の図書館でかくれんぼって、なにそれちょっと楽しそう。……いやいや待て待て。ただ遊ぶってわけじゃないんだぞ。決闘を申し込まれているんだから！

「でも、もう暗くなってきてしまったのでミラベルさんが嫌なら止め……」

「暗いのは別に平気です！　でも、勝ち負けを決めて、どうしようと思ってます……？」

「俺が勝ったら、ミラベルさんにあることをお願いしたいです。それはミラベルさんに危険が及ぶようなことではないと誓います。だけど、あなたにとってはとても辛いことかもしれません……」

「え」

「だから、もし俺が勝っても断ってくれていいんです。ただ、俺がそれを望んでいることをあなたに知ってほしい」

どゆこと？　アランさんが私に望んでいることなど見当もつかないが、それを今聞いても教えてくれないだろう。

「私が勝ったら？」

「ミラベルさんが勝ったら、俺になんでもいいから何か望みを言ってください。本当に何でもいいです。俺は絶対それを断りません」

「絶対？」

「俺ができることなら絶対に。できないことなら努力します」

アランさん負けるつもりないんじゃ……。

「制限時間とかはどうするんですか？」

「ミラベルさんが決めてくださって構いません」

「え、じゃあ例えばこんな広い館内で五分で探してって言ったら……？」

「五分で見つけます」

いや絶対無理――!!　私だって勝負とあらば負けたくなんかないけど、さすがにこの広い図書館で五分で見つけろなんて言うほど鬼畜（きちく）じゃない。

「じゃ、じゃあ三十分にしましょ！」

「そんなに時間をいただけるんですか？」

「え、うぅ……、じゃ、じゃあ半分の十五分でどうですか!?」

「わかりました」

なんでわざわざ私を煽って自分を不利にするの!? でもその余裕な感じがかっこいいとか思ってしまう。

「ミラベルさんが隠れている間、俺は司書室にいます。ミラベルさんは一般の方がいける範囲内で隠れてください。あと、ここには俺とあなたしかいません。不審人物や別の職員は絶対にいませんからご安心ください。庭に出ていただいても構いませんが先日のように侵入者がいる可能性もありますので、できれば館内でお願いしたいです」

「わ、わかりました。庭には出ません」

「ありがとうございます。時計はお持ちですか？」

「あ、はい。持ってます」

いつもストラップウォッチをバッグにつけている。時間も正確なはずだ。現在時刻は十七時五十四分。

「では十八時十五分までに隠れてください。十八時半をタイムリミットにしましょう」

「わかりました！」

「では、俺は時間まで一階の司書室にいます」

浅く礼をしてからアランさんは関係者以外立ち入り禁止のドアを開けて去って行った。

色々意味がわからないが、とにかく今は隠れなきゃ！

そう思った瞬間迷いなく階段へと歩を進め三階へと向かっていた。常日頃ここに来ては三階に行く私にとってそれが普通の行動であるからだろうか、それしか選択肢がなかった。

階段を上り切り、荒い息を整えてから先程よりも暗くなった室内を見渡しながら進んでいると、一斉にフットライトが灯った。閉館時間の十八時になったから自動的に灯ったのだろう。

無意識にバッグのショルダーベルトを握りしめてゆっくりと進む。暗いところは別段苦手じゃないが、それを抜きにしても夜の色が濃くなっている暗い広い館内に一人というのはやはり身が縮まるものがある。

まだ時間に余裕はある。ゆっくり隠れる場所を探そう。

いつもの席の机の下なんてベタなところは避けよう。会議室があるけど隠れやすい場所だから逆にすぐに見つかってしまいそうだ。でもそうなると案外隠れるところがない。司書カウンターの下なんかいいけど一般の人が行ける場所って言われているからそこへは入れない。

そうこうしているうちに時刻は十八時九分。やばいやばい。悠長にしていたらもう時間がない。

結局隠れたのはいつも座る席とは反対側の奥まった位置に置かれていた大きな踏み台の裏。ちょうど机と本棚の陰になっている場所だからしゃがみこんでしまえば簡単には見つからないところだろう。

ようやく体を隠すことに成功し一息ついた途端、「私今何やってんだろう」と冷静になった。

まさか大人になって真剣にかくれんぼするとは。しかも夜の図書館で、好きな人と。

アランさんは私に何をお願いしたいのだろう。

アランさんの気持ちがよくわからない。私の気持ちが嫌と言いながらも、雨の中、そして今日一日私を待ってて「来てくれてよかった」なんて切実な声出して、でもアランさんの願いは〝私にとってきっと辛いこと〟。

不安と期待が交互に押し寄せる。

もし私が勝ったら何でも願いを叶えてくれると言ったけど、「付き合って」なんて言うつもり更々ない。相手の気持ちがないのに形だけの恋人なんて、片思いよりも悲しく虚しい。私はただ、アランさんが好きという気持ちが消えるまで、この想いを心に置くことを許してほしいだけ。私の願いはそれだけだ。

時刻は十八時十五分。アランさんが動き出す時間だ。

私を見つけないでほしい。――好きな気持ちをこのまま持っていたい。

私を見つけてほしい。――アランさんの願い事を自分の都合のいいように考えてしまう。

グルグルと回る思考を抑えるように、体を丸めた体勢の中上着の袖をギュッと握った。

その時。

……タン。

と、柔らかい足音が聞こえた。

え？　待って。まだ始まって二分も経ってない。

だって普通一階から隈なく探すでしょ？　これって直接三階に来た感じだよね？　え、私が当然三階に行くってわかってた？

敷き詰められたカーペットの上を静かに歩く音がする。そしてそれは何故だか真っ直ぐ自分の方に近づいている気がする。

ドッドッドッドッドッドッ。

アランさんの足音より自分の鼓動の方がうるさく、周りに響いているのではないかとさえ思う。

だって、なんで？　三階に来るのは最悪わかる。でも隠れているのはいつもの席の方じゃない。

なのになんで。

足音はゆっくりながらも私の方に確実に向かっている。

ギュッと身を縮こまらせ、狭いスペースの中で更に己の存在を小さくしようとした途端、僅かに視界が明るくなったような気がした。

「っ」

無意識に顔を上げると、夕焼け色は完全に消え去り窓から優しく入っている月明かりに照らされた柔らかな笑みのアランさんが私を見下ろしていた。

「見つけた」

時刻は十八時十八分。

五分もかからず、私は負けた。

「まさかこんなところに隠れているとは思いませんでした」

すんなりと見つけたくせにそう言ったアランさんは、優しい笑みを向けたまま手を差し伸べてくれる。引き寄せられるようにその手を取って立ち上がると、両肩に手を置かれ近くにあった机の上に座らされた。もはやされるがままの私は、青白い月明かりをふんだんに浴びている美麗すぎるアランさんを見つめることしかできないでいた。

「な、なんで……？」

「俺の勝ち、でいいですよね？」

「なんでこんな早く……」

「まず、俺の気持ちから言います」

互いの問いに答えずにいると、アランさんが急に険(けわ)しい顔つきでそう言った。それに慄(おのの)き、机に座ったときから摑(つか)んでいたバッグのショルダーベルトを握る手に力がこもった。

アランさんの気持ち……？

え、ちょっと待って。色々頭がついていかない。なんでこんな早く見つけられたの？

何を言われるの？

アランさんの願う私にとって辛いことって何？　アランさんの気持ちって何？

やだ、怖い。

言わないで……。

「っ」

「好きです」

「……え？」

「ミラベルさんが好きです。誰よりも愛してます」

「え？　……え？　……好き？」

「好きというより愛してます」

「つあ、愛して……る……？」

「はい」

「え、だ、誰が……」

「俺が、ミラベルさんを」

「愛し……」

「はい。愛してます。俺はミラベルさんを愛してます。あなたが世界で一番可愛いくて愛おしい。そう思っています」

「え………ええっ⁉」

広い館内に私の声が響いた。それを窘めるように自分で口を塞ぐと、その様子にアランさんがフッ、と笑った。

「誰もいませんから大声出しても構いませんよ？」

「へ、や、いや、そうじゃなくて！　え？　い、意味が……だ、だって、私振られて……」

「あれは違うんです‼」

「違う……？」

「はいっ、俺が色々と勘違いしていて……。そのせいでミラベルさんを傷つけて、泣かせてしまって本当にすみませんでした」

呆然とする私にアランさんは頭を下げた。

「まずはこんな茶番に付き合っていただいてありがとうございます。本当は昨日お会いしたときに気持ちを伝えたかったんですけど、あのときは頭が真っ白になってしまって……。今日ここへ呼び出したのも特に考えなしだったんです」

「あ、そ、そうだったんですか……」

「ミラベルさんにどうしても俺の気持ちを言いたくて、でもいきなりお伝えするのはどうなんだろう、と思って『ヌルムキ』の決闘シーンを参考にさせていただいたんです……。戸惑わせてしまってすみません」

「な、なるほど……？」

正直決闘のことより今の状況のほうが戸惑っているんですが。

「今言ったように俺はあなたが好きです。だからミラベルさんが俺を好きだと言ってくれたこと、悲しいなんてありえません。なのに俺が馬鹿(ばか)なせいであなたを泣かせてしまって……とにかく本当にすみませんでした!!」

戸惑いはまだあるもののジワジワと、心の中で何かが溢(あふ)れ、滲(にじ)んでいくような気がした。

「私の、気持ち……い、嫌じゃなかった……ってことですか？」

「嫌どころかミラベルさんが俺を好きだと言ってくれて本当に嬉(うれ)しくて……。だからこそ自分の愚(おろ)かさを恥じました。……こんなこと、もう言う資格なんて俺にはないかもしれませんが、もし、まだミラベルさんの気持ちが少しでも俺に向いてくれているのなら……」

「……っ」

「あなたの恋人になりたいと、そう思うのは……都合がよすぎるでしょうか……？」

ダメだ。

もうキャパオーバーで何にも考えられない。

私、好きって……愛してるって言われた………？　アランさんに、好きな人に、振られた人に。

わかることは一つだけ。

月明かりしかない暗闇でも、アランさんの顔が赤い。耳までも、赤い。でも私を見つめてくれている。真摯（しんし）に、真っ直ぐに。その表情が、赤さが、その言葉が嘘（うそ）でも冗談でもないことを示している。

「はい」

「私の恋人に……アランさんが……」

「な……なって、くれるんですか……？」

「つ！　はいっ！　なりたいです！　ならせてください！」

絞（しぼ）りだすような私の小さな声も、至近距離のアランさんにはしっかりと届いたようだ。

チョコレート色の瞳を細めて、耳が真っ赤な美麗な顔が微笑（ほほえ）んだ。

まだ色々とついていけていない。だけどジワリと、目に涙が溜（た）まった。

「それがアランさんのお願い……？」

「いや、俺の願いはここからです。今のはただ謝罪と俺があなたを想っていることを伝えたかっただけです。ミラベルさんが俺を受け入れるつもりがないのなら俺の願いは意味がないものなので。俺のこと、受け入れてくれたんですよ……ね？」

「は、はい。う、受け入れましたっ」

「じゃあ、俺は今からミラベルさんの恋人と思っていいんでしょうか……？」

「はっ、はい！　い、いいと思います！」

未（いま）だ実感など湧（わ）かないがとにかく顔が熱くなってきた私を見て、アランさんが「すげぇ嬉しい……」と言ってフッと笑った。その笑みに胸が痛いくらいキュウウゥン、としてさらにショルダーベルトを強く摑んだ。

色々追い付いてない。私本当にアランさんの恋人になったの？

「では、俺の願い、聞いてもらってもいいですか……？」

「あっ、さ、さっき言っていた、私にとって辛いことってやつ……ですか？」

「……はい」

「断ってもいいんですよね……？」

「…………………はい」

めっちゃ間があったのだが。むしろアランさんの方が辛そうな顔しているのは何故。

アランさんが私を捕らえるように机の端を握った。その手に力がこもっているのか、手首の筋がグッと現れたのが見え、筋でさえかっこいいと思っている私はもう色々と重症なのかもしれない。

急に近くなった距離になのか、何を言われるかの恐怖なのか、そもそも色々追い付けていないからなのか早鐘のように鳴る鼓動が落ち着いてくれない。

「ミラベルさん……」

「は、はい……」

ハアアア、と大きく息を吐いて手の位置はそのままにぐったりと俯いてからすぐに顔を上げ、少し苦し気で鋭い眼光を向けられた。

「俺一人だけで、満足してもらえませんか……？」

「…………へ？」

「恥ずかしながら俺は男女の関係の経験がありません。ミラベルさんのような経験豊富な方からすれば絶対に物足りないと思われるかもしれません。だけど俺頑張ります。あなたが俺で十分満足できるように勉強もします。あなたにとってそういうことをする相手が俺だけになるのは辛いかもしれません。きっとこれまでのような満足いく性活にはならないかもしれません。それでも、俺一人で満足してほしいんです！」

「え？」

「だって、いくら気持ちを俺に向けてくれているとわかっていても他の男とあなたが……だなんて耐えられません。俺が力不足で、スズ先生の作品の参考にならないと言われたとしてもです！　だから今いる男達は全員切ってほしいんです!!」

「……え？　お、男？」

「これが、俺の願いです……」

「え、ちょ、待ってください、お、男って何!?　性活って何!?　何の話!?」

「隠さなくてもいいです、俺、ちゃんと知っててあなたのことを愛しているんです。それにミラベルさんだって言ってたでしょ？　ほらあの図書館で会ってた男のこと」

「図書館で会った………あ、デニスさんですか？」

「名前は知りません。いやだな、ミラベルさんが他の男の名前を呼ぶの」

少し不機嫌そうな顔をしたアランさんがジトッとした目で私を見てきた。

え、もしかしてヤキモチやいてる？　可愛い。アランさんのヤキモチ最高。

いや、そうじゃなくて、なんでここでデニスさんが出てくるの？　それに男って何？　全員って何？　まるで私が複数の男性を手玉に取っているみたいに聞こえるんだけど。

「それにあの幼馴染(おさなじ)みの男とも関係を持っているんでしょ？」

「お。幼馴染みってヴィー君のこと？　関係？」

「名前、呼ばないで？」

「つは、ひ」

　うるっとしたチョコレート色の瞳が私を見て「呼ばないで？」って言ってくるって何これ。胸が痛い！　もう病気なんじゃないかってくらいキュンキュンして痛い！

「俺の願い、やっぱり嫌ですか？」

「え、あ、その……よ、よく意味がわかってなくて……もう一度、きちんと説明してもらってもいいでしょうか……？」

「だからその……」

　僅かに言い淀んだアランさんが意を決したように私を見据え、ショルダーベルトを握りしめていた私の手を掴んで自分の手のひらの中に閉じ込めた。

「ミラベルさんのセフレ全員と手を切って、俺一人だけで満足してほしいんです!!」

「――――どゆことっっっ!?」

　セフレって何!?　全員って何!?　意味がわからなすぎる!!　説明を求めたのに全く意味がわからない!!

「スズ先生の作品のためにそういう行為をしていたのか、ただ自分のためなのかは敢えて聞きません。何人セフレがいたのかも聞きませんし、聞きたくありません。俺としては、今後恋人となっていただけるのなら他の男達とそういう行為はしないでほしいです。……だけどミラベルさんがどうしても嫌だと言うのなら、俺だけで満足できないのなら……俺はどうにかして耐えてみせます。もちろん俺自身も努力して成長できるようにします！　だけどそういった方面は才能もあると聞きました。だから、どうにも俺だけでは満足できないのであれば、あなたの心が俺に向いていてくれるだけで良しとするよう自分に言い聞かせ……」

「ま、待って、待ってください！　私セフレなんていませんよ！」

「っ！　全員と手を切ってくれたんですか⁉」

「そ、そうじゃなくて過去も今もセフレなんて一人もいません！」

「え？」

「それに！」

「それに？」

「……それに、わ、私も……経験……ないんです……」

「え？」

握られた手にギュッと力をこめられた。顔が熱すぎて隠したいのに両手を握られてしまっているから隠せない。

「だから、私……しょ、処女なんです……。だから、セ、セフレなんて……あ、ありえません」

「え？　本当に？」

「ほ、ほんとです！　ほんとのほんとに経験ありません！　お付き合いだってしたことないって言ったでしょ？　だから男の人に手を握られたことだってありません……」

「じゃあ、今、コレは俺が初めて……？」

そう言って私の両手ごと包んでいたアランさんが、指を艶（なま）めかしく動かし、両手共アランさんの指と絡めるように繋がれた。

あぁ、待って。今緊張と色々な興奮で手汗が……。

そんな私の焦りなどお構いなしにどんどん顔が近づき、視界いっぱいにアランさんの美麗な顔が映っている。

「ひゃわ……」

「こうして指を絡めて手を繋ぐのは、俺が初めて？」

「は、初めて……です」

「こんなに顔を近づけて話すのは、俺が初めて？」

「初めて……です……」

鼓動の音がドクドクとうるさいのに、アランさんの美声が耳にスッと入る。

こんな至近距離で見つめられることが恥ずかしすぎて視線を逸らすと、間髪を容れずに鼻先と頬にキスをされた。

「つふぎゃ！」

「今の場所にキスされたことは？」

「あ、ありません……」

「じゃあ唇も、誰とも……？」

「したこと、ありません……」

「……しても、いい？」

「～～っ」

近すぎる顔を見ることが耐えられず、目をギュッと瞑って[つむ]コクンと頷い[うなず]た瞬間、ふわりと唇に柔らかいものが重なった。思わず目を開けると、愛おしそうに私を見つめるアランさんと近すぎる距離で目が合い、そしてゆっくりと唇が離れた。


「あっ、う……」

「唇、強張って[こわば]てる」

「だ、だって……」

「今のが初めて、なんだよね？」

「は、はい……」

「あぁ、ミラちゃん！　最高可愛い!!」


未だにわけがわかっていないためひとまず落ち着きたくて、苦しいほどに私をずっと抱きしめてくるアランさんに離してもらうよう伝えると、不満そうに体を離してくれた。

だが自分も机の上に座り、私の後ろに体を滑り[すべ]込ませそのまま後ろからギュッと抱きしめ、私の首筋に顔を埋め[う]てきた。両手はアランさんの手に包まれている。

結局密着されてもうドキドキしすぎてわけがわからない……。


「はわわ…」

「いい匂い[にお]、可愛い、小さい、柔らかい、好き」

「〜〜〜っ」

「ミラちゃん可愛い」

「ミ、ミラちゃん……」

「この呼び方、嫌？」

「いいいいいえ！　め、滅相もございません!!」

「可愛い」

「――ひゃう！」

首筋にあったアランさんの顔が動いたと思ったら頬にチュッという音と同時に柔らかなものを感じた。そして奇声を上げた私をさらに強く引き寄せた。

「体、もっと俺の方に倒していいよ？　すごい強張ってる」

「だ、だ、だって……ま、待ってください！　色々とついていけない……」

「そうだね。俺すごい色々誤解してたみたい。ごめんね？　ゆっくり話したいから体、俺に委ねて楽にして？」

「つや、えぇと」

「俺に抱きしめられるの、嫌？」

「嫌じゃないです！　大好きですっ！」

「よかった。すげぇ嬉しい」

私の肩に頭を載せたアランさんが私の体をさらに自分の方へと引き寄せた。

どどどどどうしよう！　な、なんだこの状況は！　幸せすぎて！　逞しい筋肉を纏う素晴らしい体に抱きしめられて、ミラちゃんって呼ばれて、そういえば口調も敬語じゃない！　そして声すら甘い！　絶対アランさんの方がいい匂い！　恥ずかしいやら緊張するやら嬉しすぎるやらで一体どうすればいいかわからない!!

「ア、アアアアアランさんっ！」

「なぁに？　ミラちゃん」

「えと、お、お話を……したい、です……」

「うん。俺も。じゃあまず俺から聞いてもいい？」

「はい！　ど、どうぞ！」

「俺のこと好き？」

「えぇっ!?」

今!?　今更それ聞く!?　キスしてこんなに密着してるのに今聞く!?　さっき恋人ってことになったんだよね!?　確認したんだよね!?　全然実感はないけども!!

「好き？」

「〜〜〜っ、す、好きです!!」

「俺、ミラちゃんにひどいことしちゃったし、ひどい勘違いもしてたけどそれでも好きでいてくれる？」

「は、はい……すっ、好きです」

「嬉しい。俺もミラちゃんが大好き。愛してる」

「ひゃぐ」

「俺とずっと一緒にいて？」

「はわわわ……」

「嫌？」

「嫌じゃないです！　一緒にいます！」

「よかった。俺、ミラちゃんのこと一生離さない。傷つけた分、一生大切にするからミラちゃんも俺から離れようとしないで？」

「は、はい！　離れたいって思いません！」

「あぁ、もうすごい嬉しい……。ミラちゃん可愛い。ほんとめっちゃ可愛い……。ねぇ、なんでそんな可愛いの？」

「な、な、な、なんででしょう……？」

「あぁ、ほんっと可愛い」

感嘆したようにアランさんがそう呟いて、ただでさえくっついているというのにさらに抱き寄せてきた。

一生分の「可愛い」を浴びているように思う。嬉しいけど、本当に嬉しいけどやっぱり恥ずかしくて耐えられない!!

「あ、あ、あの！　アランさんっ！」

「なぁに？　可愛いミラちゃん」

「え、えと、なんで私に、その、……セフレがいるって思ったんですか？」

「………図書館に来た男、いたでしょ？」

「デニ……さ、さっきも言ってた人、ですね」

他の男性の名前を私が呼ぶのがそんなに嫌なのか、「デ」まで言ったところでムスッとした空気を肩越しに感じ、ギリギリで言い留めた。

「ミラちゃん、あいつのこと元セフレだって言ってた……」

「ぇ……え!? 言ってません言ってません! 私の、友達の! 元セフレです!!」

「友達の?」

「はい!」

あのときちゃんと「私の友達のセフレさんです」って言ったよね? あ、でもあのとき喉詰まっちゃったからうまく声に出てなかったのかもしれない。

あ〜だからセフレなんて言わずに「友達の友達」って言えばよかったのにー!!

「……でもあの時俺が話に割り込んで助かったって言ってたよね? それはなんで?」

「あの人は私の友達に会いたいから話しかけてきたんです。私の友達モテる子なんで昔からよく私を橋渡し役にしようとする人が多くて。でも友達は私をそういう役にする人のことを嫌ってるから、私に声を掛ける人は全部お断りしてるんです。だからあのときアランさんが声掛けてくれてよかったって思って……」

「それさ、その友達の橋渡し役じゃなくて、単純にミラちゃんに声かけてたんじゃないの?」

「違います違います! ほんとに友達目当てです! 本当にえげつないレベルでモテる子なんです!」

「ふ──ん」

これ信じてないな。ほんとのことなのに。あぁ、でもこの砕けて甘えてる感じのアランさんめっちゃ新鮮! しゅき♡♡♡

「じゃああいつはミラちゃんとどういう関係？　あの幼馴染みの男。俺あいつからミラちゃんのことで色々嘘を言われたんだけど」

「嘘？　あの人、嘘は言わないはずだけど……」

それよりもなんだか後ろからのハグ具合がすごすぎて頰と頰がくっついているし、もはやアランさんのこと背負ってるぐらいの勢いなんだが……。いや、絶妙なバランスで重くないし嬉しいからいいけど。

そして重ねている手をギュ、ギュってしてくるのやめて。いややっぱやめないで。あぁでもこの状態に慣れてないからやめ……控えめにして。

「というかアランさんあの人と会ってたんですか？」

「会ってたっていうかあいつが会いに来たって感じかな。あいつに嘘を言われたことより、それを鵜呑(うの)みにした自分に腹立つ……。いや、あいつにも腹立つ」

ハアァ、と落ち込むようにまた私の肩に顔を埋めたアランさんが一層強く抱きしめてきた。

慰(なぐさ)めればいいのかどうすればいいのか迷っていると、すぐにムクッと顔を上げて至近距離で見つめてきた。

「とにかくミラちゃんはキスも、こうしてギュってされるのも俺が初めてなんだよね？　あいつに何にもされたことないんだよね？」

「は、はい！　もちろんです！　アランさんが初めてです！」

「あぁ、よかった。可愛い」

そう言って重ねている私の手を自分の顔に持っていくと手のひらにキスをして、それをされて赤くなっている私の頬にもキスをしてきた。

恥ずかしくて赤くなって固まっている私を見て、ご満悦そうに色気ムンムンの笑みを浮かべた。

「ハア、ほんと可愛い……。めっちゃいい匂い。めっちゃ好き……」

「か、嗅がないでください……」

「恥ずかしがってるミラちゃん可愛い。めっちゃ好き」

ウリウリと私の頭や首筋に頬擦りしてスンスンしてくるアランさんに、キュンキュンしながらされるがままに体を固めている。

だが、その頬擦りはすぐに終わった。

「それで、あいつとはどういう関係なの？　あいつミラちゃんの何なの？　ただの幼馴染みじゃないでしょ？」

「それは……」

私とヴィー君の関係をアランさんに言うことに気後れしてしまう。だけど言わなければアランさんに疑念を持たせたままだし、何よりもう色々変な誤解をされたくない。

言い淀んでいると、すぐ側からアランさんのじっとりとした視線を強く、それはもう強く感じ始めた。

「俺には言いたくない関係ってこと……？」

「い、言いたくないというか、知ったらアランさんがショックを受けちゃうかも……」

「……どういうこと？」

アランさんが私の肩を優しく摑んで少し体をずらし、体が少し横向きになってお互いの顔がよく見えるようになってしまった。

　そうして改めてアランさんを見ると、未だかつてないほど険しい表情だった。それを見てこれ以上言い淀むのは止めたほうがいいとすぐさま察した。

「その、スズに関する話なんですけど……」

「え？　スズ先生の？」

　鋭かったアランさんの眼差しが驚きからなのか瞠目し、その鋭さがなくなった。

「ヴィー君は、私の……スズの作品の専任絵師なんです」

「え？」

「絵です」

　私がスズだということを知っているアランさんに、絵師まで顔見知りの人物だと教えることに気が引けたことが言い淀んでいた理由だ。

　そして案の定アランさんが呆けてしまっている。が、ゆっくりと口を開いた。

「じゃ、じゃあ……あいつはミラちゃんがスズ先生だって知ってるってこと？」

「……はい」

「スズ先生の作品も読んでるってこと……？」

「それは、まあ……」

「ちょ、ちょっと待って……」

　あぁ、混乱しちゃってる。それなのに私のことをガッチリと抱きしめてるから相も変わらず距離が近い。

「つまり……あいつがミラちゃんがド淫乱だって言ったのも、それが嬉しいって言ったのも、全部スズ先生ってことを知ってるから？」

「ドッ……!?　ちょっと待ってください!?　そんなこと言われたんですか!?　そりゃ私が話を書けばあの人に絵の仕事が来るから嬉しいとは思いますけど!!」

ちょっと待て。あいつアランさんに私のことそういう感じで言ってたのか!?

「他に何か言われましたか!?」

「ミラちゃんからの要求が多くて身が持たないって……」

「言い方が卑猥！　それは私が絵の構図とか筋肉の具合とか色々口を出すからです！　それで向こうは締め切りギリギリになって苦労かけたことあるけど！」

「じゃああいつの周りの男達と体目当てで仲が良いってのは……」

「か、体目当てって……！　変な意味じゃなくてヴィー君のバイト先の人たちにポージングをお願いしてるんですよ！　それを一緒に見て表紙とか挿絵の相談してるんです！　仲は良いけどそれだけです！」

「ミラちゃんはあいつの技術目当てだって……テクニック目当てだって……」

「なっ！　絵の!?　絵の技術です！　絵のテクニックです!!」

あいつめちゃくちゃややこしい言い方してる！　わざとだ！　絶対わざとだ！　嘘は言ってないけどアランさんに誤解を招くような言い方してる！

「じゃあ昨日あいつと路地裏の下着店に行ったのは……？　というか昨日までどこにいたの？　家帰ってなかったでしょ？」

「昨日までローラの……、えっと、ヴィー君の妹の家にいました。まあ実家なのでヴィー君もいたけど。でもなんで家帰ってなかったこと知ってるんです？　それにお店入ったことも……」

「店に入ったのはたまたま見かけて……。でも、家に帰ってないのを知ってるのはずっとミラちゃんの家の前で張ってたんだ。ミラちゃんと話したくて……」

「昨日だけじゃなかったんですね」

「うん。でもいざ会ったら頭真っ白になってあんな感じになっちゃったけど。ごめんね？　ずっと家の前にいたなんて気持ち悪いよね？」

「全然！　アランさんなら平気です！」

「よかった……。嬉しい」

また頬にキスをされ、すぐさま赤くなる私をアランさんが目を細めながら見つめてくる。

「でも、なんであいつとあの店に行ったの？」

「向こうが急に誘ってきたんです。レン君とスミレちゃんの絵を描くためのちょっとエッチな下着とか道具を見ようって。いつもラフなキャラデザを描いてもらってイメージをつけてから原稿作業に移るのでアランさんに見せた資料をヴィー君にも渡してたし……。でもアランさんにせっかく許可をもらったけど、振られたと思っていたからレン君の話は書かないつもりだったんです。レン君を思うとどうしてもアランさんを思い出しちゃって辛くなっちゃうから……」

振られたと思った直後のあの押し潰（つぶ）されるような辛さを思い出し、ほんの僅かに視界が滲んでしまう。

「それを言ったら、そんなのもったいないから絶対書いた方がいいって言ってきて……」

ヴィー君に資料を渡したのは、アランさんとヴィー君が会うよりも前だった。それを見てからアランさんを見てしまえば誰でも彼をモデルにしたと思うだろう。

私の好きな人を知れば、あいつは絶対何か嗾けてくると思ったからアランさんと会わせたくなかったのに……。そして会ってしまってからのヴィー君の行動が予想以上に早かった。アランさんにヴィー君を無視してと切実に言っておけばよかった……。

「多分あの人、私が失恋したことを喜んでもっと傷を抉るつもりで何が何でもレン君の話書かせたかったんですよ。ほんとむかつく、あの初恋拗らせ性悪男……」

「え、あいつがミラちゃんのこと好きなの気づいてたの？」

「へ？」

「でも変だよね。普通好きな人が失恋したらそいつのこと忘れさせようとするのにわざわざ思い出させるようなことするなんて」

「え？　ま、待ってください！　もしかしてヴィー君が私のこと好きだとか言ってます……？」

「うん。だって実際そうでしょ。だからあいつ、俺を牽制してきたんだし」

「違いますよ！　断固として違います！」

「なんでそう言えるの？　ミラちゃんその辺鈍感そうなのに」

「鈍感じゃありません！　敏感です！」

あれ、なんかちょっと卑猥な感じがする……。

そのことに気が付いて顔に熱が集まると、アランさんが蠱惑的な笑みを浮かべながら頬の熱を確かめるように撫でた。

「ミラちゃんは敏感……」

「あ、今のはちがくて……」

「ほんと、可愛すぎる」

「と、とにかく！　ヴィー君が私を好きとかありえませんから！　なんならちょっと嫌われてますから！」

「……そうかな？」

アランさんは怪訝そうな表情になったのに私の頬から手を離さずツンツンしたり優しく撫でてくる。そうされると恥ずかしくて話に集中できないのだが……。でも嬉しい……。

アランさんに触れられることを甘んじて受け入れ、話を続けることにした。

「私、ヴィー君からなかなか複雑な感情を向けられてて、それで昔から周りの男の子に色々吹き込んで距離をとらせて私に彼氏ができないようにされてきたんです。だから私がアランさんのことを好きなのを知って邪魔しようって思ったんだと思います」

「いやそれどう考えてもミラちゃんのこと好きじゃん」

「違いますよ！」

「だってミラちゃんめちゃくちゃ可愛いんだよ？　好きになるでしょ。誰にもやらないけど」

「はゆ♡」

アランさんの独占欲が嬉しくて変な声が出た。そしてそんな私をアランさんが恍惚の表情で見つめた。

「ほら、こんなに可愛い」

「〜〜〜っ、ほ、ほんとのほんとに違うんです！　ヴィー君には好きな人がいるんです！」

「好きな人？」

「はい!!　ヴィー君は私のお父さんのことが好きなんです！」

「ミラちゃんの……お父さん……？」

「はい！　私のお父さんです！　そもそもヴィー君は恋愛対象が男なんです。バイト先も男性限定のバーだし。あ、さっき言ったポージングをお願いしているのもそこの人達です！　屈強な人もいれば女の子みたいな子もいて、女の子には頼みづらいポーズもノリノリでしてくれるんで」

ヴィー君は男の人が好きなことは隠していないから、私からアランさんに伝えても問題ないだろう。

「あいつほんとにミラちゃんのお父さんのことを……？」

「はい！　お父さんの前だと借りてきた猫みたいになりますからすぐわかりますよ！　私のお父さんは鈍感だから気づいてませんけど、私のお母さんもなんならヴィー君の家族だって知ってます！嘘を吐かないっていうのも昔お父さんに言われたから忠実に守ってるんです」

「そ、そうなんだ……」

「私の両親、今は田舎に住んでるんですけど三年前まではこの街に住んでてアナス家とは家族ぐるみの仲なんです。ヴィー君は幼い頃から私のお父さんのことが好きなんですけど、うちの両親はラブラブだしどうにもならないから、その思いを拗らせて何故か娘の私に憤りの矛先が来るようになったんです」

「だから男を遠ざけてるってこと？」

「最初はお父さんに、ミラベルに変な虫がつかないようお前が守ってやってくれって言われたからです。でも、自分はどう足掻いても好きな人と付き合えないのになんでお前を守んなきゃいけないんだ、みたいなことをだんだん思うようになったんでしょうね……。好きな人の娘だから直接酷いことはしない、だけど私に好きな人ができようものなら何が何でも邪魔してやろう、みたいな」

「うーん……」

仮にこの考えが外れていたとしてもヴィー君は私に対してはいい感情を抱いてはいないだろう。

私達はあくまで幼馴染みであり、ビジネスパートナーというドライな間柄だ。

だけどたまにお父さんが訪れた際は「俺はベルのことちゃんと守ってますよ！」というアピールは欠かさない。健気というかなんというか。

私の説明を聞いてアランさんは納得していないのか、煮え切らない様子だ。

「私も今まで好きな人なんていなかったし、男の子から遠ざけられる理由もアランさんに話したような内容じゃなくてヴィー君自身が抑止力になるような感じだったので、まあいいやって感じでその辺に関しては別になんとも思ってなかったんです。だけどアランさんとヴィー君が会っちゃったときは正直焦りました。私の気持ち即効バレただろうから……。でもまさか私のこと淫乱とか言ってるとは思いませんでしたよ。ほんと腹立ちます！」

「あいつも確かに悪意しかなかっただろうけど、結局は俺が一番悪いよ。ミラちゃんの話も聞かずにあいつの言葉を鵜呑みにして……」

「そうです！　アランさんひどいです！　告白しようとしたのにそれを止められたし……」

全然怒っていないがアランさんに向かってそう言うと、みるみると眉がハの字型になり泣きそうな顔になっていく。

「ご、ごめん……ほんとにごめん……。俺、ミラちゃんにセフレになってって言われるかもしれないって思って、それが怖くて……」

「え！　そんなこと思ってたんですか!?」

「うん……。俺が不快に思うかもしれない、って言われたときそれを確信しちゃって……。ピルケースも見ちゃったし……」

「あ、あれはアランさんは告白されることが嫌なのかなって思って……。薬は友達が男の人と飲みにいくなら持って行けって渡してきて……あ、だから私の気持ちが悲しいって言ったんですか？」

アランさんがしょんぼりしながら小さく頷いた。大きい図体なのに小さい子が母親に甘えるように思えて結局可愛いと思ってしまう。

「ミラちゃん、ほんとにごめんね？　怒ってる？」

「怒ってないですよ。でも、なんだか実感が湧かなくて……。私、これからもアランさんのこと好きでいていいんですよね……？」

おずおずと聞いてみると、アランさんの喉から「グゥッ」とよくわからない音がして、その瞬間に強く抱きしめられた。しかも私の頭にこれでもかと頬擦りしている。

ちょっと苦しいけどこの包まれてる感じと愛されてる感じがすごく嬉しい。けれど机の上にずっと座っているからちょっとお尻が痛くなってきたな……。

「つひゃあ!?」

気付けば先日のようにアランさんにお姫様だっこをされていた。

「ア、アアアアランさん⁉」

「可愛いミラちゃんを固い机に長く座らせちゃってた。ごめんね？　あっちのソファに行こうか」

何故お尻が痛くなってきたことに気づいた⁉

「じ、自分で歩けますよ！」

「俺にこうされるの嫌だった？」

「い、嫌とかじゃなくて、重いから……」

「重い？　柔らかくて可愛いなとは思うけど重いなんて思ってないよ？　あぁ、でも嫌がられてなくてよかった」

静かな館内でアランさんに抱き上げられながら移動するというのは、誰もいないとわかっているけどなかなかに恥ずかしい。

柔らかなソファへと辿り着いてアランさんがゆっくりと腰かけた。クッションの柔らかさをお尻に感じると、改めてアランさんとの距離の近さを感じてしまう。

そのことを知ってか知らずか、アランさんはまた後ろから抱きしめるような姿勢で自分の脚の間に私を置いた。頭にアランさんが顔を載せているらしく、ちょっと重いけどそれが嬉しい。

「あと二つだけ質問していいかな？」

「え、は、はい！　どうぞ！」

「なんで経験ないのにあんなに細かく性描写が書けるの？」

「それは……」

確かにそこ疑問に思うよね。エロコンテンツがないこの世界で処女があんなの書いてるんだもんね。そこも疑問に思って私が経験豊富だと思ってしまうの頷ける。

「信じてもらえないかもしれないんですけど……」

「信じるよ？」

「お、おぉ、即答ありがとうございます。えっとですね、私、ちょっとだけ前世の記憶があるんです」

「前世？」

それから前世では気軽にエッチな小説や漫画や動画が見られることを必死に話した。この世界には漫画や動画というものがないから、説明するのはかなり苦労したがなんとか説明を終えた。

「――……というわけなんです。前世とか言われても信じられないですよね？　でもほんとのことで……」

「信じてるよ。きちんと理解ができてるかどうかはわからないけどミラちゃんの言葉は全部信じる。じゃあ最後の質問していい？」

え、前世のくだりそんなあっさり受け入れられるもの？　まあ信じてくれるならいいけれども。

「情けない話だけどこれからもあのダサい眼鏡は外したくないんだ。あれがあると色々と生きやすくて手放せない。でもミラちゃんがあんなダサい俺の隣を歩きたくないって言うならもうあの眼鏡はかけないけど、ミラちゃんはどう思ってる？」

「え！　全然恥ずかしくないし、むしろ今後もかけてください！」

「いいの？」

「いいもなにもあの眼鏡姿でヨレヨレの服着てボサボサ頭のアランさんめっちゃ可愛いじゃないで

すか！　こんなかっこよくて素晴らしい体してるのにあの眼鏡かけるなんて逆にエロいですよ！　そんな人の隣にいられるなんて幸せ以外の何物でもありません！」

「エ、エロいかな……？」

「エロいですよ！　私なんて初めて図書館に来てアランさんを見たときからエロ可愛いなって思ってましたもん！」

「え、そんな前から？　俺普段存在感消してるのによく気付いたね」

「何言ってるんですか！　存在感めちゃくちゃ放ってますよ！　だからレン君っていうキャラ作っちゃうし、スミレちゃんに自己投影しちゃうし！　そりゃ素顔も素敵ですよ？　色気ムンムンですよ？　でも普段の眼鏡姿だって十分色気出してますからね！　絶対アランさん目当ての人いっぱいいますからね！」

「いや、絶対いないと思うけど………」

「絶対います！　隠れファンが！　今は隠れファンだけかもしれないけど素顔とかこの間の眼鏡姿で仕事したら女の子が押し寄せちゃいます！　その中には絶対綺麗で可愛い人もいるはずです！　アランさんが心変わりするって考えたくないけど、私以外の女の人がアランさんにくっつくところ、見たくないです……。だからあの眼鏡かけて隠れファンを作るだけに留めてほしいです！」

「なにそれ……。もう……俺、ミラちゃんが愛しすぎて爆発しそう……」

ハア、と大きく息を吐いたアランさんが私の肩を優しく掴んで向かい合うように僅かに私を動かした。

月明かりに照らされ、至近距離で見る頬が紅潮しているアランさんはただそれだけで凄艶だ。

「じゃあ今後もあの眼鏡かけるね。あと隠れファンなんて絶対にいないから安心して？　それにたとえいたとしても俺はもうミラちゃんのものだから関係ないよ」

そう言うとひどくゆっくりと顔が近づき、額に、瞼に、頬に、鼻先にとキスが落ちてきた。

「……ア、アラン……さんっ」

「ミラちゃんからのキスも、欲しいな」

「え！」

「愛しすぎて俺からばっかりしちゃったけど、ミラちゃんからもしてほしいな」

「え、あ、で、でもっ、……ぅ、うまく、できないかも」

「いいよ。俺もうまくできてるかわからないし。上手い下手じゃなくてミラちゃんからのキスが欲しい」

「ど、どこにすれば……？」

「ミラちゃんがしたいところにして？」

一番困るやつ！　唇にしたのは最初の一度だけ。あとはアランさんから頬や額を中心に顔中にキスをされた。

やはりここは思い切って唇を奪いにいくべきか!?　よし！　奪おう！

「い、いきます！」

「うん。来て」

高鳴る鼓動のせいなのか少し震える手をアランさんの頬に添えて、意気込みとは裏腹にゆっくりと唇を重ねた。緊張しすぎて自分でも体に力が入りまくっているのがわかる。

「ど、どうでしょう？」

「すっごい幸せ……。だからもっとして？」

「まさかのアンコール!?」

「じゃあ今度は俺からする。そしたらすぐミラちゃんからして？」

「つうぅ……わ、かりました……っん！」

わかったと了承した瞬間にアランさんからキスをされた。

驚いて呆然としている私を愛しそうに見つめながらもその目が「早く早く」と急かしている。

そこから始まったキスしあいっこは、当然すぐに深いキスへと変わっていった。

児戯のようにすぐ離れるキスから始まって、フワリと唇を重ねるキス、そしてアランさんが私の唇を食むようなキス。そして薄く開いていた口にねっとりとした舌が差し込まれた。

「ツンン、……っ」

力んで引っ込んでいる私の舌を迎えにきたかのよう。

初めて行う舌を絡めるキスに無意識に身を竦めアランさんのシャツを掴むと、舌を絡めながらも頭を撫でてくれて、そのことに多幸感が体を迸る。

「ミラちゃん、体も舌も力んでる。もっと力、抜いてみて？」

「ハッ、……っん、……で、できな、ぃっ」

「可愛いなぁ……」

急な深い未知のキスですぐさま酸欠となってしまう。そんな開きっぱなしの私の口内に声を落とすようにアランさんが囁いた。怖いなんて一ミリも思ってないのに確かに肩が上擦り、舌にも唇に

も力が籠ってしまう。

するとと腰を抱いていたアランさんの手が背中を撫でてきた。

「——ヒャアッ!?」

「ミラちゃん、俺の舌に集中して？」

「は、ンンッ……アラッ、さ、……んっ」

背中を撫でる手がゾクゾクするけどそれと同時に安心する。私を刺激しているのかあやしているのかわからないその手のおかげで力が抜け、代わりにアランさんの腕と胸元に縋りつきながら享受される舌に必死に応えていく。

「ンッ……っ……っふ……、はっ」

「キス、気持ちいいね」

「ん、きもちぃ……」

「もっとしていい？」

「うん……もっと……したい」

鼻が触れ合う程の距離で交わしていた会話を止めて再びキスに耽溺する。

舌ってこんなに熱いんだ。こんなに濡れてて、こんなに蠢いて、こんなに気持ちいい。

まるで本能がわかっているようにアランさんが顔の角度を変えれば私も変えた。舌を吸われればアランさんを摑む腕の力が強まって、離されてまた絡められると気持ちよくて力が抜ける。

そして最後、という合図のように強く舌を吸われた。

「……ッハ！　ア、……ッハ、はぁ……」

だらしなく口を開けて酸素を求めながらも私を見下ろすアランさんから目が離せない。

その綺麗な唇がどちらかのものかわからない唾液で濡れていて、それが月明かりに照らされていてひどく艶めかしく、下腹部にジュクッとした疼きを感じてしまった。

キスの余韻で頭に靄がかかっている私をアランさんがうっそりと艶笑する、そしてその笑みを浮かべたまま私の唇を親指でゆっくりとなぞった。

「ミラちゃんの唇も舌も柔らかい……」

「はわゃ…」

「ミラちゃんは深いキスの方が好きなのかな？　できないって言ってたけど最後はちゃんと力抜けてたね」

「うぅ……」

ふに、と私の唇を指で押したアランさんの顔がさらに凄艶で、そんな姿にも胸が痛いぐらいキュンキュンしてしまう。もうアランさんの一挙手一投足に胸を打たれて心臓が持たない。

「ミラちゃんとのキス、俺すごい好きだな。ミラちゃんはどうだった？」

「んっ、す、好きです……」

「よかった。俺、これからもっと上手くなるようがんばるから、めっちゃくちゃたっくさんキスしようね？」

「お、お手柔らかにお願いします……」

これからあんなキスをめっちゃくちゃ、たっくさんするのか……。実際ものすごく気持ちよかったけど、なんだか体が熱いようなムズムズするような、なんだか落ち着かない気持ちになってきた……。

　これ、ムラムラしてるんじゃないだろうか……。

「あ、そうだ！　私もアランさんに聞きたいことがあります！」

「ん？　なに？」

「どうして私のことを、あんなに早く見つけられ……」

　クルルルル、きゅぷ〜〜

　私の腹の虫の音が盛大に静かな館内に響いた。

「〜〜〜っっっ!!」

　な、な、なんつー音を出しているんだ私の腹は――!!!!

　確かにもう夕飯の時間だけども！　恥ずかしすぎて死にそう！　しかもなんだ最後のきゅぷ〜〜って!!

「ア、ア、アランさん、いいいいい今のは違うんですっ、今のは……」

「嘘……だろ……」

　引かれた!?　変にお腹鳴ったこと引いた!?　やだやだやだ！　腹の虫はどうにかするから引かないで！

「ご、ごめんなさ……」

「腹が鳴る音まで可愛いとか、嘘だろ……」

「…………おぉ」

　私も大概だけど、この人も色々と重症じゃないだろうか……。

いやでも腹の虫の音まで可愛いって言ってくれるなんて嬉しいことじゃないか！　こんなに愛されてるなんてめっちゃ幸せ！　私だってアランさんのこと大好き！　めっちゃ大好き♡♡♡

「もうご飯時だもんね。そりゃあお腹(なか)も可愛く鳴っちゃうよね」

「い、言わないでください……」

「あっ……あのさ、ミラちゃんさえよかったら俺の家、来ない……？」

「えっ！」

またもや暗い館内に響くほどの声を発してしまった。

これでは私がイロイロと想像してしまっているみたいだ！　いやしてしまっているのだけれども！　でも、だってアランさんだってちょっと言い辛そうにして言うんだもん！　照れながら言うんだもん！

「変な意味じゃないよ！　俺、このままミラちゃんと離れるとか無理……。もっと一緒にいたい」

「はわゃ……」

「どこか店入ってもいいけど、それだとこうして抱き合ったりできないから、よかったら……」

「つ、ぁ、じゃ、じゃっ、じゃあ、お、お、お邪魔……し、しよう……かな……」

「ほんとに!?　よかった！　ミラちゃん明日も仕事ないなら泊まっていってもいいよ！」

「お泊まり!?」

それはつまりそうゆうことなんでしょうか!?

「うん！　俺も明日仕事休みだし」

「え？　明日もアランさんお休みなんですか？」

「昨日早退したとき休館日の次の日も休めば？　って言われて有給取ったんだ」

「早退？　具合悪かったんですか？」

「ミラちゃんに会えなくてこの数日死んでただけ。でももう平気。俺今人生で一番幸せだから！」

私も人生で一番幸せです！　もうこれ以上ないくらい幸せです！　アランさんしゅき♡

幸せを噛み締めながら手を繋いで一緒に出口へと向かった。

恋愛小説いっぱい書いてきたけど、両想いがこんなに幸せなんて知らなかった。今までだってアランさんのことこれ以上ないくらい好きって思ってたのにそれを優に超えてくるなんて、私これからアランさんのことどれぐらい好きになっちゃうんだろう。

「どうかした？」

アランさんが私の顔を覗き込むようにして優しく問いかけた。

どうです？　私の彼氏。

めっちゃイケメン。めっちゃ可愛い。めっちゃ好き♡♡♡

「な、なんでもないです！」

「？　そっか」

すると繋いでいる手を持ち上げ、私の手の甲にふわりとキスが落ちてきた。

「っ！　ど、どうしました⁉」

「ん？　俺のミラちゃんは可愛いなって思っただけ」

「〜〜〜♡♡♡」

ダメだ……。

しゅき〜〜〜〜♡♡♡♡♡♡

アランさんの家に行く前に、着替えなどの荷物を取りにいくのに私の家に寄ることになった。その後にアランさんの家には食材が一切ないらしいため、おつまみなどを買って家で二人ゆっくり飲もうという話で落ち着いた。

館内を出たときにアランさんがいつものダサかわ眼鏡をかけたが、服も髪もかっこいいままなので背徳的(はいとくてき)エロ可愛い仕上がりになっている。

「あ、あの、なんなら私の家泊まりますか？」

「嬉しいお誘いだけど、俺ん家を見てもらいたいんだよね」

「アランさんの家を見る？」

「うん。だってミラちゃんの家って寮(りょう)なんだよね？　そこだと一緒に住めないでしょ？」

「へ？」

今なんと？　一緒に住む？

え？　私とアランさんが？　え、展開早くない？　同棲(どうせい)するの？

「俺の家は持ち家だしちょっと古いけど十分な広さがあるんだ。ミラちゃんが気に入らなかったら今の家は売って新しい家を買ってもいいよ。あ、でもあそこ立地はいいからな。それなら一度取り壊して新たに建て直す方がいっか」

「え？　え？」

「ミラちゃんも今の職場まだ続けたいでしょ？　俺としては正直家にいてほしいなとは思うけどそ

こはミラちゃんの意見を尊重するよ。あ、でも帰りが遅いのは心配だな。もちろん俺が迎えにはいくけどその辺オーナーさんと相談してみてほしいな」

「え？」

「とりあえず今日俺の家見てみて今のままでいいか建て直したいか考えてみて？　部屋割り的にも俺らは寝室一緒だから……うん。今のままでも個室も結構多いからミラちゃんの書斎も子供部屋作っても十分事足りるよ」

「いやいや！　ちょっと待って！　まだ早くないでしょうか!?」

「あはは！　わかってるわかってる。まだちょっと早かったね」

焦った私を楽しそうに見つめながら（眼鏡で目はよく見えないけど）アランさんがお腹を押さえて笑ってる。

よかった。展開が早いとわかってくれて何より。そうだよ。まだ今日お付き合いを始めたばかりなのにもう同棲の話なんて早すぎるよアランさん。

「大丈夫。俺もしばらくは二人きりがいいって思ってるから子供部屋の話なんて当分先だね」

「――――そこじゃないっ！」

第五章

美形司書さんは絶倫肉体派

Bikeishisyo san ha zetsurin nikutaiha

なぜかアランさんのお家にお泊まりすることになってしまった。

私の家へと一度向かい、アランさんにはリビングで待ってもらっている間にちゃちゃっと着替えをバッグに詰め込んだ。そして先日ローラからもらって色々と誤解を招いたピルケースも化粧ポーチに念の為、あくまでも念の為に入れた。

アランさんの家は割と近くて、私がよく行くパン屋さんのすぐ近くの路地の少し奥まった場所にあった。よく言えば緑に囲まれている、悪く言えばちょっとおどろおどろしい雰囲気の古い家であったが一歩足を踏み入れればなんだか秘密基地のような雰囲気がある。

「なんだかかっこいいお家ですね」

私の荷物の他に途中で買ったおつまみなども持ってくれているアランさんに言うと、眼鏡越しでもわかるほどにっこりと笑ってくれた。

「ひとまず外観をそう言ってくれてよかった。早く越してきて欲しいな」

「あの、さっきも言ったけど色々早くないですか？」

「？　何が？　子供のこと？　もしかしてミラちゃんは子供は欲しくない？　俺はそれならそれで構わないよ」

「違いますよ！　私達今日お付き合いを始めたんですよ？　もう一緒に住む話をするなんて早計だと思いません？　あと私も子供は欲しいです！」

「でも俺、ミラちゃんと離れるなんて無理だよ？　ミラちゃんは俺と離れたいの？」

「い、いやそういうことではなくて……」

私だって離れたくなどないけどそれはあくまで関係性のことであって、物理的に一緒にいるってのはまたちょっと違うのだが。そしてそんなキョトンとした顔で聞いてくれるな。なんだか私が間違ったことを言っているみたいじゃないか。そして私だって一緒に住みたくないと言っているわけじゃないんだよ。

色々ツッコミたい気持ちを抑えつつ、家の中へ入らせてもらうとすぐに本の匂いがしてくる。

二階建ての一軒家であるアランさん宅は確かに結構広い。リビングには質のよさそうな大きなソファがドンと置かれ、一番初めに目に入った。大きいキッチンのすぐ側には六人用の大きなダイニングテーブルが置かれていて、その上に何冊か本が無造作に積まれている。

リビングにもダイニングのいたるところにも本が無造作に積まれていて、お世辞にも綺麗に整頓されているとは言えないが生活感のある家で私は結構好きだ。

本とアランさんの匂いのせいかな？　なんか初めて来たのにすごく、落ち着く……。

「ミーラちゃん」

「つはひ！」

ボーっと突っ立っていた私を荷物を下ろしたアランさんが後ろから抱きしめてきた。身長差があるから私の頭の上に自分の頭を載せている。

「ボーっとしてどうしたの？　家あんまり気に入らなかった？　あー家の中結構汚かったね。本が散乱してる」

「ううん！　なんか、アランさんっぽいなって思って……。アランさんの匂いがするし、なんか落ち着くな、好きだなって思って……ました……」

だんだん自分の言っていることが変態ぽくて恥ずかしくなり、尻窄みになってしまった。

「……なにそれ」

「え？」

やけに神妙な声が頭上から聞こえたかと思うと、くるりと体を反転し対面にさせられると、おもむろにアランさんが眼鏡を外し、まるで肉食獣であるかのように私を見下ろした思ったらカプリと唇を食べられるようにキスをされた。

「っ!?」

すぐさまつい先ほど図書館内でしていたキスを思い出した。窮屈そうに体を屈ませながらも私の頭と腰をホールドしながらされるキスに、思わず肩に力が入る。

「……っふ、んっ……ハッ」

私の腰が反れるほど前のめりしてくるアランさんの素晴らしき筋肉を纏う体にしがみつく。舌の動きは体勢の割にはゆったりとしていてひどく甘い。

私の舌を掬い上げクルリと一周舐めるとジュルリと軽く吸い、そのまま数度扱かれる。それが解放されると今度はただただ舌の絡め合い。クチュ、クチュ、と粘度ある水音が僅かに響き、締め付ける感覚がしたのは胸ではなく下腹部だった。

「ンン……ぁ、ふ……ア、ラン、さっ……っんぅ」

膝に力が入らないと思い始めたときに唇は離れた、足腰がおぼつかず、アランさんの体に身を委ねてしまうがそんな私を難なく抱きとめている。

ハッ！　なんだこの柔らか固い大胸筋は〜〜♡　アランさんの匂いと合わさって大変けしからん！　ずっとスリスリしてたい！　ずっとひっついてたい！　好き♡　しゅきしゅき♡♡♡

「……ミラちゃん」

熱いキスのあととは思えないほど重い声におののき、恐る恐る見上げた先にはただの肉食獣ではなく、極限まで飢えた獣が餌を目の前にしているかのようにギラッギラな眼差しのアランさんがいて……。

正直めっちゃビビった……。

「ひぇ……」

「可愛いのも大概にして」

「へ……？」

「俺をどうするつもり？　煽ったくせに更に煽るって何。もはや鬼畜なんだけど。俺ほんと死ぬよ」

「あおった……つもりは……ございません……」

「じゃあ自覚して。自分がとんでもなく可愛いことを。じゃないと怒るよ。俺がどれだけミラちゃんのこと好きだと思ってんの。なめないで」

「は、はい……すみません……」

なんで私怒られた？

二人共明日は休みということでしっぽりとお酒を飲んで、より仲を深めようというのが今日のお泊まりの目的だ。

もちろんベロベロに酔うつもりなど全くない。私はあくまで純粋にアランさんという素晴らしき彼氏のことをもっと知りたいし自分を知ってほしいのだ。エッチな気持ちなど断じてない！　断じて！

……だけどアランさんがどうしてもって言うなら吝かではないよ？　なんなら可愛い紐パンを持ってきたよ？

そんな私の考えとは裏腹に、アランさんは帰宅してすぐは明らかに様子がおかしかったがその後は普通だ。もちろん普通にしてても色気ダダ漏れなのだが、それが増えることも逆に減ることもない。

お酒と共にソファで楽しんだ夕食は、図書館内のときのように「ミラちゃん可愛い」を連呼し甘々な空気をこれでもかと醸し出しはしたが、いたって健全なものだった。

あえておかしな点を挙げるとすれば私がアランさんの脚の間にずっと座っていたことだろう。

抱きしめたいと言ってくれていたし、私も喜んで！　と思っているのだがまさかご飯を食べながらとは思っていなかった。しかもたまに「はい、ミラちゃんあーん」と嬉々として私に給餌してくれる。そしてそれが地味に恥ずかしい。

未だかつてない甘い空気での夕食を終えた後も体勢は変わらない。むしろ食べる行為がなくなったからよりアランさんがくっついてきてくれる。

「ちゃんと俺に凭れてくれてる？」

「は、はい！　凭れまくってます！　重くないですか……？」

「いや軽すぎて心配なんだけど。こんな軽くて細くて柔らかくて可愛いってなんなの。好き」

「はゅ……」

「とにかく俺の方に来て？　もっとくっつきたい」

元々密着してるのにさらに引き寄せられ背中全体に温かいものを感じた。考えずともわかるアランさんの素晴らしき腹筋胸筋背筋凭れだ。そのことににやけが止まらないでいるとそのアホっぽい顔をアランさんがたまらなさそうな顔で覗き込んでいた。

「ハァ、可愛い」

「はゅ」

「あったかいし柔らかいしいい匂い……」

「あ、ちょ、待って、あんまり嗅がないでくださ……」

「ひどい。こんないい匂い嗅ぐななんて。ミラちゃんひどいよ。ひど可愛い、好き」

「どゆことぉ……」

ゆったりイチャイチャタイムを過ごした後は先にお風呂をいただいた。パジャマなら俺のを貸すと言われて借りた大きすぎるパジャマの匂いをしっかり嗅いでから、縦にも横にも大きいベッドにお先に潜らせてもらった。

アランさんはお風呂タイム。寝室の隣にバスルームがあるためシャワーの音が微かに聞こえる。

「先に寝ててもいいよ」とデコチューされてから、私はどうしたもんかと迷った末に、まずはベッドに潜り込んで枕にウリウリと顔を埋めた。

「スゥ――」

アランさんの匂い♡♡♡

しゅきがしゅきすぎてしゅき♡♡♡♡♡♡

「スゥ――――、ふう」

よし。変態的行動はひとまず終えた。

さて、私はどういった心持ちで待っていればいいのだろうか。

先に寝てていいってことは今日はシないってことだろうか？　結構覚悟してきたんだけどな。持ってきた可愛い紐パンだって今ちゃんと穿いているんだけど。

でもお付き合い初日だし、エッチしないのは普通なのかも。一応例のピルケースが入ったポーチはすぐそこに置いてある。

アランさんはする気ないのかな？　同棲を急いでる人がエッチは急かさないってどゆこと？　いや、たぶんこれは大切にしてもらっているという証拠なわけで、アランさんはあの通り私のこと大好きなわけで。

やっぱりここは言われた通り先に寝てるのが正解か？　でもこんな状況で寝られるか？　そもそも一緒のベッドで寝るってことで合ってる？　私だけここでアランさんがソファで寝るとかある？　いやむしろ私がベッドで寝てていいのかな？　「お前がベッドで寝るんかい！」とか思われないかな？　いやアランさんは優しいから思わないと思うけれども……。

その時、隣のバスルームからのシャワーの音が止み、ドアの開く音がした。

「っ！」

アランさんがお風呂から上がったのがわかり、何故だか急いで布団に潜った。

パジャマを着て、髪も乾かすのだからまだこっちには来ないのに。

サイドテーブルにあるベッドランプは淡いオレンジ色を灯したまま消してもいない。

頭まで上掛けで覆い、アランさんのスペースを空けてそちらに体を向けてしまっている状態。

背を向けるって失礼だからこっち向きの方がいいよね？　いや、そもそも寝たふりする方が失礼？　ダメだ、色々わからなすぎるしドキドキしすぎて苦しい！

布団の中に自分の鼓動が響き渡っているような気がして落ち着かない。

でも待って。

「先に寝てていいよ」って言われたんだからやっぱり寝るのが正解なはず。たとえそれが寝たふりでもバレなきゃいいはず。

よし！　とりあえず全力で寝たフリをしよう！

そもそもこんなアランさんの匂いの詰まった布団で私ちゃんと寝れるのだろうか。ドキドキしてしようがないんですけど。好きな人の匂いって落ち着くってさっきは思ったけど全然落ち着かない！

カチャ、パタン
(つはわ！)

隣の部屋のドアが開き、そして閉まった音がして。キィ、と今度は自分が今いる部屋のドアが開いた。

動揺を抑えることにはなんとか成功しているらしく、表情筋は一切動いていない。

アランさんが私がスペースを空けた方ではなく、私が寝ている側に歩いてきたように感じ困惑しながらも寝たふりを続行する。

するとサラリと顔にかかっていた髪が払われた。

「……よかった。夢じゃなかった……」

小さく零したその声は誰に届けるでもなく、でも口にせずにはいられなかったというような声。

安堵しかないその声に何故だかほんの少し、瞑っている目の奥がジワリと熱を持った。

「ミラちゃんがいる……俺の、……俺のミラベルが、ちゃんといる……」

(……っ)

アランさんも私と同じことを思ったのかな……？

さっきまでの幸せすぎるやり取りは全部夢で、私がここにいないって思ったのかな……？

いるよ。

ここにいるよ。

ちゃんといるよ。

あなたのミラベルがいるよ。

離れたくないし、離したくないって思ってるよ。

好きだよ。大好きだよ。

ほんとのほんとに、大好きだよ。

瞑っているはずの目からじわっと溢れてきたものがほんの微かに枕を濡らした。アランさんはそれに気づかずに私のこめかみに一度キスをしてから足音を立てないように部屋を出て行った。

急いでグイっと涙を拭うとアランさんの戻ってくる音がした。歩く度にトプトプと音がするから水差しを持ってきたのだろう。

それをサイドテーブルに静かに置き、私がスペースを空けた方の布団が捲れベッドを少し揺らしながら同じ布団の中へと入ってきた。

アランさんが入ってきた瞬間に、お風呂上がりの石鹸のいい匂いとアランさんの匂いがした。

小さくカチャッ、と音がして目を閉じていてもより濃い暗闇が訪れたのがわかった。点けっぱなしだったベッドランプを消したのだろう。

すぐ近くにアランさんがいる。同じベッドで寝る。

昨日まで、いや今日の夕方までこうして一緒に眠ることになるなんて夢にも思っていなかった。

なんかもうこれだけで幸せ。こんなのどんな小説を読んだってわかんない。隣にアランさんがいなければ一生わかんないままだった。

すごいな、アランさんは。

好きだな。ほんとに、大好き。

「ミラちゃん、ちょっとごめんね」

寝ていると思っている私に小さく声を掛け、アランさんの大きな手によって頭がふわりと持ちあげられた。驚いているが私の表情筋はいい意味で仕事せず寝たふりを続行できている。

スルリと何かが差し込まれたと思った瞬間、持ち上げられた頭は元に戻され首元に固く熱いものを感じた。

そしてその後すぐにギュゥッと抱きしめられた。

（♡♡♡！　腕枕だ！　しかも寝ながらハグされてる！）

腕枕をしていない方の手で布団をかけ直してくれて、優しく優しく頭を撫で始めた。時折頬を撫でて、髪を耳にかけて、そしてまた頭を撫でてくる。

それらが全部嬉しくて、心がどこかくすぐったい。

「ハァ、可愛い……腕の中にすっぽり収まってて可愛い……寝てても可愛い……息してるだけで可愛い……俺のミラちゃん。俺の、俺だけのもの……。柔らかくて可愛い……あったかくて可愛い……いい匂いで可愛い……ほんと可愛い。めっちゃ好き」

ハアハアしながら不審者みたいなことを小声で言ってる。

言ってることは嬉しいしアランさんならなんでも大歓迎だけれども、あったかくて可愛いってどゆこと？　人間皆あったかいぞ。

あ、あれ？　なんか太ももに固い感触がある……。えっ、これもしかしてもしかすると、アランさんのアランさん？　アランさんもしかして興奮してます？　確かにすっごくハアハアしてるけども。

困った。なんだか私もムズムズが再燃してきたような……。

「ごめんね、ミラちゃん……キス、キスだけ……キスだけさせてね……？」

ハアハアしながらアランさんが謝り、懇願するようなことを囁いた後、私の顎を優しく掬って、触れるだけのキスをされた。

数度目のキスだからか今度は唇が力まずアランさんを迎えることができ、重なるだけのキスを寝たふりをしながらも甘く味わう。すると今度はアランさんが唇を食んできた。

（やばい、ムラムラしてる。……私が）

「ハッ……ぁ」

思わず薄く口を開いてしまうと抱きしめる力が強まり、グッと舌を口内に押し込まれた。

長い脚が私の体をガッチリとホールドし、そのせいでアランさんの固くなったものがより私の太ももに当たってそれが余計に私をムラムラさせていた。

「んん、っ……ふ……ッン、んぁ」

もう寝てるフリなんてどうでもよくなってきた。アランさんの体にしがみつくと、より固いものがあたって興奮する。

キスももはや激しいものとなっている。頭をガッチリと固定され動かせないまままもたらされるキスに陶酔する。

唇を優しく吸うようなキスをされてから、チュッ、とリップ音を立てて唇が離れ、僅かに顔が離れた。互いに暗闇でもわかるほど頬が上気し目に熱が籠っている。

たったそれだけなのになぜか焦燥感が煽られ、もっと欲しくなる。

「ア、アラン……さん……」

「ご、ごめんね？　起こしちゃって。……っ、もう寝よっか」

「え、っや、やだ……キス、気持ちいいの……アランさんのキス、好き……」

「っ」

「キス、もっと……もっと、して――ッンン」

「ミラ……っ、ミラベルっ」

キスの合間に紡がれる少し苦しそうに私を呼ぶ声に高揚してしまう。

押し付けるような舌の猛襲と、押し潰されるほどにくっつく固い体が、どちらも苦しいと感じているのにもっとほしい。

覆い被さるアランさんの体を受け入れるように脚を開いていると、自分の脚の間にアランさんの固くなったものを感じる。キスをしながら無意識にモゾモゾと動いてしまい、それが緩い快感へとつながった。

「ぅ、んっ……っふ、……ぁっ……ンンゥ……」

「っ、ミラ、っ……ミラ……」

互いを焦がれるようなキスが止み、唇が微かに触れるほどだけの距離が生まれた。

アランさんのチョコレート色の瞳がドロドロと溶けていて、それがまた私の下腹部を疼かせる。

「アランさん……好きっ、……好きぃ……」

「ッ、ミラ……頼むから煽んないで？　ミラの嫌がること、したくないっ」

「嫌がること……？　ぇ、エッチのこと……？」

「言ったよね？　俺、経験ないって……。今日したら、絶対ミラが痛い思いしちゃうから。……俺、本当にミラのことが好きだから大事にしたい。こうしてくっつけるだけで幸せなんだ」

幸せと言いながらもアランさんの表情は苦しそうに歪んでいる。その表情が色っぽくて、胸を焦がすようにアランさんのことが欲しくなる。

「私は、もっとキスしたい、もっと私に触ってほしい……ね、いいよ……？」

「つぐ……、煽んないでってば……。エッチは、なるべくミラが痛がらないように色々勉強するから……」

「べ、勉強って何!? 他の人とするってこと!? っや、やだ！ そんなのやだ！ アランさんの初めては私がいいし、私の初めてはアランさんがいい！」

「ちがっ、そんなのするわけないいし他の人じゃ勃たないよ。そうじゃなくて、色々知っておいた方が少しでも痛くなくなるかもしれないから、ミラの負担にならなくてすむでしょ？」

「痛くていい！ アランさんなら痛くていいもん！ アランさんのことが好きなんだもん！ 他の人と痛くないエッチするより、アランさんと痛いエッチの方がいい！」

「……っ、ミラ……」

「私とのエッチは……嫌？」

「嫌なわけないよ。したくてしたくてたまんなくて頭おかしくなりそうなのを今必死に止めてんだから」

「じゃあ、止めないで？ 私が嫌がること、したくないなら……このままシてほしい……。何もされない方が、いや……」

「――ああっ、もうっ！」

ガブリ、と噛みつくようなキス。

その荒々しさにキュンと下腹部が疼くことを止められない。

私の舌を甘噛みし、強く吸ったあとにジュルッと己の口元を拭いながら、アランさんが少し上体を起こして横たわる私を獣のような目で見下ろしてきた。

「……ミラ。煽ったんだから嫌も止めてもなしだよ」

「……うん」

「あと」

プチプチと自分のパジャマの釦を外しながら、少し険しい表情でアランさんが言葉を続けた。

「他の男とのセックスなんて、今後一切絶対に想像しないで」

釦を全て外し、割れた腹筋と盛り上がった胸筋を私に見せつけながら、バサッと少し乱暴にパジャマを脱ぎ捨て上半身裸となった。

暗闇でよかったと心底思う。

灯りのもとでアランさんの素晴らしき筋肉を纏いしお体で組み敷かれていたら、確実に昇天していただろう。だってこんな真っ暗でも後光が差しているのではないかというほどに輝いているのだから。

「あ、ごめん。俺今あんまり見せられる体じゃなかった……」

「え？」

「あの日から大して食ってなかったし鍛えてもなかったから筋肉落ちてて……。ミラちゃんは逞しい男が好きでしょ？　こんな体でごめんね」

「いえいえいえいえいえいえいえ！　全く！　これっぽっちも！　何一つ！　微塵も！　見苦しくないです！　かっこよすぎて直視できないって思ってました！」

「ほんとに？　よかった、幻滅されなくて……じゃあミラちゃんの体も見せて？　俺が脱がせてもいい？」

「えっ」

「パジャマブカブカだったね。小さいやつにしたんだけどミラちゃんにはおっきかったか」

アランさんが手を握って私を起き上がらせベッドに座らせると、着ていたガバガバのパジャマをスポンと素早く脱がし、上は容易く裸となって、下もぶかぶかのボトムスがずれてショーツが少し見えてしまっている。

自分から誘っておいてなんだけどこの状態で既に心臓がはちきれそうなほどドキドキしてる。

「ミラちゃん……服脱ぐとより体小さいね。……可愛い」

「はゅぅ」

両手で胸を隠していると、アランさんの両手が私の両頬を支えるようにしながら自分に引き寄せて甘く食むようなキスが私を襲った。

「んぁ、ア、ラン、んんっ、……っは、ぅん」

「ミラ、俺の首に腕回して」

「っん……ッ」

言われた通りに自分の胸から手を離し、アランさんの首にしがみつきながらもたらされる熱く甘いキスに陶酔する。

アランさんの「ミラ」と呼ぶ声が熱を帯びていて、胸を焦がす。もっと呼んでほしくて、もっとキスしてほしくてなぜか身動ぎしてしまう体を抑えるように、ギュッとアランさんの首にしがみついた。

すると頬を押さえていたアランさんの手が優しく掬うように私の胸を包んだ。

「アッ、待っ、だめっ……っ、ぁ、」

「ミラ。舌、ちゃんと絡めて？」

「〜〜っ、……ぁ、んんっ……っは、ふぅ、……っ」

フワフワと少しもどかしい程の力で胸を揉まれる。というより触れられる。快感、というより「胸を触られている」という事実が恥ずかしくてキスに集中できない。

「ミーラ。ほら、キスに集中して？　俺とのキス、好きなんでしょ？」

「ツンゥ、すきっ……フ……ん、す、きぃっ……ん、んむっ……っ」

クチュクチュと水音を奏でながらのキスは落ち着かないのにひどく気持ちいい。そしてアランさんに胸を揉まれていることに、私ははしたなくもひどく興奮してしまっている。ゾクゾクする。

アランさんに直接触れられていると思うだけで、ゾクゾクして、でももっと欲しい。

「ひ、あっ、……んんぅ」

胸を揉むというより掬い上げ、その柔さを確かめながらも愉しむ動きは、私の子宮を直接刺激しているかのようでキュ、キュ、と蠢いているのがわかる。

「すごい、こんなに柔らかいんだ……。ミラ、もっと触るね？」

「——ヒャアッ！　ふぁぁっ、……ンン！　そこっ、……っひゃ」

アランさんの親指がピンと立っている乳首をキュウ、と押してからコリコリと弄り出した。

キスはいつのまにか止んでいて、胸を揉まれている私の顔を楽しそうに愛おしそうにアランさんが見つめている。まるで私が出す嬌声を聞きたいから口は塞がない、というかのように顔中にキスを降らせるが唇にはして来ない。

「声、可愛い……。ねぇミラのここ、すごく固くなってる。ここ、気持ちいいの？」

「あ、あっ……ぁっ、っ………、わ、わかんなっ……きゅ、キュン、って……する、のぉっ……」

「乳首触れられると、キュンてしちゃうの？」

「んっ、んっ、……し、ちゃぁ、うぅっ……」

「じゃあもっとキュンてしてほしいんだけど、いい？」

コクコクと頷くと、「可愛いなぁ」と言って頬にキスが落ちた。

「ミラ、膝立ちできる？　俺の肩に手置いて。体、俺に預けていいからね。辛かったら言ってね」

既に思考が鈍っている状態で少し腰を浮かせた瞬間に、アランさんの腕がお尻を支え容易く膝立ちできた。少し上目遣いに私を愛おしそうに見つめるアランさんを見て、また好きが募った。

「ねぇミラ。いっぱいキュンてしていいからね。声もいっぱい出してね？」

「っ、ふぁあっ！」

ベロン、と熱くぬるつく舌がちょうどアランさんの顔の位置にある乳首を捉えて舐めた。ビクッと震えた私を宥めるようにアランさんの手が腰を撫でる。だけどそれがよりゾワゾワとした快感となり、言われた通り広い肩に置いていた手はアランさんの頭を抱き込むようにしてしまう。

「あぁ！　ンン……っは、ぁっ…………っ、ンゥ〜〜〜〜、っ」

まるで乳首を舐めてとねだるような動きに、アランさんは嬉々としながらペロペロと舐めていくと、今度は口内へ含み　ジュルルとわざとらしく音を立てて吸いあげていく。

片方は舐められ吸われ、片方は変わらず親指でクニクニと弄られ、腰をなぞる手も止まらない。

それがより必死にアランさんの頭を抱き込むことになって、自分を甘い責め苦へと導いている。

「アラ、さっ……アッ……ダメッ……きゅ、キュンキュン、しちゃう、……からあっ」

「うん。いっぱいキュンキュンしていいよ」

「ひゃぁんっ！　……っは、……ひゃぁ、ふっ………ッンァ」

今度は左右を逆にされ、唾液で濡れた乳首が外気に触れて少し冷えた。その冷えから守るように親指がクニクニと弄りキュウと沈みこませるように押し潰す。

「……っ、……ア、ァ、アランさ、……チュー、してぇ？」

「あぁ、もうミラは。今日初めてしたのにそんなに俺とのチューが好きなの？」

「好きっ……深いの、すき、……アランさんと、深いチューするの好き、大すきっ……」

「素直でいい子、口開けて？」

「ンムッ！　フ……っ、……んあ……っ、ふぁ、ンン」

そこまで大きく開けていない口に、熱く濡れた舌がねじこまれ、口内を我が物顔で蠢いていく。その動きを制するように、あるいは助けるように、自分自身も舌を動かすと、意図せずともクチュクチュと音がしてそれがたまらなく淫靡だ。

嬉しい。気持ちいい。

——……あぁ、アランさんが好きで好きでしようがない。

絡める舌から、
交わる唾液から、
漏れる嬌声から、
滲む涙から、

震える体から、
抱きしめる腕の力から、
言葉なんかでは伝えきれない「好き」が、少しでもアランさんに伝わるといい。

好きで好きでたまらなくて、欲しくて欲しくて焦がれるような、私の思いが少しでも届けばいい。

ゾワゾワとした快感が常に体に停滞し、アランさんを抱きしめる力をこめているはずなのになぜか力が抜けてくる。

そして唇が離れ、絶対に蕩けてしまっているであろう私の顔を優し気に覗き込んできた。

「ミラ、下、触ってもいい？」

情欲に濡れたアランさんの瞳が愉しそうに私を見上げながら聞いてきた。

少しの恐怖と羞恥と緊張を綯い交ぜにした感情を宿しながらも、それを上まわる熱に浮かされながら小さく頷くと、アランさんの手がショーツ越しに秘裂に触れた。

「ツンァ！」

「すげっ……」

同時に声を発した。

ショーツ越しに触れられた秘部はしとどに濡れそぼっていて、布一枚隔てているのにアランさんの指を濡らした。そのことに感嘆され、それがとても恥ずかしく自分でもわかるほど顔に熱を持った。

「あっ、や……ぃ、言わな、でぇ……」

「だってこんな濡れてるんだもん。俺に感じてくれてて嬉しい」

「こんなっ、……つやだぁ……つ、は、……はずかし、ぃ……」

「恥ずかしくないよ。グショグショになってるミラ、可愛いよ？」

「～～～っ」

「ほら、可愛い」

ショーツ越しに秘裂をなぞられ、その濡れ具合を確かめられることがこんなにも恥ずかしいなんて思わなかった。そしてその恥ずかしがっている様をアランさんが至近距離で嬉しそうに見てくることがこんなにも胸を締め付けられる。

「アランさん、なんでそんな余裕そうなの……？　初めて同士なのに私ばっかり恥ずかしくて、いっぱいいっぱいな気がする……」

「だって俺は恥ずかしくないから。でも余裕なんてないよ？」

「そう見えないよ……」

「余裕というより舞い上がってるのかも。ミラが俺のことを好きでいてくれて、俺が触れたり、言うこと全部に反応してくれて、全部可愛くて愛おしいなって思ってるから」

エッチってすごい。肌が触れ合うってすごい。裸を晒すってすごい。

アランさんってすごい。

どんどんどんどん、私に「好き」を募らせていく。

「ミラ、ここは？」

「――――っ！　アッ！　っゃあ」

ぷっくりと膨れた花芯を指でフニッと押し潰され、一際高い声が漏れた。

「スズ先生の作品だとここはゆっくり優しく撫でてあげてるよね。こうかな？」

「アッ！　待っ……ヒゥ！　やっ……ッ、ヒアァ」

「声がまた可愛くなった」

花芯がクニクニと擦られ、押し潰され、優しく摘まれる。強烈な快感に涙が滲み、開きっぱなしの口からは意味をなさない嬌声しか出ず、必死にアランさんの広い肩を掴んでなんとか自分の体を支えている。

「ねぇミラ。ミラの可愛いパンツが濡れてきたよ？」

「っ！　やっ、あっ……ぃ、わなっ、でぇ……ヒぅ………っ」

「ミラが今穿いてるのってスズ先生の小説でも出てくる紐パンってやつ？」

「ッ！」

きっと紐パンなんてわかるまいと思っていたけどパンツに限らず愛撫の方法も私が彼に知識を与えてしまっていたらしい。こんなものを穿いてほんとはやる気満々だったのに寝たふりをしていたことがよりいっそう恥ずかしくて一気に全身に熱がまわる。

「可愛いなぁ……。ねぇミラ、少し、指挿れてみようか」

クロッチ部分を少しずらされて、アランさんの中指全体で秘裂をなぞられる。未知の感覚と確かな快感でゾクゾクしてしまう。そして指が愛液でテカるほどに濡れたのを確認すると、ゆっくりと差し込まれていった。

「あ、あぁあっ、〜〜〜っ」

「すげぇ……。あったかくてヌルヌルだ」

ヌププ、と粘度ある水音が下腹部から聞こえ、羞恥で思わず指を締め付けると異物感が増してしまい、それがクラクラするほど気持ちいい。

　おかしい。初めては指一本でも挿れるのは大変って聞いたのに、濡れすぎてすんなり根元まで挿ってしまった。

「痛い？」

「ち、がぅぅっ……っあ、……ゅ、指っ、動かっ……だめ……ッアア」

「痛くないのになんでダメなの？　ミラのナカ、すっごいグショグショになってるのに？」

「〜〜っ、やっ」

　根元まで挿ったまま指を曲げられたりゆっくりと抽挿される。ナカを擦られるのも、挿れられるのも、引き抜かれるのもゾクゾクする。そして引き抜くたびに新たな愛液がアランさんの手を濡らしていく。

「さっきの膨らんでたところ触られるのと、今みたいに指を挿れられるのどっちが好き？」

「わかん、なっ……っあ、ぅ……ど、ちも……っだ、めなのぉ……」

「そっか。どっちも好きなんだね。可愛い」

　膝立ちしている私のガクガクする太ももを見て、何故だか艶笑したアランさんが指を引き抜くと、ぐったりしている私を嬉々として抱き上げ、先程のように後ろから抱きしめた。

　図書館やお家で飲んでいた時も後ろからギュッとされていたが、今は直接肌と肌が触れ合う感触が熱くてすごく気持ちいい。

「俺、この体勢大好き。ミラが俺のものって感じがして落ち着く」

「私も、アランさんに包まれてる感じがすごく好き……」

「嬉しい。ミラ、こっち向いて？」

振り返るというより横を向くとすぐそこにアランさんの顔があってキスをされた。

当然のように舌が絡まり、互いの舌を愉しむようにクルクルと舐め合う。そしてグッと口内に舌を差し込まれ側面も上顎も舌裏も愛撫されると、今度は乳房が形が変わるほどの力で揉みしだかれた。

「ンンッ、……っ、……ぅ、んんっ、……んぁ」

キスをされながらの愛撫は肉体的快楽と精神的快感が合わさって快美に酔いしれる。

「ミラとキスしたいのに、ミラの可愛い声も聴きたい。もどかしいね。もどかしくて……幸せ」

言われる言葉すべてに法悦して泣きそうになってしまう。

すると今度はショーツの中に手が滑り込んできた。

「ひあっ！」

先程の愛撫のせいでぷっくり膨らみきっている花芯まで愛液で濡れてしまっている。先程とは違う直接花芯を弄られることにジュクッとした疼きが愛液となって体現する。

「ひゃあぁん！　っあ、うぅ……ハァアっ……アラン、しゃ、ンンっ……ッこれ、っ、だめぇっ」

「ミラが俺で気持ちよくなってるとこ、見せて？」

耳元で甘く囁き、そのまま耳にキスが落とされる。

ピリピリするような局所的快感が下腹部に、ジリジリと胸を焦がすような焦燥的快感が乳首に、ジュクジュクと熱を孕んだ灼熱的快感を耳に感じて、体が震える。

「ミラ、気持ちいい？　俺にちゃんと教えて？」

「アッ、………ッ、ひゃあぅ、つぅ……っ、……きもちっ、……つきもちぃいい」

「よかった。ちょっとだけ強くするね？」

「ひぐつ、……ダメッ……はぅッ、……待っ、アラッ、ひゃんっ、……待っ、待ってぇ！　ッあ」

「イきそう？」

「んっ、ン、ィッちゃ、……ッヤア、ッア、ランしゃあっ、……あぁ、ん」

爪先から何かがせりあがってくる。

体全部を締め付けられるような、逃げたいような、このまま駆け抜けたいような、そんな感覚。

――これが、イく、だ。

何度も書いた。経験したことがないのに何度も文章にしてきた。

弾けるような、沈みこまされるようだと聞いた感覚を、何度も、何度も書いた。

でも、こんなに強烈だなんて知らなかった。こんな激流のような気持ちよさだなんて知らなかった。

アランさんに出会わなければ、知らなかった。

「～～っ、ヒッ、アアアァア！」

バクバクと脳内に響いているような心臓の鼓動さえ気持ちよく感じ、過ぎる快感でもはや辛い。だけど、離してほしいとは微塵も思わない。

熱く、甘く見つめるチョコレート色の瞳を滲む視界の中でしっかりと捉えた。

「ハァ……っは………ァ、アリャン、さっ……好き……きもちぃ、……っも、と……さわっ……て、ほしっ……」

私の理性は、こんなにも脆い。

そうさせているのはアランさんへの愛慕なのか、はたまた今自分の中に駆け巡った快楽なのか。

だけど疼いてしようがないのだ。もう、この疼きを自分ではどうしようもできない。

アランさんじゃないと、アランさんだから、アランさんがいい。

「…………ミラはまるで底なし沼みたいだ」

シュルッ、と衣擦れの音がした。

「スズ先生の作品で、唯一、理解できないところがあったけど、今わかったよ……」

腰で結ばれていたショーツの紐がほどかれて、秘部がスッと外気に晒されたのがわかった。恥ずかしい。でも、早くまた触ってほしい。

「好きなのに、愛しているのに、大切にしたいのに、めちゃめちゃに壊したくなる。……って、こういう気持ちなんだ……。スズ先生は、ミラは、本当に俺に気付きを与えてくれる……」

アランさんのチョコレート色の瞳から少しゾクッとするほど熱い視線を送られ、イッたばかりでまだピクピクとした下腹部がまたズクッと疼いたのがわかった。

その視線。

その手。

その輪郭。

その舌。

その吐息。

――……全てが凄艶。

「アラッ、ンンムッ」

話しかけようとしたその瞬間に私の舌を舐めるようなキスに驚き、目を見開いたがキスはすぐに止み、髪を掻(か)け上げながらアランさんが上体を起こした。

「あぁ……俺……ミラのこと……ドロドロのグチャグチャにしたいな……」

その表情に僅かに慄(おのの)いた。だけどドロリとしたチョコレート色の愉悦(ゆえつ)にまみれた瞳で見つめられ、確かな女たらしめる臓器が反応した。


――そして現在。

クチュクチュ。

ピチャ、クチ。

「アッ、ァア、……はぅう～～っ、……ゃあっ」

寝室に響くのは粘度を帯びた水音と苦しそうに息を吐きながら漏れる私の嬌声。そしてそんな私を恍惚(こうこつ)として見つめながら熱のこもったため息を吐(つ)くアランさん。

「ミラのナカ、濡れすぎて指がふやけちゃうな」

「あっ、お、音、たてなっ……でぇ……っんぁ」

「たててないよ？　ちょっと動かしただけで音でちゃうくらいミラのナカがグショグショなせいと、ミラが腰を揺らしてるからだよ？」

「やあ、……ちがっ、ッンン、……はっ、恥ずかしっ、こと、……」

「ん？　もっと言ってほしい？」

「ちがぁっ、……っ……ンンッ、あっ、」

超余裕でアランさんの指三本を咥(くわ)えたまま何度目なのか全くわからない絶頂(ぜっちょう)を迎え、涙と快楽でグシャグシャになっている私をアランさんは変わらないドロリとした瞳で愉しそうに見つめてくる。

「ん、ぁ……アラン、さっ……ほ、ほしぃ、よぉ……」

「そんなに欲しがってくれて嬉しいな。……そうだね、俺もミラと繋(つな)がりたい。ちょっと待ってて。避妊(ひにん)パッチ取ってくる。さっきつまみ買ったときに一緒に買ってリビングに置いてあるから」

「あっ、ま、待って！　パッチならここにあるの！」

上掛けを引き寄せ少し体を隠しながらすぐそこに置いていた自分の化粧ポーチを取り、例のピルケースを取り出した。それを見てアランさんが私の側に来てベッドに腰掛けた。

「これ、持ってきたの？」

「う、うん……。ね、念のため……せっかくもらったし……ダメ、だった？」

「ううん。用意してくれてありがと」

「っていうかアランさん、さっきパッチ買ってたんだ……」

「今日使うつもりはなかったよ？　でも用意だけでもきちんとしておくべきかな、って思ってね。うわ、これ六時間用だ。……すげぇな」

「え？　何がすごいの？」

「あれ、エッチなミラちゃんでも知らないんだ？」

ちょっと揶揄(からか)うような笑みで言ってきたアランさんに、ムムゥと睨(にら)みをきかせると「睨むミラちゃんも可愛いなぁ」と言って肩を抱かれ軽いキスをされた。

もう何言っても何やっても可愛いって言われる気がする……。うぅ、しゅき……♡

「パッチは値段によって避妊効果の持続時間が違うんだ。大抵は一時間用を買うらしいけど俺は三時間用っての買ったんだ。でも六時間用ってのはなかなか売ってないよ。勿論値段も高いしね」

「そうなんだ……でも六時間って長すぎない？　だってこれって、その、い、挿れる前に貼ればいいんでしょ……？」

「俺もそんな詳しいわけじゃないけど売られてるってことは需要があるってことじゃない？　じゃあミラちゃんがせっかく用意してくれたものだし、こっち使おうか。あ、でもこれって何分後に効果あるんだろ」

「あ、ローラが、それくれた友達が貼ってから二十分後って言ってた」

「やっぱ六時間用だと効果出るにも時間かかるんだな」

パカッとピルケースを開けて肌色のパッチを一枚取り出し、手早くぺりぺりと剝がすと透明なシールになった。アランさんはそれを左腕へと無造作に貼り付けた。

「これでよしっと。じゃあミラちゃん。もっと俺にくっついて？」

アランさんの優しい笑みにつられて、元々近い距離をもっとつめていく。するとゆっくり、そしてねっとりと私の唇を食むようなキスが降って来た。

「ツン……………アランさん」

「ねぇミラちゃん。パッチの効果が出るまでは挿れない方がいいし、初めてのミラちゃんのことをもっと解してあげたい気持ちの方が強いんだ」

「え？」

解すとは？　今まで散々解されていたように思うんですが。既に準備万端な気がするんですが。

だってこれからが本番なんだよ？　挿れてからどんななのかお互い未知なんだよ？　だからどうか完全には鎮まらずに鎮まりたまえ、アランさん。

「スズ先生の作品でさ」

「っ」

何故だろう。ゾクッとした。

アランさんは笑っている。だけどどことなく黒い笑みに体を隠している上掛けをギュッと握った。

「前戯で必ずしてること、あるよね？」

「ア、ア、アアアアラン…………さん……？」

少し逃げるように仰け反ったが、容易く腰を抱かれて動きを制された。そして体を隠していた上掛けを剥がされてしまった。そしてアランさんはベッドから下りて私の内ももに手を置いて脚をM字に広げると、その脚の間に跪いた。

「ふぎゃああ！　なっ！　やっ、ま、待って……」

「舐めて……いいよね？」

「っ！」

「本当はレン君みたいに全身舐めないと挿れないってぐらい舐めてあげたいけど、さすがに今は俺も我慢できないからなぁ。まあいずれはしたいけど……ぅわ、すげぇ濡れて光ってる……」

「つやあぁぁ！　やめっ、見ないでっ、……み、見ちゃぃやぁ」

まさかここでレン君の設定資料に書いてある性癖の話が出てくるなんてっ！

そしてアランさんの手が腿に置かれたままのせいで閉じられない。

「見ないと舐められないよ。諦めて？」

「やっ、ちょっ、待って！　じ、時間まではほら、チューしてよ？　ね？」

「うん。だからミラの濡れてる下の口にチューしていっぱい舐めてあげるよ」

「だっダメッ！　き、汚いからぁ」

「あはは！　汚いって思ってたら舐めたいなんて言わないよ。むしろミラの味が知りたくて堪らないんだ」

「～～～っ、ア、アランさんの変態！」

「俺が変態なら、そうしたのは間違いなくミラだから、責任取って俺に舐められて？」

恍惚とした微笑みと共にアランさんのドロドロの瞳には妖しい光が差し、私の体に疼くような感覚が蔦のように絡みつく。これから繰り出されるであろう快感を期待して喜んでいるかのように、秘部から新たなトロみを生み出した。そんな様子をアランさんに至近距離でバッチリと見られてしまった。

そうして秘部ギリギリの愛液がついている内ももを文字通りパクリと食べられた。愛液を舐めとったり、甘く歯をたてたり、唇だけでハムハムと柔さを愉しむ様が艶めかしい。

それがまたなんとも淫靡な光景でキュンと子宮が疼いた。

「ミラがほんとのほんとに嫌ならしないよ？　でもスズ先生が書くヒーローはみんなヒロインのこと、舐めてあげてるよね？　……ってことはミラだってされてみたいんでしょ？」

「つ、ぁ……それは、…その……」

「されてみたいっていうより興味があるのかな？　そして俺はミラのことを舐めたい。ね？　経験してみよう？　気持ち悪かったらすぐに言ってくれればちゃんと止めるから」

「……っ、でも……ぁの、恥ずかしい……」

「そっか。じゃあいっぱい気持ちよくなってね」

どゆこと？　話が噛み合ってないんだけど……。

戸惑っているうちに秘部にアランさんの黒髪が埋まってしまった。

それを認識した瞬間、媚肉を広げてベロン、と花芯を一舐めされた。

「ヒグッ！　っはぅう……ッ……ゃあ、ァッ、っ」

秘部に埋もれる黒髪に手を掛けたが力が弱すぎて、むしろ前に垂れてくる髪を押さえてあげているかのよう。花芯にもたらされる刺激は体中をかけ巡る電流のように感じて必死に身を縮ませることしかできない。

「つぅあ……ツア、もっ……ッ、……ダメッ……っ、これゃ、だめぇぇっっ……っ」

しとどに愛液を垂れ流す秘裂へと舌が移動する。「嫌」と言ってもそのどちらかに移動するだけで舐めるという行為を止めてはくれない。

その刺激は指ほど奥にはこないのにその独特な湿り気と蠢きと、秘部を口淫される背徳感が相まって強烈なまでに気持ちがいい。

「……どんどん溢れてくる」

「ヤアァァァ、……吸っちゃ、ゃあっ、ンッ、……ゃらっ、ャア………は、はっ、あっ……も、舐めっ、……ッ、だめっ、ぇ」

「うん、気持ちいいね。……これは？」

「～～～っ……アアアァァ！」

花芯をねっとりと舌を使ってしゃぶられ、今度は唇と舌で吸いながら一気に指が二本ナカに入ってきた。明らかに唾液ではなく愛液で潤沢なそこは容易く指を受け入れ、ブチュッ、ブチュッと下品な水音を出しながら出し入れされる指に歓喜し、ナカで締め付けた。

「アリャンしゃっ！　っん……それらめっ……でちゃっ……でひゃっ、うぅ……ぉし、こ……でちゃああっ」

「いいよ。いっぱい出して」

「ら、めぇつ、……ッアアアッ、……もっ、でちゃ……うぅっっ～～～～！」

潮なのか尿なのかが今まさに噴出しようとしているというのに、アランさんの舌撃も指での掻き混ぜも止めてくれない。

背中は意図せず弓なりとなって痙攣が止まず、強く握りしめすぎていたシーツはグチャグチャで、私の口元からは涎が垂れている。苦しいほどの快楽が体を雑巾絞りするかのように苦しめたかと思うと同時に解放され、その解放感が筆舌に尽くし難いほどの快楽となって降りかかった。

「ハ、ぅ……っ……ぁ、ぁ……っ」

絶頂の余韻から戻ってこられず、打ち上げられた魚のようにピクピクすることしかできない。

お尻の下のシーツがジワ、と濡れているのがわかり羞恥心を際限なくかきたてられる。

「あ～、最高……」

噛み締めるようにそう言ったアランさんがようやく脚の間から顔を離し、イッた余韻に震える私を嬉しそうに見つめた。

「ア、ア、アランさんのばかぁ！　だ、だめって言ったのに！」

「うん。ミラはらめって言ってイッてたね。可愛かった」

「うぅっ！　い、いじわる！　鬼畜！　変態！　ド変態！」

「ミラもド変態だから俺達お似合いだね」

「私ド変態じゃないもん！　ちょっとエッチに興味があるだけだもん！」

「それ十分ド変態だと思うけど。それに俺がしてるのは全部ミラの本に書かれてることだよ？」

「うぅぅ……でも、初めての私に優しくない！」

「舐められるの、嫌だった？　あんなに気持ちよさそうだったし気持ちいいって言ってくれたのに」

　アランさんがベッドに上がり、片腕で私の上体を起こしたかと思うとそのままベッドの中央まで運んだ。されるがままの私の顔の側に両肘を突いて、体が全部私にピッタリとくっつくように寝そべった。

　そこで気付いたがいつのまにかアランさんの下衣がなくなっていて互いに一糸纏わぬ姿となっている。アランさんの固く大きくなったものが未だに濡れそぼっている秘部をこすりつけるように僅かに腰を揺らしてくる。

　それが炙られるような快感となっている私は、アランさんの言う通り変態なのかもしれない。

「俺はミラのこと舐めるのすごい好き。もっとずっと体中舐めてたいぐらい。俺も舐め犬ってやつなのかも。まさかそれを見抜いてレン君を舐め犬にしたの？　ミラはすごいね」

「……違うもん。……アランさん、結構イジワルですね」

「俺もこんな自分を知らなかったよ。ミラの前だけの俺だ。本当にミラは色んな俺を引きだしてくれるね。好きだよ。愛してる」

「はゅ♡」

先程私の秘部を舐めしゃぶっていたとは思えないほどに穏やかで優しい笑みが返ってきた。

それにもキュンとしてしまうことが悔しい。

「ごめんね？　ミラがイッちゃう、らめ、って言ってるのに止められなくて。気持ちよさそうなのに否定的な言葉を言っちゃうミラがすっごくエロくて正直止める気全然なかった」

「ぶっちゃけすぎだよ！」

お互い真っ裸で、ベッドの上にいるのに、おでこをくっつけてエッチなことを話しているのにどこか和(なご)やかで、それがたまらなく幸せに感じた。

言葉にできない気持ちを熱にして、嬌声にして、汗にして、涙にして、潤滑液(じゅんかつえき)にして、伝えるんだ。

好きな人とセックスするって、こういう気持ちなんだ……。

「アランさん……」

「ん？　なぁに？」

名前を呼べばすぐに返ってくる優しい声。そして眼差し。それが嬉しくて、でもどこかくすぐったい。その返答に答えず、アランさんの首に腕を回すと、わかっているかのように唇同士が吸いつくように引き寄せ合い、唇より先に舌が絡まった。

正直、キスの「気持ちいい」というのは精神的なものだと思って話を書いていた。だけど違う。キスは肉体的にもひどく気持ちいいものだった。

熱い舌。

重なる唇。

絡まる唾液。

漏れる己の声。

好きな人の息遣い。

抱き寄せる腕の力強さ。

それらすべてが合わさって媚薬(びやく)のように酩酊(めいてい)させ、その行為に耽溺(たんでき)し、依存(いぞん)する。

キスをしながらお互い体を擦りつけ合うようにモゾモゾと動かすと、先程から秘部にこすりつけられているものがもどかしく快感を生む。

気持ちいいけれど、もどかしい。

その固いものが、今すぐ欲しい。

「ア、ラン、さん……っ」

「……ミラベル」

「欲しい……いっぱい、欲しい……ソレ、いれてっ……」

「いじわるで鬼畜でド変態な俺だけど、いいの？」

「いじわるで鬼畜でド変態で可愛いアランさんが好きなの。アランさんじゃなきゃやだ。……痛くていいから、今すぐ、私のナカに、一番奥にアランさんの……いれて？」

「ミラ……」

アランさんが上体を起こし、大きく脚を開いている私の膝に手を置きながら秘裂にクチュクチュと鈴口（すずぐち）をこすりつけてきた。息を吐きながら苦しげに顔が歪んでいるのがひどく艶めかしい。

「ミラベル、痛かったら、言ってね？」

「うんっ……」

鈴口の先が確かに私の秘裂を捉え、ググッと膣壁（ちつへき）を押し開こうとしている。その苦しさにギュッと目を瞑ると自然と体に力が入り、後ろ手でシーツを摑んだ。体がそれ以上の侵入を拒んでいるよう。痛みは全くない。ただ、初めての経験への恐怖と自分のナカに自分じゃないものが入ることの恐怖が綯い交ぜになっているのだろう。

「ミラ、目、開けて。俺のこと、見て？」

「……っ」

前髪を優しく払いながらアランさんの細かく区切った甘く煮詰（につ）めたような声に目を開けた。

全身に少し湿り気を帯びた色香を漂（ただよ）わせながらも、愛おしそうに、でも少し苦しそうに私を見つめてくれている。

小さく水音がしながらまた自分のナカが抉（えぐ）られるような感覚に、背中がゾクゾクする。

アランさんは私の表情を何一つ見逃さないとでも言うようにじっと見つめながらゆっくりと進み、少し馴染（なじ）ませてから少し引いて、さらに閉ざされている膣壁を割り開いていく。

「ハッ……っ、も、もうちょ、と……？」

「……ッ、ごめん、……まだっ、半分、くらいっ、だから……」

「は、半分……」

思わずナカにいる質量を確かめるようにキュッと力を入れてしまうと「ック……」とエロい声がアランさんから漏れた。

「ミラちゃん……、いい子だから意地悪しないで？」

「ご、ごめんっ、わざとじゃなくて……あの、ね、あと半分なら一気にいっちゃっていいよ」

「え？」

「アランさんががんばってくれたから、私全然痛くないの。ちょっと苦しいというか、変な感じするけど、でもほんとに痛くないから、だからガッツリいっちゃって！」

「いっちゃってって……可愛いくせにかっこよすぎるんだけど」

笑ってるアランさんがかっこいいしエロいのにやっぱり可愛くて、キュンとしてしまうと膣壁がそれをダイレクトにアランさんに伝えてしまって、また少し苦しそうに眉間に皺を寄せてしまった。

「ミラ……」

「違うの！　アランさんが可愛くてキュンってしちゃっただけでわざとじゃないの！」

「俺は別に可愛くないよ……」

「安心して？　すっごく可愛いよ！」

「いや、別に可愛くなりたいわけじゃないよ……」

そう言ってアランさんが大きく長く、息を吐いた。

「じゃあお言葉に甘えさせてもらおうかな。……正直ほんときついから」

「き、きついってどういう感じにきついの？」

「え、ここで質問してくる？」

「いや、ほら今後の小説の参考になるかなって……男の人の意見は貴重だから……」

「ごめん、あとで言う……」

「そう言えば私、アランさんに聞きたいことが」

「え、今？」

「図書館でどうやって私のことすぐに見つけられたの？」

「っ、ごめん、それもあとで言うからっ、……ほんとに一気にいってもいい？」

「つは、はい！　どうぞ！」

アランさんの両手がガッチリと私の腰を掴み、助走をつけるかのようにズリズリと引き抜いたかと思うと、熱杭（ねっくい）が一番奥を押し潰した。

「――～っ！　ッハ……あっ、ア……」

私の腰を掴んだままのアランさんの腕を必死に掴み、無意識に体の中心に力を集めようとしてしまう。

これはまずい。

こんなにも、こんなにも……。

「くっ、締まり、ゃばっ……ミラ……ミラ？」

「アッ……っ、はぅ、……アラ、しゃっ……っあぅ……ど、しよ」

「っ！　ご、ごめん！　やっぱ痛かったよね!?　ごめんね!?　動かないから！　なんなら俺今この時点ですげぇ幸せだから抜いても……」

「ちがっ……ッア、ランさっ……ッ……どぅしよっ……私、……は、初めてっ、なのに……」

「ん？」

「き、もち、……きもちぃぃ、よぉっ」

おかしい、私は紛れもなく処女なのになんで初めてがこんなにも気持ちいいんだ。

凹凸がぴったりと嵌まり、その形を確かめるように蠕動する動きを止められない。そして勝手に動いてしまう己の動きで快感を拾ってしまう。

「アラン、さっ……ぁっ、気持ちぃ、の……怖いっ……。チューしてぇ……？」

初めての強烈な快感がもはや恐ろしく、安心させてほしくてキスをせがむと、私を組み敷くアランさんの顔が暗い部屋にいてもわかるほどに耳まで真っ赤だった。

「ア、アランさん……真っ赤……可愛い……」

「ッツ……フ――、……ミラ、これ言うの二回目なんだけどさ……」

「う、うん」

「可愛いのも大概にして、っつーかいい加減にして。ミラが可愛すぎて俺今日死ぬよ。絶対死なないけど。ミラと一緒に生きていくけど」

「めっちゃ早口で言うじゃん……」

気付けば濃い茶色のカーテンの隙間から朝日が漏れ始めている。

そんなことに気付きながらも、ただただお互いを求め合い快楽を貪っていた。

「アッ、ぁんっ、ゃっ、……こりぇっ、らめ、……っ、んぅ」

横たわるアランさんの上に跨って、下から突かれるたびにパンパンと部屋中に響くような肌が打ち合う音とヌプ、グチ、というような水音がする。

それは私の愛液だけではなく、注がれ続ける白濁のせいとも言えた。

「いい眺め……」

額に汗を滲ませたアランさんが腰の動きを止めずにうっそりと呟いた。

「つ、あ、ッァア、おっ、奥につ、ッ、ヒゥ……当たっ……あぁあっ」

「奥、トントンされるの、好きでしょ？『ヌルムキ』に書いてあったもんね？」

「ヒアッ！　ぁっ、ダメッ、……っまた、イッ、ぃ、くからぁっ……!!」

「ッ、……ほんとミラはすぐイッちゃうね」

「んぅぅうっ……は、……ぁ、あ、アラ、アランさっ、の……せぇ、だもっ、んんんっ！」

イッているのに止まってくれないことを咎めるように、繋いである両手に悪態をつきながら強く握ると、アランさんは更に嬉しそうに艶然と微笑んだ。

「嬉しい。俺のせいって、もっと、言って？」

「ンッ、ァアッ、……ア、アリャンしゃっ……のっ、せぃぃいいっ」

ゴチュッ、ゴチュッ、と下からの突き上げが止んだかと思えば、繋いだ手を離されて腰をグッと掴まれ鈴口を子宮口に押し付けるようにグリグリとこすりつけられる。

「ッァアア！　……またイッちゃ、……ヤッ、アア！」

「つ、すげ、締まるっ……」

何度目どころではない絶頂を迎え全身もナカも震える。

自分がナカにあるものを強く締め付けながらも達しているのがわかると、じんわりとおへその辺りに熱を感じる。

逃げたいくらい気持ちいい。

でも気持ちいいから逃げたくない。

「ア……アラン、さっ……っしゅきぃ……すきなのぉ……」

「ハア……ミラッ……俺も大好きだよ。愛してるよ。俺だけを見て？　俺だけを感じて？　俺で満たされて？」

「アランさ、だけ……ァ、アランさんで、ぃっぱいぃっ……ひあああっっ！」

突き上げるような抽挿がまた始まった。

容赦（ようしゃ）なく下から突き上げられ、パンパンッ、と肌膚（きふ）が打ち合う音を鳴らす合間に胸を揉みしだかれる。次々と生まれる深い絶頂を味わい、既に何度も味わったお腹の中に感じる熱にまた快楽を感じ、体が痙攣してしまいそれがまた快感を生んでいる。

「～～～っ、ぉ、なか……ぁつ……ッフ……っく、ぁ……」

揺蕩（たゆた）うような絶頂の余韻から戻ってこられない私を更に苦しめるように、間髪（かんはつ）を容（い）れずにアランさんが起き上がって座位（ざい）の体勢となると私のお尻を掴んで体を上下させる。

膣壁の当たる場所が変わって更に気持ちよく、どちらの液体かわからない水音を増しながらアランさんの手によって抽挿されていく。

「はぁ……可愛すぎて死にそ。全然おさまんねぇ……ミラ、キスして？」

「ふっ、ンン〜〜〜っ、……っは、ふっ……アリャッ、しゃっ……っあ、ひうっ」

「こーら、口離しちゃダメでしょ？　キスハメ、好きでしょ？」

「んぁっ、……っしゅきぃ……っぁ、きしゅ、……しゅきっ」

「じゃあお口、あーんして？」

「ぅ、ン」

キスをねだられてもすぐに快楽のせいで離してしまう。それを甘く咎められ私の頭の後ろに手を当てて引き寄せられる強引なキスで飽くことなく子宮が締まる。そうして達する何度目かの絶頂と何度目かの吐精を味わい、前後不覚になるような快楽に襲われた。

突き上げられる快感と、舌を合わせる快楽が交わって気持ちいい。すると僅かに顔を離し蕩けた私の顔を嬉しそうにアランさんが見た。

「ミラの顔、トロンってしてる。キスに集中できないくらい気持ちいいの？」

「ハッ、ァ……きもちっ、ぃ……でも、キス、したぃよぉ……」

「あぁ、可愛いなぁ……。じゃあ今度は俺の口の中、舐めてみて？」

「ッん……な、めるぅ……」

「ん、いい子。俺も舐めてあげる」

その行為は冷静に考えれば今の今まで行っていたことと変わらないし、腰の動きを抑えてくれればキスに集中できるはず。だけど何故だか必死に新たにくだされた甘い命令に必死になって応えた。

隔てるものがなく互いが一糸纏わぬ姿で抱き合っているために汗で湿った肌同士がくっついてひどく気持ちいい。自分の大した大きさでない胸を押し潰しながらアランさんの首に腕を巻き付けて抱きしめ、必死に舌を動かし続けた。


外は既に十分に明るい。

カーテンを少し開けたため寝室には十分に陽の光が行き渡っている。

ぐったりとしている私の頬に吸い付くようなキスを嬉しそうにしているアランさんは、ヘッドボードに背中を預けてベッドに腰掛けている。私はというとそのアランさんの体を跨いで完全に体を預け肩口に頭を置いて抱っこされている状態だ。

「大丈夫？　疲れた？」

「疲れた……なんてもんじゃないくらい疲れた」

「ミラちゃんが可愛くて箍が外れちゃった。ごめんね？」

許してね？　と言いながらポンポンと頭を撫でられる感触が気持ちよくて微睡んでしまう。抱き着いて体を委ねている私の頭を嬉々として撫でながら、額や頭にキスを落とし続けるアランさんは全く疲れなどないかのようだ。

もう本当の本当に疲れた。エッチとはこんなに疲れるものなのか。まさかの六時間避妊パッチをギリギリまで使うという偉業を達成してしまった。

すごかった。エッチとは本当にすごいものだった。

というかアランさんも十分すぎるくらいすごいが、私もすごくないか？　私も絶倫と言っても過言ではないのかもしれない。

「ねぇミラちゃん」

「ん？」

「いつ越してくる？　俺としてはこの家を気に入ってくれたなら今日から住んでくれてもいいよ」

そういえば来るときそんなことを言っていた。気に入らなければ建て直すとかどうとか。

建て直しなんてもちろんしなくていい。だけどやっぱり同棲はいくらなんでも早くないだろうか。

あの家を出ていくのなら両親にも伝えないといけないし……。

もっといろいろ考えたいのに抗えない眠気が思考を奪っていく。微睡みながらも汗で湿っているアランさんの剝き出しの肌に更にすり寄って抱きつく力を強めた。その熱と変わらず優しい手つきで頭を撫でられることが心地よくて眠気が更に増してくる。

「じゃあとりあえず今日も泊まっていって？　ミラちゃんと離れたくないから」

「ん〜……、わかった。あ、でも一泊分しか荷物持ってきてない……」

「じゃあ荷物を一緒に取り行こうか。動けそうにないなら俺が行って取ってくるよ」

「ううん、一緒、行こ……ずっと、一緒がいい……」

半分眠りながらそう言うと、アランさんが「ッフフ。うん。俺もミラちゃんとずっと一緒がいいな」と嬉しそうに笑った声が遠くで聞こえ頰にキスをされたのを最後に、私は抱っこされたまま深い眠りに落ちていった。


目が覚めるとお昼を少し過ぎた頃となっていた。

自分でも驚きなのだが多少の怠さはあれど体には大して異常がない。おかしい、あんなに激しいエッチをした翌日は腰が痛くて、ベッドから起き上がれないというのがエロコンテンツの定番なのに。

その後、ちょっと怠いが元気な私とすこぶる元気なアランさんは連泊用の荷物を取りにまた私の家へ行き、荷物をまとめるとアランさんは当然のようにバッグを持って手を差しだしてくれた。

それが嬉しくて自分の手を重ねると、チョコレート色の瞳が優しく細まった。

「アランさん、今日の夕食、私作ってもいいかな？」

「え！　作ってほしい！　わ〜嬉しいなぁ」

「そんなに期待しないでね？　料理は好きだけど別に得意ってわけじゃないし……」

「料理が好きってだけで十分すごいと思うけどな。俺、料理全然ダメだから。でもミラちゃんと一緒に住むんだし、役割分担できるよう少しはできるようになるからね！」

嬉々として近い未来にある同棲の話をするアランさんだが、やはりどうにも展開が早すぎると思ってしまう。そんな私の躊躇(ちゅうちょ)を察してくれたのか、立ち止まってアランさんが顔を覗き込んできた。

「一緒に住むの、そんなに嫌？」

「い、嫌じゃないよ！　でも、私結構だらしないし、締め切り前とかほんと悲惨(ひさん)で……。そんなとこをアランさんに見せて、もし嫌われたら……って思ったら怖くて……」

「ミラちゃんを嫌うなんて、それはもう俺ではないよ」

繋いでいる手がゆっくりと持ち上げられ、私を見下ろすアランさんの口元に運ばれていく。その様は、いつもの眼鏡をかけているというのに艶めかしく、手の甲に唇の柔らかさを感じた瞬間、体中が熱を持った。

「ア、アラン、さんっ!?」

「俺はミラちゃんの新しいところを見る度に……いや、刻々と好きになっていくんだよ。この想いはもう俺の奥底の深いところまで食い込んでいて、これがなくなったらそれはもう俺じゃない」

ドクンと胸が大きく鳴る。艶めかしいなんて言葉では表せないほどで、一瞬心を奪われ体が動かなくなる。唇を置かれていた手に今度は頬擦りし、それによって少しずれた瓶底眼鏡の隙間から鋭く熱く私を見つめるチョコレート色の瞳とハッキリと目が合った。

「あっ……」

「な～にやってんだよ。道の真ん中で」

背後から聞こえたその声に反射的に振り返ると、げんなりとした表情のヴィー君が立っていた。その姿を捉えた瞬間、アランさんが逞しい片腕で私を抱き寄せてきた。

「なんだ。結局くっついたのか。つまんね」

「ちょっ！　ヴィー君のせいで私とんでもない誤解されてたんだけど！」

「ねぇ～アランさん。こんなちんちくりんでいいの？　俺、アランさんのこと結構タイプなんだ。いつでも相手になるよ？」

ヴィー君が私の言葉も存在も無視してニヤニヤした様子でアランさんに近づいた。背の高い二人に挟まれながら見上げると、アランさんが見たこともないような険しい表情でヴィー君を睨んでいた。

「アナスさんには好きな人がいるのでしょう？　それなら俺には一切構わないでくれて結構です」

「あ～ベルから聞いた？　確かに本命はいるよ？　一途に想ってあの人がいつか俺のモノになるならそうするけど、それは絶対ないってこともわかってる。だから遊ぶくらいいいでしょ？」

「それなら他の人を探してください」

「俺はアランさんがいいんだけどなぁ」

「ダ、ダメダメ！　アランさんを誘わないで！　アランさんは私のものだもん！　私だけのものだもん！」

アランさんがヴィー君の毒牙(どくが)にかかってしまう！　いや誘惑に乗るとは思えないけれど、ヴィー君のせいで人生（性癖）が狂ってしまった人を何人も見たことがある。

アランさんを守ろうと身をのりだそうとしたが、アランさんが思いのほかガッチリと抱きとめているため叶(かな)わなかった。いやむしろ先程より強く抱きしめられた。

「大丈夫だよ。アナスさんと遊ばないし、俺はミラちゃんのものだから」

ヴィー君に向ける冷たい声とは違う甘い声が上から降ってきた。そのことが嬉しくて顔が見たくなり振り向くと、眼鏡で目は見えづらいけれど優しい表情をすぐに返してくれた。

「あ～うざい。その大荷物持ってベルの家から出て来たってことはもう同棲でもすんの？　うぇ」

「ち、ちがっ！　同棲は……も、もう少しお付き合いを重ねてから……」

「俺は今日からでもいいんだよ？　ミラちゃん」

同棲に躊躇していることに特に理由はない。私だっていずれは一緒に住みたいと思っているし、もちろんアランさんのことは大好きだけど、だからといってお付き合いホヤホヤ状態でいきなり同棲することに賛同できるほど思いきりがいいわけでもない。

するとヴィー君が興味なさそうに「ふ～ん」と言ってアランさんに目を向けた。

「ねぇ、アランさんって黄色い看板のパン屋の近くに住んでるでしょ？」

「は？　なんで知って……」

「俺、気に入った人のことは結構調べちゃうタイプなんだ。ベルが住まないんなら俺はもっとアランさんと仲良くしたいし、めちゃくちゃ遊びに行ってもいい？」

アランさんとは毛色の違う熟練された艶めかしさを一瞬にして放ったヴィー君が、私のことなど見えていないかのようにアランさんに近づいた。

たとえ男だろうと好きな人が誘惑されているのを間近で見て正気を保っていられるはずもなく、自分からアランさんの逞しい体にしがみついた。

「住むもん！　アランさんと一緒に住むもん！　だからヴィー君は来ちゃダメ！　アランさんを誘惑するのもダメだからね!!」

「えっ！　ほんとに!?　ミラちゃん!!」

勢いよく放った私の言葉にすぐさま反応したのは、嬉々とした表情のアランさんだった。

あれ？　私今一緒に住むって言っちゃった？　そしてアランさんは後光が見えるほど喜んでくれている。今のは特に考えずポロッと出てしまった言葉なんだけど……でも、こんなにも喜んでくれるなら、初めから一緒に住むことに同意すればよかったな。

「うん。一緒に住もうか」

「めっっっっちゃくちゃ嬉しい!!　すぐにいろいろ手続きしよ！　あ、ミラちゃんのご両親にも挨拶しないとだね！　あぁ、もうほんと嬉しい！」

はしゃいでるアランさんたまんなく可愛い♡　しゅき♡♡

「はぁ。ほんとバカップルうざい。もうこんな奴らほっといて新しい男探しにいこーっと」

ヴィー君は少々でかい独り言を残し、挨拶もなしにその場を去って行った。

もしかすると、今のは同棲に躊躇していた私の背中を押してくれたのかもしれない、とも思ったが結局すべての元凶（げんきょう）はあいつであることは間違いないため、お礼なんてしてやらないと心に決めた。

アランさんも同じようなことを思ったらしく、去って行くヴィー君の背中を険しい表情で少し見つめた後は、私に甘く優しい、そして眼鏡姿の可愛い表情を向けてくれた。

◆　◆　◆

——半年後。

勢いで始めた同棲は幸せしかなく、アランさんが側にいてくれることが幸福な日常となった頃。

テーブルの上には通常表紙と表紙絵の二種類の本が四冊ずつ。計八冊の本が置かれている。

今日はめでたく発売された『ヌルムキ』のスピンオフ作品が発売された日で、アランさんと二人でお祝いしようと決めていた。アランさんは私の生原稿には一切触れることはせず、ただただ刊行を待ちわびた。既に見本をもらっているというのにそれすらも読まなかった。

そして今日、仕事から帰ってくると休みを取っていたアランさんは本をテーブルに並べてニコニコ顔で表紙絵装丁（そうてい）の本を読んでいたのだ。

「ねぇ、アランさん。これは……？」

「ミラちゃんが書いた俺とミラちゃんが主役のエッチな恋愛小説だよ♡」

「ち・が・う！　アランさんをモデルにしてちょっと自己投影しちゃったレン君とスミレちゃんの話だよ！　いや、そうじゃなくてなんでこんなに本があるの？」

「大好きな作家さんの本なんだから読書用兼布教用と保存用と観賞用に買ってるって初めに言ったでしょ？　悔しいけど絵もすごくいいね」

「ありがと……。それと、あと一冊は何用なの……」

「あ、でもアレ用はもう必要ないから……これからは実践用か」

「？」

「ミラちゃん、執筆お疲れ様。あと発売おめでとう」

先程からずっと私を後ろから抱きしめながら、ずっと頭や髪や首や耳にキスを落としているアランさんはめちゃくちゃ上機嫌だ。

「ありがと。無事発売されてよかったよ」

「俺とミラちゃんの話すげぇ楽しみだったんだ。ミラちゃんすっごく頑張って書いてたもんね」

「あのときは家のこととか全然できなくてごめんね？　結局ボロボロの姿見せちゃったし……」

締め切り前の追い込まれていた状態の私は自分でも思うがなかなかにひどかった。だけどアランさんはその間不慣れな料理を始めとして献身的に私を支えてくれていたのだ。ほんとしゅき♡

「体調とかいろいろ心配してたけどそれも問題なかったし、なによりあのときのミラちゃんすっごく可愛かったなぁ……」

「え？　あのとき可愛さの欠片もなかったと思うけど……」

別にいつもは可愛いだなんてことも思ってはいないけど、とにかく比じゃないくらいひどかったのにアランさんは一体何を言っているのだ。

「だって定期的に書斎から出てきて『充電する』って言って俺に抱きついてきたでしょ？　あれほんと可愛くて可愛くて……。あのとき押し倒さなかった自分を褒めたいくらいだよ」

「あ、あれはいろいろ切羽詰まっててアランさんを補給しないと死にそうだったから……!!」

原稿が思った以上に進まないことと締め切り間近なことに焦るたびに、アランさんの逞しい筋肉と匂いが恋しくなって確かに結構な頻度で抱きついてしまっていた。今思えば結構恥ずかしい……。

「あれのおかげで俺もミラちゃんを補給できたし、なにより疲れ気味のあの姿を見られるのが俺だけだと思うと嬉しくて。そう思ったらこの本への思い入れは俺にとってひとしおだよ。今日休み取っといてほんとよかった」

恍惚とした表情でそう語るアランさんにお世辞も何もないことに気付くほど、同棲して一緒の時間を過ごしてきたことにじんわりとした幸せを胸に感じ、私を抱きしめる腕にそっと手を添えた。

「もう読み終わったの？」

「三周目を読み終えたところだよ」

「三！　周！　目!?」

思わず頭だけ振り返ってアランさんを見るとドエロい色気を惜しげもなく漂わせながらハアハアしてるアランさんがいた。あれ、お尻に何か固いものを感じる……。

「ミラちゃんってば、俺とこんなことしたいって思ってくれてたんだね……もうほんとド変態で可愛いんだから♡」

「そっ！　……いうわけでは……」

「じゃあ今日はいっぱいしよ？　安心して？　六時間パッチ見つけたからいっぱい買ってきたんだ」

「え！　ダメだよ！　アランさん明日仕事でしょ！」

「ミラちゃんがいっぱいエッチな声聞かせてくれたら、俺は癒されるからむしろいつもより仕事がんばれるよ。あ、そうだ、今日はコレをミラちゃんが読みながらエッチしよっか」

「なっ！　ア、ア、アランさんのエッチ！　変態！」

それはなんつー羞恥プレイだ！　自作エロ小説を音読エッチって！　っと思ったが想像したら子宮がキュウゥゥンと疼いてしまったことがわかり余計に顔が熱くなり、そんな私の頬に嬉しそうにアランさんがキスをした。

「そんな楽しみにしてくれるだなんて……本当ミラちゃんはド変態だなぁ。大好き」

「うぅ〜〜〜、私も変態アランさんが大しゅきぃ♡♡♡」


デビュー作『ヌルヌルなのはムキムキのせい』のスピンオフは、今までよりも更にエロがパワーアップし、恋愛心情やエッチ心情がよりリアルになったと好評で本編を抜く勢いで売れた。

タイトルは、『ヌルヌルなのはムキムキのせい〜美形司書さんは絶倫肉体派〜』。

◆　◆　◆

「おやすみ、アランさん」

「おやすみ、ミラちゃん」

一緒のベッドに潜り軽いキスをしてから頭を枕に預けると、ミラちゃんが俺の胸元に近づいて鍛え直してまたできあがってきた胸筋に頬をスリスリする。その後すぐ、可愛い寝息が聞こえてくる。

暗い室内で、自分の腕の中にいる愛しい彼女が安心しきった様子で体を預けて眠る様は、この世の幸福を体現(たいげん)しているかのようだ。

こんな可愛い人これまでもこれからもいやしない。なのにこんな俺を好きでいてくれるだなんて奇跡としか言えない。一生大切にする。

ミラちゃんこそ究極可愛い。至高可愛い。最高可愛い。

ミラちゃん、ミラちゃん、ミラちゃん、ミラちゃん…………。

「ハア……ハア……」

ダメだ。キスしたい、触りたい、貪りたい。

普段はこの欲望を抑えて眠れているというのに今日はどうにも抑えられない。きっと先週、ミラちゃんに月のものが来てしまい、今週は俺らの休みが被(かぶ)らなかったから何日もシていないからだろう。

いつの間にか両方が次の日休みでないとしないという暗黙(あんもく)のルールが出来上がってしまった。それは恐らく俺達が二人共絶倫だから一度始めてしまうと本当に朝まで行為に耽(ふけ)ってしまい、次の日の仕事に支障(ししょう)をきたすからだろう。……でも俺は次の日仕事だろうとシたい。

ちなみに明日は俺は仕事だがミラちゃんは休みだ。

ちょっとだけ……、本当にちょっとだけだから……。

「ミラちゃん、ちょっとだけいっぱい、キスさせて……？」

「んぅ……」

まるで返事のような寝言を言ってくれたから歓喜した。俺の胸に顔を埋めているミラちゃんの顎を優しく掬って目を開けたまま唇を重ねた。

舌を絡めるのも好きだけど、寝ている無防備なところにキスをするのもなんだか背徳的ですごくいい。あぁ、ダメだ。もう少し、もう少しだけ触れたい。

「おっぱい触ってもいい？　あ、舐めるのもいいかな？　嫌なら嫌って言って……？」

「スゥ……スゥ……」

「ありがとう。まずは触るね？」

返事がない＝了承と受け取って、薄い寝巻の上から優しく胸を掬いあげると手のひらになんともいえない柔らかさを感じ、そしてそのままゆっくりと揉みしだいていく。

するとミラちゃんの口から甘い吐息が漏れ、モゾモゾと小さく体を動かし始めた。それがまた嬉しくて固くなっている乳首を指で転がすと、より一層声が甘くなった。

「ツンゥ、……ッア、ランさんぅ」

「!!」

ミラちゃんは確かに眠っている。それなのに俺の名前を呼んでくれた嬉しさに一気に全身が熱くなり、下腹部にいたっては痛いほどだ。

胸が顔の前にくるよう布団の中へと潜り、ワンピースタイプの寝巻のボタンを外すと、すぐに白い肌とぷっくり尖った乳首が見えた。

「何回見ても可愛い乳首……」

すでに脳裏に焼き付けている乳首をさらに焦げそうなほど焼き付けてからパクリと口に含んだ。

「ツヒゥ!!」

可愛い嬌声と共にか弱い力で頭を抱きしめられた。

胸を舐めるとき、ミラちゃんは何かに縋りつきたいのかこうして俺を抱きしめてくれる。それがまるで催促されているかのようで、それに応えるべく乳首を舌で転がしていく。

「つ、ぁ、……アラン、さっ……ンン」

乳首を攻められるよりも乳輪をねっとりと舐められるほうが好きなことも、腰が弱くて優しく触れられると声がさらに甘くなることも知っている。体を重ねる度に新たなミラちゃんを知って憶えていくところがたまらなく嬉しかった。

このままだと起こしてしまいそうだと思っていながらも止められない。舐め犬精神が働いてミラちゃんを舐め尽くしたい気持ちに駆られる。

「ミラちゃん、下も舐めていい？　ちゃんと気持ちよくするから、いいよね？」

「んぅ……スゥ……スゥ……」

「よく寝てていい子、めっちゃ好き」

ゆっくりと体を動かして仰向けにして、布団を被ったままミラちゃんの脚の間に体を置いた瞬間、目を見開いた。

——ミ、ミラちゃんのパンツに気合が入っていないっ!!

先述した通り俺達は互いの休前日でないと体を重ねない。ミラちゃんもそれがわかっているからなのか、するときは俺に見せてくれるための紐パンだったり可愛い下着を穿いていて、そのたびに興奮して何度も堪能したものだ。

勝負下着というものがあることはスズ先生の作品から知っている。だけど今俺の目の前にあるのは絶対にそういうことをしないと示しているかのような普段下着だ。

いわば『平和パンツ』だ!!

エッチするとわかっているから勝負下着を穿いているという事実が可愛い。

今日はしないのだろうと油断（ゆだん）しているこの隙が愛おしい。

「ハァ……ハァ……もう、ミラちゃんってば……どれだけ俺を、夢中にさせたら、気が済むの……ほんと、好きすぎて、苦しっ、死ぬ……」

うっすらと花柄が描かれている肌に優しそうな素材のパンツを至近距離で見つめてから、その魅惑（みわく）の布に鼻をくっつけた。

スー――。……ハァ……、スー――。ハァ……。

スー――――……ハアァァア………。

いつ嗅いでも自分を誘惑するこの香りのおかげでいきり立つ男根（だんこん）がビキビキと痛い。ダメだダメだ、これじゃあ俺が気持ちいいだけだ。ミラちゃんを気持ちよくしてあげないと。

平和パンツのクロッチ部分を片側に寄せるとぷっくりと膨れた花芯とトロリとした蜜で濡れた秘裂が露（あらわ）となり、思わず垂涎してしまった。まずは膨れた花芯を掬うように舌先で触れた。

「ツヒャイ!!　……んぇ？　な、に……？」

まずい！　ミラちゃんが起きかけてる!!

起きてしまったらきっと明日の俺のことを思ってこの先は進めさせてくれないだろう。別に挿れたいわけじゃない。いや挿れたいけど……。とにかくコイツはあとで自己処理するからいい。

――だけど舐めさせてくれっ!!

少しの間そのまま布団の中で身を潜めていると、また可愛い寝息が聞こえてきた。

よかった……。いくら愛するミラちゃんとはいえ、俺がミラちゃんを舐めることは邪魔させない。

今度はゆっくりねっとりと秘裂を舐めていくと、ジワジワと愛液が溢れてくる。眠るミラちゃんにこんなイタズラをしているという背徳感も相まってより興奮していくのがわかる。

「ハッ、んぅ……っ……ァ」

寝ているからなのかミラちゃんの嬌声がいつもより抑え気味だ。もっと聞きたい、でも起こしたくない。俺は一体どうすればいいんだ。

とにかく舐めよう。いっぱい舐めよう。

「ツア、ひっ……アラッ、さ……ゃあ……だ、めぇっ」

主張するように膨れている花芯を舌先で包みながら吸い上げると、ミラちゃんは眠っているのにイッてくれた。

溢れた愛液を舐めとってからパンツを引き抜き、外した寝着の釦をまたはめてあげてからようやく布団の外へ出るとその涼しさに大きく息を吐いた。

「あっつ……」

自分の男根が主張していることを目視して、汗もひどいしコイツを鎮めてこなければならないから、ミラちゃんのパンツを拝借したまま風呂に入ることにした。

ミラちゃんがノーパンになっちゃうけど寝てるから少しの間なら大丈夫だよな？　パンツを仕舞っている場所は知ってるし、あとで新しいものを穿かせてあげよう。そう思って平和パンツをしっかり握って風呂へと向かった。

いろんな意味でさっぱりして新しい平和パンツを持って寝室に戻ると、ミラちゃんが起きていて慌てててパンツをポケットにつっこんだ。灯りが点いていないから俺がパンツを持っていたことにも隠したことにも気付いていないらしい。

「ア、アランさん……お風呂入ってたの？」

「う、うん。ちょっと汗かいちゃって。ミラちゃんはどうしたの？」

「あ、その……」

ベッドの上で小さく座っていたミラちゃんに寄り添うように腰掛けると、すぐさま俺に抱きつきながら潤んだ苺色の瞳で見つめてきた。その顔を見て先程スッキリしたと思った欲情が湧き上がり、新たな興奮に火を灯した。

「どうしたの？　怖い夢でも見ちゃった？」

ミラちゃんを舐めているときは怖い夢を見ているようには思えなかったけどな。

……ちょっと待て。ミラちゃん今ノーパンだ！　言い逃れできない！　あぁでもノーパンミラちゃんが俺に抱きついているという事実に興奮する!!

「ア、アランさん……あの、ね？」

「つ、うん」

「断ってくれてもいいんだけどね……？」

「うん……？」

「エ……エッチしたい、って言ったら……し、して、くれる？」

「する」

「反応はや」

だってミラちゃんからの誘いだ！　断るなんてありえない！　むしろ俺から頼みたい！

「俺がミラちゃんのことを断るわけないよ。でも急にどうしたの？」

「いや、その……なんか、ね？　すごく、エ、エッチな夢を、見ちゃって」

あ、それ俺のせいだ。

「そうしたら、無意識にね、その……パンツ、脱いじゃってたみたいで……」

「っっっ!!」

「探してたんだけど、見つからなくて……。しかもエッチもしたくなっちゃって……でも、アランさんお風呂入ってたからその間にパンツ見つけて鎮めようと思ったんだけど……あ、でもアランさん明日仕事だし、やっぱりやめ」

「しよう。エッチしよう。今すぐしよう。パンツがなくても大丈夫!!　いっぱい舐めてあげる!!」

「どゆこと……」

嬉々としながらサイドテーブルの引き出しを開けて六時間用パッチを取り出しすぐさま腕に貼りつけ、ゆっくりとミラちゃんに覆い被さった。

羞恥と隠せていない期待が苺色の瞳に宿っていることに愉悦が止まらない。

「ミラ」

「っ」

こういうときだけしか口にしない呼び名のおかげか、まだ何もしていないのに頬に朱が差し眼差しが蕩けたのがわかった。

「これからもミラがシたいと思ったらすぐに言って？　俺はそれを絶対に断らないから」

「ぜ、絶対……？」

「うん。絶対。だって俺は四六時中ミラを愛したくてたまらないから……」

そう言いながらゆっくりと顔を近づけると、苺色の瞳が嬉しそうに細まったのを見て目を閉じて唇を重ねた。


あ、ここにホクロあったんだ。知らなかったな。エロ……。舐めたい。

「アッ！　ひぁっ……っ、あぁっ!!」

俺の下で喘いでいるミラが可愛い。いや、ミラは俺の上で喘いでいても、後ろから突いているときも可愛い。

「んぅぅ……ァ、アリャ、しゃっ……アリャンしゃぁあっ」

あぁ、目が蕩けてよだれ垂らしちゃって口が回ってなくて「アリャンしゃん」って呼んでる。「アラン」と呼んでほしいと思ったけど「アリャンしゃん」がなくなってしまうのは惜しいな。

「んゅっ、ア、しゅきっ……ッアリャ、しゃっ……だいしゅ、きぃっ！」

細い脚を両肩に乗せ押し潰すように腰を打ちつけるとパンパンと乾いた音が寝室に響く。既に何発かミラのナカに吐き出したが、それは再び挿入した自身によって掻きだされてしまっている。

あまりの快楽にクラクラする。

ミラの細くて柔らかな体。

ミラの苦しそうな、でも甘い声。

ミラの潤みながら熱を持つ苺色の瞳。

ミラの白い肌から感じる甘くいやらしい匂い。

ミラのバターブロンドの髪から放たれる芳しい香り。

ミラの熱く蠢く俺を離さんと締め付けてきてくれるナカ。

それらすべてに興奮し、快感となり、中毒となる。

本当に、ミラは俺をすべて変えてくれた人だ。

「はゆぅぅっ……ッ、……んぅっ、ッひ……ァア」

「つぐ、……ッハ、……イッてるミラは何回見ても可愛いな」

律動を止めて脚を下ろしまだ息が整っていないミラを抱きしめると、小さい手が弱々しくもすぐに背中に回り、多幸感が体中を駆け巡る。

ミラのナカにいるというだけで気持ちいいし、ミラのナカに自分と自分が放ったものがあると思うだけで仄暗い愉悦を感じてしまう。――ミラベルは俺だけのものだ、と。

そう思いながら小さな体を押し潰すように抱きしめて肩口に顔を埋め匂いを嗅いだ。汗のおかげで濃くなった匂いがさらに甘い。コーヒーの香りも香水の香りも混ざっていない、ミラの匂い。

「ハア……幸せ」

「私も、幸せ……。アランさん、大好き」

「俺も大好き。ミラベル、愛してるよ」

図書館で決闘をした時、ミラをすぐに見つけたのは別にからくりなんてない。

——ただこの匂いを辿っただけだ。

ミラが図書館に来てくれた時点で香水をつけていないことがわかり、すぐにその香りを脳にインプットした。元より匂いにはかなり敏感な方だ。ミラの残り香なんて色がついているかのようにすぐにわかった。

見つけたときのミラの「なんで？」という顔、可愛かったなぁ……。

「ッヒア！　ナ、ナカ……おっきく……ッ」

昂ってしまったものがダイレクトに伝わったらしい。体も膣壁も蠕動して俺を締めつけてくることがひどく気持ちいい。

「また動くから、俺にしがみついていて？」

「うんっ……ヒギュッ!!　ぁあっ……は、げしっ……アラッ、さっ……んあぁぁ」

心配になるほど細い腰を掴みながら押し込むように腰を擦りつけると、甘く達しているミラの膣壁がねじ切ってくるかのような勢いで締めつけてきて、眩暈がするほど気持ちいい。

熱と快楽で蕩けたミラの目が涙で濡れている。あの悲しい泣き顔ではない、俺の好きな泣き顔。

もっと見たい。

もっと聞きたい。

もっと欲しい。

誰も知らないミラの声、ミラの顔、ミラの体。

俺だけが知っている。俺だけしか知ることがない。

誰も知らない、俺だけのミラベル。

あぁ、人を愛するとはこんなにも美しく、こんなにもドロついた澱(おり)のような感情なのか。

互いに見つめ合っていると、ミラの潤んだ苺色の瞳が愛しいものを見つめるように細まった。それが嬉しくてつられて笑うと、ミラが俺の頬に手を添えて優しいキスをしてくれた。

——……愛おしいな。

このまま朝まで愛し続けることになりそうだと嬉しく思いながら、俺を見つめてくれる苺色の瞳に応えるために、先に舌を絡めてから腰の動きを再開した。

エピローグ

たくさんの、ありがとう

背の高い豪奢な扉を前にして、フーっと大きく息を吐いた。

慣れない純白のドレスと高いヒールのせいで体が強張っているけれど、その不慣れさよりも緊張のほうが勝っている。

「ウィンウッド様。この先に新郎様がお待ちです。ご準備はよろしいでしょうか？」

「は、はいっ!!」

慣れない呼び名と「新郎様」という言葉に大きく胸が跳ねた。そんな私を女性スタッフさんが微笑ましそうに優しく見つめた後、大きな扉が開く。

その瞬間、眩しさに目を眇めた。

正面が一面のガラス張りとなっていて、その向こうには晴天の陽光を反射させるような青い海が空と二色の青を作りだしていて、その美しさに圧倒された。

真っ直ぐ伸びた真っ白な絨毯の先には私を優しく見つめるアランさんが白のタキシード姿で立っている。いつもの眼鏡はなく、綺麗に髪を整えている姿は涙を誘うほどにかっこいい。

じんわりと目頭が熱くなりながら一歩、また一歩と進み、差しのべてくれた手に手を重ねながら隣に立つと、高いヒールのおかげでいつもよりも美麗な顔が近く感じられる。

「ミラちゃん、すごく……すごく綺麗だ」

「アランさんも、すごく素敵……」

今日、私達は二人だけの結婚式をする。

海が一望できるこの教会には参列者も神父もいなく、本当に私達二人だけだ。

「え、えっと……誓いの言葉ってなんて言えばいいんだっけ。係りの人に教えてもらったのに緊張して忘れちゃった」

「思ったことを言えばいいよ。じゃあ俺から言ってもいい？」

「うん、ど、どうぞ」

緊張しまくっている私とは違ってアランさんはとても穏やかで落ち着いている。それを見て僅かに緊張が解れたが、いつもよりも数段かっこいいアランさんに結局ドキドキがおさまらない。

「教会にいるのに申し訳ないけど、俺、あんまり神様って信じてないんだ」

まさかの無神論から始まるとは思っておらず、声にこそ出さないが惚けた顔をアランさんに見せてしまった。

「本の中でだけたくさん冒険して、現実は幸も不幸もない平坦な毎日を消化して生きて行こうってずっと思っていた。だから結婚したいなんて思ったことすらなかった。……でも、そんな俺にある日衝撃が訪れた。スズ、という作家が書いた『ヌルヌルなのはムキムキのせい』っていうちょっとエッチな本と出会ったんだ」

神聖な教会で二人だけとはいえ独特な緊張感の中「ちょっとエッチ」というワードが少しおかしくてフフッと笑ってしまうと、アランさんが優し気に目を細めた。

「スズ先生は俺に読書の楽しさだけじゃなく、生きる楽しさを教えてくれた。消化する日々じゃなくて明日を楽しみに待つ日々をくれた。……それだけで本当に嬉しかった。だけどミラベル。君はそんな日々に鮮やかな色どりをくれた」

「……っ」

ジワリと涙が滲んだ。だけど俯かなかった。

「朝起きて君が隣にいる幸福を、君が俺に微笑みながら名前を呼んでくれる幸福を、家に帰って君が出迎えてくれる幸福を、君が俺に体を預けて眠ってくれる幸福を、君が俺を愛してくれる幸福を、俺はこの先一生、神様ではなくてミラベル、君に感謝して生きていく」

二人しかいない教会で、アランさんの心地のよい声が優しく響いている。

「俺と結婚してください」

「アランさっ……」

窓から射す柔らかな陽光がチョコレート色の瞳をいつもよりも明るく見せている。今伝えてくれた言葉以上の愛情がその瞳に宿っていて、それを向けられる幸福により一層視界が滲み、すぐに頰に一筋の涙道を作った。

喉がつかえて声が出ないかわりに滑らかな頰に手を添えると、背の高いアランさんが少し身を屈め、誰もいない静かな教会の中、私達は静かに唇を重ねた——。

私とアランさんが結婚したのは本当は数ヶ月前のことだ。

式は挙げなかったが、サルビアで友人を招いて結婚お披露目パーティーを済ませていた。というのも前世のような大々的な結婚式はお金持ちの人だけが行う行事で、私達のような一般市民は結婚式ではなくお披露目パーティーが主流なのだ。

だけどどうしても教会でウエディングドレスを着て誓いのキスを交わしたかった私は、色々調べに調べ、神父なしで新郎新婦二人だけでなら低予算で式を挙げられる教会を見つけた。衣装やヘアメイクの準備もあったことから意外と私と同じような考えの人も多いのだろう。

恋愛小説でもやっぱり結婚式エンドは王道で人気があるため、新婚旅行兼取材旅行として先日からアランさんと旅行している。

旅行のメインイベントである二人だけの式を挙げられて大大大満足となり、これから寝台列車に乗って帰るところだ。

「わぁ……!! 広い!」

案内された部屋は列車の中とは思えないほど豪華なものだった。

横幅いっぱいのベッドが奥に置かれ、手前にはテーブルと重厚なソファが置かれている。そして部屋の片側には壁一面といっていいほどの窓があり、今は停車しているが存分に景色を堪能(たんのう)できる。

元々はもう一段グレードの低いものを予約していたが、部屋が空いていたためご厚意で一等車に案内してもらえた。家具装飾も豪華だし、寝台列車には珍しい個室にユニットバスまで着いている。

「すごいね! アランさん!」

「ほんとだね。俺寝台列車初めてだよ」

「私も初めて! なんか帰るだけなのにワクワクしちゃうね!」

部屋の中ではしゃいでいると、そんな私を宥(なだ)めるかのようにアランさんが後ろから優しく抱きしめてきた。

「どうしたの？」

「ミラちゃんとの旅行、すっごく楽しかったからなんだか帰りたくないなって思って」

「私もすっごく楽しかった！　結婚式もありがとね？　取材のためでもあったけど本当は私がしたかったんだ」

「俺も綺麗なミラちゃんが見られて本当に嬉しかった。すごく思い出に残ったよ。むしろ提案してくれてありがとう」

「えへへ、でもほとんど私が行きたかったとこだったけどよかったの？」

「もちろん。ミラちゃんが楽しんでくれてるのを見るだけで俺は嬉しいから」

結婚してもやっぱりアランさん大しゅき♡

その後、暗くなるまで走行する景色を二人でゆっくり楽しんでから食堂車でコース料理に舌鼓（したつづみ）を打ち、部屋に戻って入浴を済ませゆったりとした時間を過ごした。

「そういえば前から少し気になってたんだけどさ」

「ん？」

ソファに並んでお茶を飲んでいるとき、最近少し伸びた私の髪をいじっていたアランさんがふと声をかけてきた。

「ペンネームのスズ、ってどういう意味？　由来ってあるの？」

「あぁ、スズは前世の名前だよ。鈴乃（すずの）っていう名前でね、スズはベルのことなの。私の名前にもベルが入っているからなんかいいな～って安直につけたんだ」

「そういえばミラちゃんは他の人からはベルって呼ばれてるよね」

「うん。だからミラって呼んでくれるのアランさんだけなんだ」

「俺だけ……」

噛み締めるようにそう呟いたアランさんに甘えるためにその肩に頭を預けると、すぐに大きな手が頭を撫で、その手はゆっくりと移動して親指で唇をなぞった。

そこから一瞬にして、甘い空気が部屋を支配した。

「ンッ、……っ、ふ」

唇が自然と引き寄せられるのは当然だろう。唇を重ね、食み合い、舌が絡み合う。

クチュクチュと唾液の交わる音が心地よい走行音の合間に聞こえてくる。煌々と輝く豪奢な照明のもと目を閉じたアランさんの艶美な顔がよく見えて、それがより疼きを加速させていく。

「アラ……さっ、ゥンッ」

「興奮しちゃうね。列車の中で、なんて。小説のネタになるね」

「ネ、ネタにして……いいの？」

「いいよ。むしろしてほしい。今日のことを本にしてずっと残してくれるなんて興奮するよ」

「もう！」

フフッと笑い合ってまた自然と唇が引き寄せられ、舌がクルクルと絡まるとアランさんの大きな手がムニュッと胸を揉んできた。

「ふぁっ……っぁッ、ひゃ……ンンッ」

キスをしながらの胸への愛撫の気持ちよさにダランと舌を伸ばしたままだらしない顔をしている

と、アランさんが嬉しそうにその舌を吸いとり扱いてきた。

　アランさんに舌を吸われると、それだけで子宮がキュッと締まってしまう。いつの間にか涙が滲み、心地いい苦しさにアランさんの服をギュッと摑むとチュポッと微かな音と共に舌が離れた。

「ふぁッ……はぁ、ァ、アャン、ひゃん……」

「ハハッ、可愛い」

　舌を吸われたことで口がうまく回らないことを揶揄うように笑われ、羞恥で体がまた熱くなっているとアランさんがいつの間にか服を開けていた胸に顔を埋めてきた。

「ヒウッ……っんん、ぁ」

　時に舐めているところを見せつけるように舌を出し、時に乳首を舌先で突き、そして時間をかけてねっとりと乳輪を舐めてくる。それに喘ぐ私を上目遣いで見てくることがまた恥ずかしい。

「アッ、アリャッ……しゃ、見ちゃ、だめぇ……」

「見ちゃダメなの？　俺はミラちゃんの夫なのに」

　美麗な顔の嗜虐的笑みが羞恥心を更に煽ってくる。

「愛する妻のすべてを見たいし、気持ちよくさせたい。俺にだけにその顔を見せてほしいし、俺の手で可愛くなるミラちゃんをずっと見ていたい。……だからもっと、いいよね？」

「〜〜〜っ、えっ……と、その……」

「ウエディングドレス姿のミラちゃんを見たときからずっと我慢してた。……もう我慢できない」

「っ」

　私もそう。タキシード姿のアランさんを見てからずっと疼いてた。

もう我慢できない。今すぐ挿れてほしい。アランさんに奥の奥までグチャグチャに突いてほしい。

アランさんも同じ気持ちだったんだ。早く、今すぐに……――。

「ア、アランさんっ、私も……」

「めちゃくちゃ舐めたいっ……！」

え、そっち？

アランさんは驚く私の体を嬉々として動かし、ソファの背凭れに手をつき少し屈んだ膝立ちにして、自分は床に座り頭だけをソファに預け当然のように秘裂を舐めてくる。

「ヒッ、ゃあっ……んく、ぅあ！」

腰が逃げてしまうことを咎めるようにお尻を揉んでくるせいで力が抜け、アランさんの顔に股を押し付けてしまう。

未だ照明は明るいまま。いつも暗い寝室で行う情事をこんな明るい部屋で行っていることが非日常を思わせて興奮してしまう。

「ヒャアアァッ……ぁ、ああっ」

「ミラ、列車の中だから多少の音は掻き消えると思うけど、もう夜で静かだから隣の部屋にその可愛い声が聞こえちゃうかもよ？」

「――っ!!」

「列車の中でこんなことをしてるってバレちゃうね」

「ツヤ、そんな……だめぇ……ッンゥ」

アランさんはエッチのときだけ意地悪だ。

普段は本当に優しくて優しくて蕩けてしまうほど甘やかしてくれるというのに、エッチのときだけこうして意地悪される。しかし私はそれすら喜んでしまっている。

「ほんと、ミラを、舐めるの、最高……」

「イッ……イッちゃ、ぁ……アリャンしゃぁ……っっ!!」

花芯を包み込むようにべったりと舌がくっついたと思った瞬間強烈な力で吸引され、そのあまりの快感に目の前がスパークしたように思えた。

いつも舐められているけれど、今日は特段気持ちいい。

イッた余韻が体に停滞し、ピクピクと痙攣するのを止められない。

ジュクジュクして、ホワホワして、ギュウギュウして、ムズムズする。

「はっ、ふ……ッハァ」

「あ〜〜可愛いなぁ、もう」

お腹に逞しい腕が回ったとわかった瞬間、伸し掛かってくるように後ろから強く抱きしめられ、アランさんが大きな体を屈ませて私の肩に顔を置いた。

「ミラは舐められるの、大好きだもんね？　すぐ濡れちゃうし、すぐイッちゃう」

「うぅ……い、いじわる……」

「あはは、それすごく可愛いからもっと言って？　ミラにいじわるってもっと言われたい」

「むぅぅ……」

「だからもっといじわるするね？」

「え？　な、なにするの……？」

恐る恐る訪ねるとアランさんはひどく愉しそうにニッコリと笑い、手を伸ばしたら届く位置にあるカーテンを摑み、人一人分ほど開けた。

「なっ……え、ちょっ……!!」

今は夜。列車内は明るい。

田舎道を走るこの列車内のほんのわずかなカーテンの隙間を見る者などいないだろうが、この明るい部屋は外から見たら目立ってしまっていることだろう。

「アッ、アランさん！　外から見えちゃう……！」

「誰も見てないよ。大丈夫、それにほら、見てみて？」

「あっ……」

夜の闇で真っ黒な窓には、少し湿った色気を放つ楽しそうな顔のアランさんと、自分では見たこともない見るはずもない発情した顔の私が鮮明に映っていた。

「あっ、や、やだ……見えてるよ」

「そうだね。鏡とまでは言えないけどミラの顔、ちゃんと見えてるよ」

「やあぁ、カーテン閉めてよぉ」

「このまま挿れたら、ミラが普段どんなに可愛い顔を俺に見せてくれているか、自分でも見えるね」

「なっ！」

まさかの鏡プレイ!?　そんなの書いたことないのになんでアランさん知ってるの!?

窓に映る自分の顔と、もしかしたら外で誰かが見ているかもしれないという気持ちが合わさって強烈な羞恥に心も体も震えてしまう。

恥ずかしい、だけどそれを遥(はる)かに凌駕(りょうが)するほど興奮している。

「――ミラは、ちゃんとわかっているのかなぁ……？」

あえて耳に声を注(そそ)ぐように囁(ささや)かれ、ビクッと肩が揺れた。そんな私をあやすように優しく優しく胸を揉んでくる。

「俺のをね？　グ～って挿れるときのミラはね？」

そしてまた囁く。

「すっごくエッチで」

暗い窓越しに目が合う。

「すっ……ごく可愛いんだ」

うっそりと微笑む表情が妖艶(ようえん)で甘美で、耽美(たんび)だ。

「ンンァッ!!」

その瞬間、秘裂に熱いモノを感じ、ソレがゆっくりと自分をなぞってくる。

粘った水音が脚の間から聞こえる。

欲しい。熱くて硬い、ソレが欲しい。

「すっごいグチョグチョだ。わかる？　ミラのヌルヌルが俺を濡らしてるの」

「アッ、や、はずか、しっ……」

渇きを覚えるような疼きが辛(つら)いのに、頭に靄(もや)が生まれるような快感に襲われる。

欲しくて、欲しくて欲しくて欲しくて、堪(たま)らない。

「アランさんっ……ぃ、いれてぇ……？」

「うん、素直で可愛い。ミラ、挿れてあげるから窓、見てて？」

優しい優しい声が甘い。

「ほら、挿れてほしくて堪らないミラ、すっごく可愛い」

「つや、……だ、誰かに見られちゃう……」

「大丈夫。ミラのエッチな顔を見ているのは、俺と、ミラだけだよ？」

鈴口が花芯をゆったりと擦り、頭がボーっとする快感を生んでいる。それに陶酔する私の事を黒い窓越しにアランさんが優しくも鋭く射抜いてくる。

その顔が、私はひどく好きだ。

意地悪をして楽しそうな顔。

艶美に微笑む嬉しそうな顔。

汗が滲んで少し苦しそうな顔。

たまに焦って赤くなる顔。

私をとても愛おしそうに見つめる顔。

それら全部大好きで、ずっと側で見ていたい。

「ふぁっ！　……っ、ンンッ」

熱い息が肩に当たったと思った瞬間に、待ちに待った刺激がそれはそれは遅いスピードでもたらされた。泣きたくなるほどの遅さで奥へと侵入する熱にゾクゾクする。

「〜〜〜っ、ア……リャッ、さぁ……んんっ」

「ナカ、きつっ……腰溶けそっ……っぐ、ハァ……ミラ、窓、見て？」

熱のこもった声を私に浴びせ、優しく顎を掬って正面を向けさせると、先程よりも数段だらしない顔の自分と、色香を放つアランさんの苦し気にも見える愉悦の笑みが黒い窓に映っていた。

「はゅぅ……」

「ほら、ね？　俺のを、咥えた、ミラが、一番エッチで、可愛い……でしょ？」

「アッ、アリャンしゃ……っ、しゅきぃ……」

「俺も好きだよ。ミラ、ミラベル。もっと俺の名前、呼んで？」

乞うような甘い声が耳元でする。

待ってほしい、今うまく言葉を紡げない。強烈な緩い快感が体に停滞して声が出ない。

ナカをゆっくりと押し進む熱杭を堰き止めるように締め付け、それが自身に快感を生んでいる。

そのまま子宮口に鈴口が到達したかと思うと抽挿が始まった。

だがその抽挿さえもひどく遅い。

そのせいで鈴口の出っ張りが膣壁を刺激していることが顕著にわかり、背筋がゾクゾクとしてしまう。

今日はとことん遅くするつもりらしい。激流のようなスピード感に飲まれる快感も、今日のような澱のように静かに快感が溜まっていくような感覚も、どちらも筆舌に尽くし難い気持ちよさだ。

「ミラ、名前、呼んで？」

「あっ……アラッ、さっ……アリャンッしゃ……アャン、ひゃぁああっ」

「ツハハ、俺の奥さんは可愛いなぁ。……ミラベル、もっと呼んでよ。俺もミラって呼ぶからさ」

顎が掬われ横向きにされると、一瞬アランさんのチョコレート色の瞳と目が合い、すぐに舌が絡まった。抽挿と同じようなゆったりとしたキスが苦しい。気持ちいい。気持ちいい。

「アラン、しゃんんっ……ぉ、奥っ、トントン、て……してぇ？　き、きもち、いぃ……よぉ」

「ハァ、エロ……」

するとシャッ、とカーテンの閉まる音がした。

「やっぱりこんな可愛いミラの顔を誰かに見られるかもしれないってのは我慢ならないや」

「だ、から恥ずかしいって……」

「うん。ごめんね？　でもミラのここはすっごく喜んでたよ？」

夜の淫靡さを兼ね備えた凄艶な表情を浮かべたアランさんが、ズップリと熱杭を受け入れている下腹部を人差し指でクルクルと円を描くように擽った。

「ツンンァ!!」

「あっはは！　すっごい締まった」

私を恥ずかしがらせるアランさんが好きだ。

私からキスをすると驚きながらも蕩けるような笑みを浮かべるアランさんが好きだ。

私はこんなにもアランさんのことが好きだ。

「ミラベル」

「ん……？」

「ミラベル」

「なぁに？」

「ミラベル」

「っフフ、なぁに？　――ァアアッ!!」

一際強く子宮口を圧され熱い声が出た。

だがやはり動きは遅く、だからこそこの淫靡な空気を肌で感じさせてくる。だけどアランさんの瞳には淫靡な中にもどこか鋭い真剣さが宿っていた。

「俺に人を好きになりたいって思わせてくれて、ありがとう」

「っ、はぁ……ッン」

「俺に人を好きになる気持ちを教えてくれて、ありがとう」

「……っ、ァランさっ」

「俺に人を愛する幸福をくれて、ありがとう」

「……っ」

ゆっくりとした抽挿が止まらず、うまく声が紡げない。アランさんの真剣な瞳と紡がれる言葉にジワリと涙が滲んだ。

「俺にミラと呼ばせてくれる特別をくれて、ありがとう」

「アランさんっ……ッァア」

「俺の重い気持ちを嬉しそうに受け止めてくれて、ありがとう」

待って。私も言いたい。いっぱい言いたいことがあるの。

アランさんに、アランさんにだけ言いたいこと、伝えたいことがあるの。

「アッ……アランさんっ……っ、すき……愛して、るの……」

もっとたくさんの言葉を贈りたいのに、今はこれしか言葉が出ない。

だけどアランさんは本当に嬉しそうに、でもほんの少しの涙を浮かべて笑ってくれた。それを見て私の目尻に浮かんでいた涙が、スルリと頬を伝わずに抱きしめてくれているアランさんの腕に落ちた。

「俺を愛してくれて、結婚してくれて、ありがとう。俺もミラベルを本当に愛しているよ」

キスをしながらアランさんが一番奥を穿つ。それによって生まれかけた声はアランさんによって飲み込まれていった。抜かれていくときも挿ってくるときもゆっくりで、それに翻弄される私を溶けそうなほどに熱い瞳が見つめてくる。……それがすごく嬉しい。

――ねぇ、アランさん。

私も同じことを思っているよ。

私を好きになってくれて、愛してくれて、大切にしてくれて、幸福をくれて、ありがとう、って。

だから後で、嬌声混じりにならないようにちゃんと言うよ。

私の大好きなチョコレート色の瞳を真っ直ぐ見ながら言うよ。

私がどんなにアランさんを愛しているか、ちゃんと言うよ。

だから今は、
朝が来るまでは、
この列車が着くまでは、
いっぱいいっぱい、私を愛してね、アランさん――。

番外編一

きっかけのロップイヤー

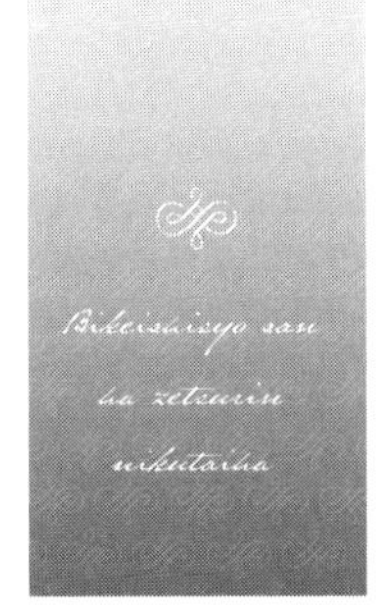

担当さんと新作の打ち合わせを終え、図書館へと続く道を歩いていた。

『ヌルムキ』スピンオフの売れ行きはかなり順調らしく、小規模のサイン会をしないかと提案されてしまった。今日は早く仕事が終わるというアランさんに相談してみよう。

書斎ができたこととアランさんを見に行くということがなくなったために、久しぶりに図書館の三階へと行くと、驚きで目を見張った。

（女の人、めっちゃ多い！）

三階はビジネス書や専門書が揃えられているため元々利用者も少なく、ましてやこんなに多くの若い女性が利用するところではない。この光景は異様だ。

しかも女性達は本を探す振りをしてチラチラとある一点に視線を送っている。悪い予感に襲われながら視線を辿ってみると、案の定、そこには私の大大大好きなアランさんがいた。

だけどアランさんはいつもと同じ恰好だ。

あえてボサボサにした黒髪、体の逞しさを見事に殺しているヨレヨレの服装、そして私が愛して止まないダサエロ瓶底眼鏡。うん。いつ見てもエロ可愛い。

ということはつまり、アランさんの魅力が世間にバレてしまったのだ！

しかし当の本人は我関せずといった様子で粛々と仕事をしている。だが急に私のほうに顔を向け、それまでの無表情が嘘のような花が咲いたような笑顔で駆け寄ってきた。

「ミラちゃん！　打ち合わせ終わったの？」

館内だから小声だがその顔にも声にも嬉しさが滲んでいるのがわかる。

アランさんがいつも私をすぐに見つけてくれるのは何故だろう。決闘のときだって、どうして私をすぐ見つけられたのか改めて聞いてみたら、「ミラちゃんの匂いを辿っただけだよ」と言われたが、匂いだけで居場所がわかるものなのだろうか。

「あと少しで終わるから待ってて？」

「うん。待つのはいいんだけど……その」

私が何か言いたげなことをすぐさま察したアランさんは、手を繋いでどこかへと案内してくれる。着いた先にある重々しい扉を開くと、そこは非常階段の踊り場だった。どうやら職員のちょっとした休憩場所らしい。

「何か言いたそうだけどどうかした？」

「あの、さ……なんか今日図書館がいつもと違ってない？　女の人が多いというか……」

「あぁ、最近若い女性が結構来るんだよ。本が目当てってわけではなさそうだよね」

「気付いてたの？　みんなアランさんを見てるよ！　きっと隠れファンかガチ恋勢だよ！」

「ガチコイゼイ？　は、よくわからないけど、俺に隠れファンなんていないってば。だってこんな恰好してるんだよ？」

少し手を広げて恰好を見せてきたが、そんなことされても私には何もかもがかっこよく、そしてエロ可愛くしか見えないのだが。

「それにあの人たちは確かに俺を見てるけど、俺を見てない感じがするんだよね」

「ど、どういうこと……？」

「ん～うまく言えないけど、ミラちゃんが心配しているようなことじゃないと思うよ」

「でも、仮にそういうのじゃないとしてもアランさんが心配なの……。だってアランさん、他人の、というか女の人の視線って苦手なんでしょ？」

瓶底眼鏡をかけ続けている理由は女性の視線を避けるため。それなのに今、その視線に晒(さら)されているのだから心配するに決まっている。

だけどそんな私の思いを一蹴(いっしゅう)するような明るい笑みをアランさんは浮かべた。

「自分でも驚いているけど全然平気なんだよね。まぁ視線の種類が違うってこともあるけど、やっぱりミラちゃんがいてくれるってことが強いのかも」

「私？」

「うん。ミラちゃんはどこまでも俺のことを救ってくれるね」

囁(ささや)くようにそう言ったアランさんは、そのまま私の頭や顔にキスをしてきた。一気に醸(かも)しだされる凄艶(せいえん)な空気に、容易(たやす)く体が熱を持ってしまう。

「あ～……今すぐ帰って『レン君をしたい』くらいミラちゃんが可愛い」

「レ、レン君はもうしちゃだめぇ！」

私達の間でいつの間にかできていた符丁(ふちょう)である『レン君をする』というのは、『全身を舐(な)める』ということを意味している。

以前、スミレちゃんの全身を舐め尽くさないと挿入しないという舐め犬のレン君の真似をしてみたところ、アランさんはとてつもなくお気に召したらしい。

だがわきの下とか足の指の間とかまで舐められるのは思った以上に恥ずかしく、丁重にお断りをしている。それが通ったことはないけど……。

「ミラちゃんが本当は嫌がってないこと、俺はちゃんとわかってるよ？」

「なっ、も、もう!!　とにかくお仕事に戻って!!」

そして何事もなかったかのような涼しい顔のアランさんと、少し頰を熱くした私は一緒に館内へと戻り、アランさんは「じゃあね」と私に声をかけてから元居た場所へと戻って行った。

粘りつくような強い視線を感じながら私も席に座ると、私とアランさんを見比べてはヒソヒソ話す声が聞こえてきた。

きっとさっきアランさんと一緒にいた私が恋人だとわかり、釣り合っていないとかアランさんエロ可愛いとかどうとか言っているに違いない。

こういうことは気にしてはダメだと自分に言い聞かせ、新作のプロット作りをしようとしたときだった。

「あの、もしかして、瓶底眼鏡の司書さんとお付き合いされてますか……？」

声をかけてきたのは、先程からずっとアランさんを見つめ、そして私達が一緒に戻ってきたときに強い視線を送っていた女性数人。みんな神妙な顔で私を見つめていた。

「はい……。してますけど……」

「っ!!」

その場にいた女性全員が息を呑んだのがわかった。

後ろにいた女性達は泣くのを堪えているかのように目頭を押さえていたり、口元を押さえ僅かに体を震わせている。

「あの、差し支えなければこの後少しだけ時間をいただけませんか？　できたら場所を移して……」

嫌な鼓動を感じながらも、それを悟られないよう静かに彼女達に頷いた。


呼び出しの定番というのはいつの時代も、そしてどこの世界でも裏庭である。そしてこれも呼び出しの定番、壁際へと追いやられ逃げられないようグルリと囲われてしまった。

きっとこれから罵詈雑言を投げつけられるのだろうと、正直めちゃくちゃビビッている。とりあえずいつビンタされてもいいように覚悟しておこう……。

だが彼女達は私に対して何かを言い淀んでいるかのようで、誰かが切り出さないか目くばせをし合っている。その様子からして、いきなりビンタがくり出されることはなさそうだと思い、ほんの少し安心した。

「あの、私に何か話があるのでは……？」

私のほうからそう切り出すと、先程話しかけてきた女性が意を決したように口を開いた。

「実は私達、あの瓶底眼鏡の司書さんのことを見に、ここに来ていたんです」

思った通り彼女達はアランさん目当てだった。こうなったら色々言われるよりも先に自分の言いたいことを言ってしまおう！

「あの！　私、アランさんのこと大好きで、それでアランさんも私のこととっても大事に思ってくれています！　確かにアランさんは何をしてても可愛いし、どこかエロいし、たまに抜けてるところもあるけどそれもやっぱり可愛いし、あ、でも頼りになるところもいっぱいあって、でもやっぱり可愛いし！　そんなアランさんのこと、私以外の人も好きになっちゃうのは当然です……。でも、私はどんなことをされようと絶対に、アランさんと別れたりなんかしませんからっ!!」

これで「じゃあ引き下がります」というほど単純な話ではないのはわかっている。

きっと何かしらの反論があるのだろうと身構えたが、彼女達は一向に喋らず、むしろ言葉を失ったように、またもや口元や目頭を押さえて体を震わせていた。

「ちょっ……と待って……」

すると噛み締めるように他の誰かが声を漏らした。

泣かせてしまったと思い、どうしたらいいかわからず慌てていると、リーダー格の女性が感極まったように渾身の思いを込めて言葉を漏らした。

「――尊いの供給過多っっっ!!」

何が何だか訳がわからず、とりあえずみんな一旦落ち着こうと大きく息を吐いた後、お互い名乗り合うことにした。

マーシャと名乗ったリーダー格の女性が急に自分の鞄の中を漁り始め、私の目の前に勢いよく何かを差し出した。

「実は私達、この作品の大っっっファンなんです!!」

その手に持っていたのは、見覚えのある我が家に何冊もある拙作『ヌルヌルなのはムキムキのせい』の本編とスピンオフの二冊だった。

「ヌルムキ……」

「ご存じですか!? この大傑作を!! お読みになったことは!?」

「ええ、まぁ……」

というか作者なんで推敲の時点で何十回、下手したら百回以上読んでいるんで。なんてことは言えず、曖昧に頷くと彼女達は嬉しそうにはしゃいだ。

「それなら話が早いです! あの瓶底眼鏡の司書さんってスピンオフの『レン君』にそっくりだと思いませんか!? ここの図書館もレン君が働く図書館そのものだし!」

確かにレン君は言わずもがなアランさんがモデルだし、レン君は司書という設定のためここの図書館をまんま参考にさせてもらっている。

「なので私達は聖地巡礼と実在の推しに会いに、ここへ通ってきてしまっているのです!!」

熱い。熱量がすごい……。先程とは違う意味で威圧感がすごくて圧倒されている……。

「えっと……ということは別にアランさんのことを異性として好きとかではなく……?」

「まさかっ!! 推しに不埒な感情など抱くはずがありません!!」

マーシャさんを始めとしてその場の全員が驚愕の表情と共に、私の言葉を全力で否定するようにもげそうなほどの勢いで首を振った。

「私達は『ヌルムキ』の彼らだけでなく、実写レン君も一生推していこうと、そう強く決意していたんです! それなのに今日、推し変せざるを得ない光景を目の当たりにしてしまって!!」

「え、まさかそれって、私……?」

「そうです!!　カプ推しとなってしまったんです!!　レン君が実在したというだけで感謝申し上げたいのにまさか『スミレちゃん』も実在していただなんて!!　だから私達、お二人に課金したいとは思いますけど、別れさせたいとか実写レン君さんとお付き合いしたいだなんて一切思っていません!!　むしろお二人の素晴らしき光景のほんの一部をたまにでいいので私達に見せてほしいのです」

「えっと、つまり……？」

「存分にイチャついてください！　私達の目の前で！」

「ひ、人前でイチャついたりなんてできませんよ！」

「じゃあイチャついているところを遠くから見守らせてください!!」

「それはただの羞恥プレイです!!」

「だって、お二人がイチャついている、それはつまりレン君とスミレちゃんがイチャついているということなんですよ!?　私達は公式のイチャつきが見たいのです!!」

「公式じゃないです！　非公式です！」

いやある意味公式なのかもしれないけど。いや、そもそも公式ってなんだ。

荒ぶりまくるマーシャさん達に再び圧倒され、落ち着かせようと近くのベンチに皆で座ることにした。全員が座れそうな長椅子のベンチを少し移動してL字にすると、当然のように真ん中に座らされ相変わらずみんなの視線を一身に浴びている。

「先程から情緒不安定ですみません……。推しを前にしたファンというのは、荒ぶることを抑えられない業を持っているものなのです……」

少々居心地の悪さはあるが、別に嫌ではない。アランさんとのことを応援してくれているのも嬉しい。何より自分の作品をこんなにも愛してくれるだなんて、アランさんのときも思ったけれど作者としてこの上ない喜びだ。

「あの、スミレちゃ……ではなくてミラベルさん」

マーシャさんとは反対側の私の隣に座っていた女性が、おずおずと声をかけてきた。確か先程ベルデと名乗っていた。

「お二人の出会いとか、好きになったきっかけとか、聞いてもいいでしょうか？」

「出会いは全然普通で、この図書館です。私は初めて見たときからいいなって思って、名前も知らないままアランさんを見たくてここに通ってて……」

改めてきっかけを聞かれるというのは結構恥ずかしいものだな……。けど決して嫌ではない。むしろちょっと話したい気持ちが沸々と湧いてきた。

「いいなって思ったのはなんでですか？　見た目？」

「見た目は……め、めちゃくちゃ好きですけど……」

本当は瓶底眼鏡筋肉のアランさんが好きどころか性癖ド真ん中を突いているとは、さすがに初対面の人には言えない。言ったら言ったで喜んでくれそうな気もするけど。

「あの……こんなことミラベルさんには申し訳ないんですけど、司書さんって結構地味じゃないですか。あっ、いや、私達は実写レン君として司書さんのことってても尊き存在と思っていますけどね!!　でもその、可愛いミラベルさんと少々釣り合っていないような……」

ベルデさんがとても言い辛そうに言葉を選びながらも直球で言ってきた。

アランさんの擬態は相変わらず成功している。素顔はあんなにもエロ美形で美麗筋肉を持っているというのに、周囲からの印象は「ダサい」「暗い」「地味」というものばかりだ。私はあの姿のアランさんが大好きなのだが、こういうことを言われると「アランさんの素顔はとんでもないぞ!!」と言ってしまいたくなる。

「私はあの眼鏡姿が可愛いなって思ってます。でもいいなって思ったのにはきっかけがあって」

「聞かせてほしいです!!」

そういえば、いいなと思ったきっかけを誰かに話すのは初めてかもしれない。別に秘密にするようなことでもないけれど、話すほど大したことでもないから誰にも言わなかった。

「私が、最初にアランさんをいいなって思ったのは……」

「――――そこまで」

突如として背後から声が聞こえたと同時に、大きな手によって優しく口を塞がれた。姿を見ずともわかる。この声、この手は、アランさんだ。それを確信してから振り返ると、仕事モードのままのアランさんが、私達が座っていたベンチの後ろに立っていた。

いきなりのことに私はもちろんマーシャさん達も静かに固まっているのだが、アランさんはマーシャさん達には一切視線をやらず、私のみを見つめている。

「ダメだよ、ミラちゃん」

「……え？」

「俺の知らない、俺とミラちゃんのことを、俺じゃない人に話すのは、ダメ」

これまでアランさんのことを散々エロいと思ってきたし、その色気に当てられてきた。だけどそれはすべて素顔でのこと。瓶底眼鏡をかけたアランさんは確かにエロいけど可愛いが勝っていた。

だけど今、彼は眼鏡をかけているというのに息を呑むほどに凄艶だ。

そのことにゴクリと小さく息を飲んだ。

「ご、ごめん……。でもマーシャさん達は私達のこと推してくれてて……」

「うん。でも、ダメ」

優しい笑みのはずなのに、どこかゾクリとするアランさんの纏う空気に当てられていると、急な浮遊感に驚いた。アランさんが私のことを軽々と抱き上げたのだ。

「帰ろ？　ミラちゃんがいなくなっちゃっててすごく焦ったよ」

「あっ、ご、ごめん……」

思えばアランさんに黙ってここまで来てしまっていた。せめて場所を移動するということだけでも伝えておけばよかったと思い反省すると、アランさんが「怒ってないよ」というように私の頭を優しく撫でた後に私を地面に下ろした。

するとアランさんはそこで初めてマーシャさん達の方に目を向け、それと同時に私を背後に隠すようにする。

「君たちも、もう、いいよね？」

「は、はいっ!!　もももももちろんですっ!!」

「そう。じゃあ俺達はこれで」

今まで聞いたことのないようなアランさんの冷ややかな声に驚いた。

そそくさと踵を返そうとしたアランさんが、冷ややかな声のまま「あぁ」と思い出したように立ち止まったかと思うと、眼鏡の僅かな隙間から視線だけをマーシャさん達に向けた。

「図書館へ来るのは構いませんが、読書や勉強以外の目的なのであれば来館頻度は控えてください。本当に利用したい方に迷惑なので」

「は、はい……すみませんでした……」

アランさんの冷たすぎる態度に、マーシャさん達が傷ついてしまったのではと心配するほどだったのだが、どうやら彼女達は「推しに叱られて幸せ!!」「有象無象に辛辣!!」「スミレちゃんにだけ激甘!!」「公式のファンサがえぐい!!」と多種多様に悶絶していたため大丈夫だろう。

アランさんに優しくも強く手を引かれながら、マーシャさん達に手を振って私達は足早にその場を後にした。


夕刻前に時間、私達は揃って家に帰ってきた。

そして早々にソファへと腰かけたアランさんは、当然のように膝の上に私を載せて、胸に顔を埋めるように強く抱きしめてきた。

「は、話、聞いてたの？」

「途中から少しだけね」

「びっくりしたよね。まさか私達を推してくれてるなんて。でも、よかった。みんなアランさんのこと異性として好意を寄せているわけじゃないみたいだから」

「だからそう言ったでしょ？　心配しなくてもそんな人いないよ」

私の胸に顎を載せたまま、アランさんが上目遣いで答えた。家に帰るとすぐに眼鏡を外すため今は素顔だ。

「でも、それだけじゃなくてアランさんにもちょっと驚いちゃった。マーシャさん達にちょっと冷たかったから……」

「ん？　俺別に怒ってないよ？　利用の仕方に注意はしたかったけどね」

「え？　そうなの？」

「俺はミラちゃん以外の前ではあんな感じなだけ。元々人付き合いが苦手だから愛想よくできないんだよね。それに好きな子と他の人への態度なんて無意識に変わっちゃうものだよ」

言われてみたら確かに初対面の人の前での自分、両親の前での自分、友人の前での自分、そしてアランさんの前での自分。それらすべて違う自分を無意識に使い分けている。

今のこんなデレデレな状態なんて、アランさん以外に見せたことがないし見せたくない。

「それより、ミラちゃんが俺をいいなって思ったきっかけ、聞きたいな」

「あ、う、大したことじゃないの。だから聞いてもガッカリすると思う……」

「いいよ。話して？」

あ、これ絶対譲ってくれないやつだ。そう思って潔く観念した。

だが本当の本当に大したことないため、アランさんの目を見ながら話すことができず、少し体を離して顔を逸らして俯いた。アランさんは私の意図を汲んでくれたのか、無理に顔を合わせようとせず自分の膝の上に座る私の手を優しく握った。

「初めて図書館に行ったとき……影絵を見たの」

「影絵？」

小さく頷きながら、アランさんの大きな手の甲にある筋を見ながら言葉を続けた。

「そのとき、いつもの席じゃないところに座ってたんだけど、すぐ近くの窓際に座ってた人の文房具か何かで上手い具合にうさぎの影絵が床にできてたの。普通の耳がピンと立ったうさぎじゃなくて垂れ耳うさぎの影絵が」

あれは『ヌルムキ』が発売され、思いのほか売れ行きがよく、次の話も書いてみようということになった頃だった。それまではずっと家で執筆していたけれど、二作目となる『緊〈筋〉縛してください』は調べ物が多い作品だったから、いっそのこと図書館で執筆しようと思ったのだ。図書館に通うようになったのはそれがきっかけだ。

「それでね、垂れ耳のこと別名でなんて言うんだっけなぁって思って。でも全然思いつかなくて、これはもう調べるしかないって思って立ち上がろうとしたとき、私の横にアランさんが立ってて、ボソッと『ロップイヤーだ』って呟いて……」

あの呟きは、アランさんの横にいた私にしか聞こえなかっただろう。だからこそ、あのときあの瞬間、私とアランさんだけの世界になったような感覚を、よく覚えている。

「もしかして、それがきっかけ……？」

「そ、そのときは同じことを思ってる人がいるってビックリしただけ！　でも、その後にアランさんがそのうさぎの影絵を踏まないように避けて歩いていたのを見て……。そ、それがきっかけ……」

たかが影。本来はただの床。

だけどそこにたまたま偶然生まれ、そしてきっと二度と現れるはずのないそのロップイヤーのうさぎを大事にしてくれた。すぐに太陽が動いてうさぎはいなくなって、あの一瞬だけ生きたうさぎを踏まないでくれたことが嬉しかった。その優しさに、胸が締め付けられたのだ。

「それでアランさんの姿を改めて見てみたら、その……め、めちゃくちゃタイプで……」

なんだろう……。なんだかめちゃくちゃ恥ずかしい。だって冷静に考えてみるとうさぎってなんだよ。影絵ってなんだよ。大したことないにも程があるよ。

「ミラちゃん……」

絞り出すような声が聞こえ、恐る恐るアランさんを見てみると、恐ろしいほどの無表情だった。

「えっと……どういう感情……？」

「ミラちゃんがあまりに可愛すぎて、俺の体がもげるかと思った……」

「どゆことっ⁉」

「そんな可愛いことを他の人に話そうとしていただなんて、本当に止めてよかったよ」

「あ、そういえば裏庭にいるってよくわかったね。随分探したでしょ？」

「探しはしたけど俺はミラちゃんの匂いならすぐ見つけられるから、大して時間はかからなかったよ」

決闘のときの真相を聞いたときも匂いを辿ったと言っていた。だけどアランさんに嘘を吐いている様子はない。だからといってすんなり信じられないけど。

「そんな疑うような目で見られるのは悲しいなぁ。俺はミラちゃん限定で嗅覚が敏感なだけ。それ以外の匂いを嗅ぎ分けるなんて絶対無理だよ。犬じゃないんだから」

「いやむしろ私の匂いを嗅ぎ分けられることが本当なら結構犬だよ……」

「ワンッ」

「はゆ♡」

可愛い♡♡♡　ワンちゃんアランさんしゅき♡♡♡

私の胸に顔をスリスリとして甘えてくる姿は、本当に大型犬のようでめちゃくちゃ可愛い。私の匂いだけ嗅ぎ分けられるというのはイマイチよくわからないが、こんなに可愛いワンちゃんならもうなんでもいい。

「さてと、愛しているご主人様のこと、もっと愛さないとね」

ちょっと飲み物でも取りにいこうかな、というような軽い口調でアランさんが私を抱き上げながら立ち上がった。

「えっと……つまり？」

「寝室、行こうか」

とてつもなくいい笑顔でアランさんが言った。なんとなくそういうことになるのではと予想していたし、もちろん嫌なんかではないけれど照れ臭さから何も言えない。

「あ、ちょ、ちょっと待ってアランさん。お、お風呂。お風呂入らせて」

「え？　ダメだよ」

「え!?　ダメなの!?」

驚いている間に寝室へと着き、すぐにベッドに下ろされアランさんが嬉々としながら私の服を脱がしていく。その手を止めようと摑んだが、当然のように止まってくれない。

「だって今からレン君をするんだから」

「えぇ!?　ダ、ダメ!!　というか仮にそれするなら余計にお風呂に入らないと……」

「うん、それなんだけどね」

私の服を脱がしているとは思えないほど、アランさんは平常時の口調で話す。その間に私の服は取り払われ、下着姿にされると、アランさんが今度は自分の服の釦に手を掛けた。

「この前レン君をしたときに思ったんだけど、お風呂に入ったらレン君をしても意味がないんだよね」

「ど、どゆこと……」

だが抵抗虚しく、アランさんに容易く押し倒されポスンという音と共に体がベッドに沈んだ。私に覆い被さるアランさんのシャツが開き、そこから盛り上がった胸筋と割れてボコボコとしている腹筋が見える。その下にあるボトムスを盛り上げている光景までもが。

それにまんまと目を奪われてしまっている私のことを、アランさんが嬉しそうに見つめて頬を撫でた。

「ねぇ、ミラちゃん。これはお仕置きでもあるんだよ？」

「お……しおき……？」

「あんな可愛い話をずっと黙ってて、しかも俺じゃない人間に話そうとしたんだもん」

「だ、だってあんなことでいいなって思うなんて恥ずかしくて……」

「あんなこと？　俺はむしろロップイヤーを知っていた自分を誇りに思うよ」

そんなこと誇りに思わないでほしい……。

「あ、で、でもさっきのはあくまできっかけだからね！　そりゃあアランさんの眼鏡はタイプで、それからずっと見てたけど、でもちゃんと好きになったのは、あの夜の図書館のときだからね？」

アランさんの見た目は瓶底眼鏡姿も素顔もめちゃくちゃタイプだけど、いいなと思ったきっかけも、もちろん好きになった理由も、アランさんの性格からのものだ。

外見に左右されてきたアランさんにとって、顔が好きというのはあまり褒め言葉ではないのだろう。だからこそきちんと伝えたい。私はアランさんの優しさが好きなのだ、と。

するとアランさんが「アハハッ!!」と楽しそうに声があげた。

「本当に、ミラは俺を煽るのが上手いなぁ」

「え?」

浮かべる表情は変わらず蠱惑的。

そして極めつきの「ミラ」呼び。こうなったアランさんを、私は今まで止められたことがない。

そしてこれからもきっと止められることはないのだろう。

「煽られたから、舐めるね」

「ちょ、ちょっと待って! ンンッ……!」

もう何も言うなというように、アランさんが舌を絡めるキスをしてくるものだから、こうなったらお風呂に入らずレン君をしたことを後悔してもらおうと思い、甘んじてアランさんに体を差し出した。

だが困ったことにお風呂に入らずレン君をしたことが、かなりツボに嵌まったらしい。そのせいでより辱められたのは言うまでもないのだった。

そしてもう一つ、我が家にやたらとロップイヤーのうさぎグッズが増えたことも、言うまでもないのであった。

番外編二

一生推します！

私の『ヌルムキ』との出会いは失恋がきっかけだった。

ずっと憧れていた相手がとんでもない駄犬野郎だったのだ。それがあって私は手当たり次第にハッピーエンドの恋愛小説を買い漁った。『ヌルムキ』はその中の一冊だった。

読み終えたときのあの恍惚とした余韻は、筆舌に尽くし難いものだった。

「ユウセイ君」の深すぎる愛は涙なしには読むことはできず、「ハルカちゃん」の健気な強さがさらに涙を誘う壮大な物語で、自分の失恋の痛みなんてあっという間に消し炭と化した。

それまで私は恋愛小説を読むとき、ヒロインを自分に重ねてヒーローとのラブロマンスを楽しんでいた。

だが、『ヌルムキ』に至ってはそんな楽しみ方は絶対にできなかった。

ユウセイ君がこんなにも魅力的なのは、相手がハルカちゃんだからだ。彼女でないと彼のよさが際立たない。後に『カプ推し』と呼ばれることを知ったその概念は、私の読書人生の中で革命だった。

そこから『ヌルムキ』にのめり込むのまでは早かった。

スズ先生の情報を逐一掻き集め、新刊はもちろん予約して初日に読破し、紙が擦り切れるほど読み返すから同じ本を何冊も買うことになり、想いを共有したくてスズ先生のファンクラブを設立した。

——通称『ヌル会』。

生きる潤いを与えし神の如き存在である、スズ先生を崇める信者の集いだ。

当然のように性癖も歪んだ。

それまで筋肉がある男性を特段好いても嫌ってもいなかったのに、スズ先生の素晴らしき表現力のおかげで、筋肉のある男性を愛でる楽しさという新たな扉を開くこととなった。

そこで気付いたが、自分の周りには筋骨隆々な男性がほとんどいない。

このまま実物を知らず己の拙い想像力だけでは物語を十全に楽しむことはできないのではと思い、すぐさま様々なスポーツ場や闘技場へと赴いて男性の体を舐めるように観察することにした。

それはまさに心の洗濯と表現していいほどに癒されるものだった。

細身でしなやかな筋肉、隆々とした見るからに固そうな筋肉、重厚感と威圧感がある筋肉。それらすべてその肉体を持つ男性の努力の結晶だと思うと、崇めたいような気持ちになって何度感涙にむせんだかわからない。

と同時に、一口に筋肉と言っても様々な付き方があることに気が付いた。体質というのもあるだろうが、同じ競技をしている者同士だと筋肉のつき方が似ているのは何故だろう。

そんな疑問を解決するため近くにある有名な大図書館を初めて訪れたとき、そんな疑問などどうでもよくなるくらいに驚愕する出来事と遭遇した。

そこは『ヌルムキ』スピンオフで、レン君が働く図書館にとても似ていたのだ。

もちろん小説なのだから細かいところはわからないが、文章から察せられる間取りであったり、階数や庭園迷路まであることが一致している。

もしかしたらスズ先生はこの図書館を参考にしたんじゃないだろうか。そう思って、館内を堪能（たんのう）しながら目的の人体の図鑑を探して三階へと辿（たど）り着いたとき、衝撃という名の雷に全身が襲われた。

（レ、レ、レ……レン君がいるっっっ!!）

ボサボサ頭にヨレヨレシャツ、見るからに陰鬱（いんうつ）としていて極めつきは瓶底眼鏡（びんぞこめがね）という、司書さんがいたのだ。

私は泣いた。その場で声も上げずに泣いた。

似ているとか、そんな次元ではない。あれは〝実写〟だ。

レン君というキャラは、ボサボサ頭にヨレヨレのシャツに瓶底眼鏡をかければ誰だってなれるようなキャラでは断じてない。それはもちろん彼が眼鏡をとれば、たちまち目を奪われるほどの美形だからという点もある。だが違う。

レン君にはヤンデレ故の自己肯定感の低さと、だからこそスミレちゃんに愛されたい、見てもらいたい、自分のものにしたいという素晴らしき粘的（ねんてき）執着心がある。

図書館にいた彼は、うまく表現することができないが、その自尊心の低さとヤンデレ味を持っているように思えてならなかった。

すぐさま緊急招集をかけて『ヌル会』のメンバーを集め、この図書館がもしかしたら『ヌルムキ』の聖地かもしれないということと、件（くだん）の彼のことを興奮気味に早口で話した。

だが皆からは一様に懐疑的な反応が返ってきた。

「あの崇高なレン君を体現した人間なんていないよ。疲れてる？　甘い物でも食べな？」

そう言ったのは、自称「レン君に貢ぎたいと思っている女ナンバーワン」のマーシャ。基本的に私たちはスズ先生の作品であれば作者含めて愛している、いわゆる『箱推し』というものなのだが、多少の差異はある。マーシャは僅差でレン君を頂点として崇めていた。

「そうね……。私もにわかには信じられないわ」

そう話したベルデちゃんが儚げな雰囲気を醸し出しながらそう言った。彼女は見た目にそぐわず『ヌル会』でナンバーワンのゴリゴリの筋肉フェチでもある。

中途半端なクオリティのレン君を見るくらいならイラストで脳内変換した方が遥かにいい、というのがみんなの総意だった。だがここで引くわけにはいかない。

「もし、あの司書さんを見て、レン君の実写じゃないと感じたなら……私を『ヌル会』から除名して」

「しょ、正気⁉」

この『ヌル会』のメンバーは友達というより仲間や同志と言った表現が近い。

それを抜けるというのはすなわち、皆で乗る船から一人下りて筏に乗るようなもの。どんなに胸を締め付けられるトキメキを供給されても、周りには誰一人としていない。

ただただ性癖という名の波に流され、自分がどこへ行ってしまうかわからず、そこで見つけた新たな扉という名の島を見つけたとて無人島。結局は孤独なのだ。

同じ作品を読んでいたとしても、最推しが違うように性癖だって多少の差がある。これらを談義する楽しさがある。私はスズ先生が作ってくれたこの縁が大好きだ。その縁を担保にしてもいいと思えるほど、彼女たちにあの司書さんを見てほしい。

「……わかった。行こう」

そう言ったのはマーシャだった。

レン君を最推しとしている彼女がそう言ったのなら、従わざるを得ない。その一言を機に司書さんを見に行くことが決定した。


後日、実際にみんなで図書館を訪れ、初めは聖地巡礼から行った。

二人が初めて出会った日に一緒に歩いた庭園迷路に、野外プレイを始めたカップルがいたガゼボ。得体のしれない男から引き離した背の高い本棚が並ぶ小説コーナー、二人が並んで歩いた長い階段。

まるで自分達が作品の中に入り込んで、モブとして登場しているかのようで感動し続けた。もちろん私は来館二度目なわけだが、やはりみんなと一緒に感動を分かち合うというのは違う楽しさと喜びがある。

だが今日の本当の目的は聖地巡礼ではなく、実写レン君を見ることだ。

だが一階二階と館内をくまなく探すが、お目当ての彼を見つけられず、もしかしたら今日は休みなのかもしれない、そう思って最後にみんなで三階へ再び上がったとき、――レン君がいた。

みんなが言葉を失った。

夕陽に染まった厳か（おごそ）で静かな館内で、大量の本を軽々と持ちながら本棚に並べているその彼は、まるでこの場の空気を支配しているように感じられた。

二度目の私でもこの衝撃だ。きっとマーシャ達にとっては相当のものだろう。あまりの衝撃にその日はそのまま解散することとなった。

一度尊さを知ってしまったら最後、ズブズブに深みに嵌まるのがファンというもの。それから私達は図書館に通う日々を送ることとなった。


人間の欲というのは恐ろしいもので、こうも素晴らしい実写レン君が存在していると、彼の執着心を一身に浴びているヒロインのスミレちゃんが欲しくなってきてしまう。

かといって自分達の誰かがスミレちゃん役になるなど愚の骨頂。というかそんな気さえ起きている者はいなかった。神の隣におわすのはやはり神でなくてはならない。

だが仮に実写スミレちゃんがいたとしても、実写レン君と恋仲になってくれるなんてそんな都合のいいことは考えられなかった。

そもそも実写レン君は男としての魅力にどうにも欠けているように思う。いや、私達は実写レン君のことを崇めているのだが、崇めているだけで正直女として食指は動かない。

贅沢とも傲慢ともいえる思いを抱きながら、今日も推し活のために図書館を訪れた。

そうして私達に、第二の奇跡が起きた。

いつものように図書館の三階へと行き、実写レン君の仕事姿を崇め奉っているときのこと——彼が、突如としていつもとは一変した明るいオーラを纏って三階の入口へと駆け寄っていったのだ。

一体どうしたのだとその姿を目で追うと、実写レン君が向かったその先にいたのは一人の可愛らしい女性。その姿を見て、私は、いや私達はあまりの衝撃に棒立ちになった。

スミレちゃんだ……。実写スミレちゃんがそこにいたのだ。

正直言って、ここが図書館でなければ叫びたかった。

なんだ。なんなんだ。あの神々しい二人は!?　それに実写レン君の変わりようがすごい！

そうするうちに実写スミレちゃんと手を繋いだ実写レン君が彼女をどこかへ連れて行ってしまった。眩しすぎる二人がいなくなった途端、それまで皆息を止めていたらしく「はあぁぁぁ」と大きく息を吐いた。

「召されるかと思った……」

私が思わず呟いた言葉に皆首を大きく振って頷いた。そして皆同じ思いを抱いていた。

実写スミレちゃんが存在する今、実写レン君をこそこそ『推し活』するというのは彼女に失礼だ。であれば、きちんと許可を取って『推し活』をしよう。

それが真のファンであり、信者というものだ。

そして、私達の推しはやはり神だった。

『推し活』の許可もいただいて、なんなら実写スミレちゃんがどれほど実写レン君のことが好きか生演説してもらい、最終的に実写レン君の独占欲剝き出しファンサ睨みをいただいてしまった。

それから図書館へ訪れる頻度を減らしながらも、私たちは密かに『推し活』を続けていった。

――それから数ヶ月後。

今日は『ヌルムキ』を刊行している出版社から登録会員宛てに、新刊情報やイベント情報のお知らせが届く日だ。

まだ『ヌルムキ』スピンオフが発売されてからそんなに日は経っていないから、新刊情報は望めそうにないなと、少々冷めた気持ちでお知らせを見て、私は思わず叫んだ。

「おんぎゃ――――!!」

ここで叫ばずしていつ叫ぼうか。

何度も何度もお知らせを読み返しては、自分が認識した内容で合っているのかを確認した。だが、やはりどう見ても合っている。そこには大きくこう書かれていた。

『大人気「ヌルヌルなのはムキムキのせい」の作者、スズ先生によるサイン会開催が決定!!』

そう、サイン会。サイン会が行われるのだ!! 行かないという選択肢(せんたくし)など万死(ばんし)に値(あたい)する。だがその大きな見出しの下に小さくこうも書かれている。

『尚(なお)、数に限りがあるため参加者は抽選により決定します』

神に会いたければ己の運の強さを証明しろというお達しだ。

応募方法はお知らせと一緒に入っていた手紙にサイン会参加希望の旨(むね)を書いて返送するというもの。当選者には後日、整理番号が書かれた参加券が届くらしい。

もちろんその日のうちに応募をしてそれから数日後、待ちに待ちすぎて失神しそうだったところにようやく手紙が届いた。

『おめでとうございます。サイン会参加券を同封します』

そう書かれていた手紙には、整理番号「二番」と書かれていて、あまりの喜びに踊り続けて死ぬかと思った。


サイン会当日。

あまりの緊張で手汗はもちろんだが背中の汗もひどい。こんなんじゃスズ先生に汗臭いキモい奴と思われてしまうかもしれない。そう思うと余計に汗が止まらなかった。

サイン会というものに初めて来たが、こんなにも静かなものなのだろうか。それとも私があまりの緊張で周囲の音を拾えていないのだろうか。もうそんなことすらわからない。

この会場に、というよりこの薄いパーテーションの向こうにスズ先生がいる。そう考えるだけで泣きそうになるほど嬉しい。

「では、これよりスズ先生によるサイン会をはじめまーす。一番の方どうぞー」

その瞬間、たとえようのない緊張感がその場を支配した。

前にいた人がいなくなり、最前列となるともはや全身が心臓になったのではと思うほどだった。周囲が静かなのか、鼓動がうるさすぎるのかも判断できない。こんな状態でスズ先生のご尊顔を拝謁していいのだろうか。不敬罪で斬首されるのではないだろうか。

「次の方、どうぞー」

次の方、一番の次。ってことは二番。つまり私だ。

もう何をどうしたらいいのかわからないまま、震える脚を進め、顔を上げた瞬間、私は人生で三度目のドでかい衝撃を覚えた。

「あれ？　あなた……」

実写スミレちゃんが……ミラベルさんがいたのだ。

「え？　え!?　ス、スミレちゃ……え？　ス、スズせんせ……えぇ!?」

「あのとき、裏庭にいた方ですよね。驚かせちゃってごめんなさい」

「え!?　わ、私のこと、覚えて……!?」

私はあの裏庭での出来事の際、何も喋れなかった。スミレちゃんが実在して、目の前でスミレちゃんが喋っているという現実を受け止めるのに必死だったのだ。

それなのに、私のことを覚えていてくれたなんて……。

絶対に泣かない。最低限これだけは守ろうとそう思っていたのに、色々な衝撃が重なってもう涙を止めることができなかった。

そんな私を心配してなのか、ミラベルさんは立ち上がって優しく肩を撫でてくれた。そんなことされたら余計に泣く。だって神で実写で公式の人が自分に触っているのだ。泣くに決まっている。

「わ、私……ほ、ほんとに、好きで、えと……先生はスミレちゃんで、だから司書さんはレン君で……えと、えと……」

「うん。うん」

言おうと思っていたことも、カンペの存在すらも忘れてもう自分でも何を言っているかわからない。自分でもキモいとわかっているのに、この挙動不審を止められない。

なのにスズ先生は優しい眼差しで私を見つめながら相槌を打ってくれている。

「い、一生推します!!」

それは会場に響き渡ったのかと思うほどに大きな声だった。

「スズ先生のこと、お二人のこと、一生推します!!　私にこんな気持ち、抱かせてくれて、あんな素敵な作品、書いてくれて……ほんとに、本当にありがとうございます。一生、大好きです……!!」

もっとたくさんの思いが胸の奥から湧き上がっているのに、それを表す言葉はなく、ただただ涙と嗚咽だけが溢れていた。そんな気持ち悪い私のことをスズ先生は厭うことなく、むしろ目を潤ませながら私の手を取ってくれた。

「ありがとうございます。本当に。そんなにも愛してくれて、本当に嬉しいです」

「～～っ!!」

違うの。お礼を言いたのはこっちなの。

そう言いたかったが、スズ先生の後ろにいたスタッフさんが「先生、サインを」と催促したために伝えられなかった。後ろにはまだまだ私のようなファンという名の信者がいる。私に長い時間を費やすわけにはいかない。

ずっと持っていて温まってしまった本を急いでスズ先生に渡した。

「えっと、お名前聞いてもいいですか？」

「ソ、ソ、ソフィーです！　ソフィーと言います！」

私が新たに買った『ヌルムキ』スピンオフの見返しのページにスズ先生が少し慣れない手つきで『ソフィーさんへ』という文字の下にサインを書いていく。

そして私のボロボロの顔を真っ直ぐ見つめながら本を渡してくれた。

「ソフィーさんに一生推してもらえるよう、私もがんばりますね。……あ、そうだ」

もうすでにいっぱいいっぱいな私に少し近づいて、スズ先生が耳元で囁いた。

「私がスズだってこと、きっと知りたくない人もいるだろうから、お仲間さん達には秘密にしてもらえると嬉しいです」

「も、も、もちろんです！　で、でもレン君は先生がスズ先生なことは知ってるんですか？」

「知ってるし、なんならアランさんはスズファンなのでめちゃくちゃ応援してくれてますよ。それどころかさっき……いや、なんでもないです」

「？」


それからも、私達は『推し活』を続けていった。

スズ先生の新刊チェックはもちろん、たまに図書館へと通い本を読みながらも実写レン君を観賞し、たまにやってくるミラベルさんとの甘い雰囲気に尊さを感じながら。

スズ先生がミラベルさんだということを、私は誰にも話していない。『ヌル会』の仲間に秘密を持つのは心苦しいが、スズ先生たっての希望なのであれば従わないという選択肢など私は持ち合わせていないのだから。


後日。

スズ先生に関することで一つ気になる噂（うわさ）が流れた。

先日のサイン会の最前列にレン君のような出で立ちの男性が並んでいたという噂（うわさ）だ。

その男性が誰なのかを『ヌル会』に属している者は容易に想像でき、皆「実写レン君がサイン会に並ぶなんてなんで!?」と混乱しながらも興奮していた。

そんな貴重な光景をまったく覚えていないことに泣き叫びながらも、彼がどうしてサイン会に行ったのか、その理由を知っているのはきっと私とスズ先生だけという事実で私は自分を慰（なぐさ）めたのだった。

あとがき

この度は「美形司書さんは絶倫肉体派　ヌルヌルなのはムキムキのせいで溺愛されました!?」をお読みいただき誠にありがとうございます。冬見六花と申します。

「美形司書さんは絶倫肉体派」はムーンライトノベルズ様に投稿していたお話です。

今作を書くきっかけはＷＥＢで違うお話を書いていたとき、そちらがあまりにもシリアスな展開のお話だったため「とにかくエッチなラブコメを書きたい!!」という煩悩だらけなことを思いたったからです。

私はタイトルを最初に考えるタイプなので、「司書さんは肉体派」というシンプルなタイトルで本文を書き始めました。だけどどうにもタイトルがシンプルすぎるのと「絶倫」という言葉を入れたいなと思い始め、どうにかねじこんで正式に「美形司書さんは絶倫肉体派」というタイトルに決めました。

当初はアランとミラベルを図書館の中でエッチさせようと結構強めに思っていたのですが、やはり公共の場でそういうことはよくないと、何故か急に常識人の自分が現れたので、二人には図書館ではイチャイチャさせるだけで終わらせました。二人共ごめんね。

アランはスパダリヒーローにしたくなくて、ポテンシャルだけ持っているヘタレでオタクなヒーローにしたいと思って書いていました。結果として彼はエッチだけスパダリな溺愛執着変態ヒーローに育ってくれました。

そんなある種の変態怪獣を作り出してしまったミラベルは、自分としてはとっても好きなキャラです。とにかく元気に可愛くしゅきしゅき言って欲しかった。これに尽きます。

割とツッコミ役もしてくれるヒロインになりまして、そのせいかアランの暴走に拍車がかかるという好循環となってくれました。

作中作である「ヌルヌルなのはムキムキのせい」は特に何も考えずふと思いついたものですが、想像以上に多くの方から愛された作品となり、「読みたい」というお声も多くいただいたのでとても驚きました。

ヌルムキの登場人物であるユウセイ君とハルカちゃんですが、日本人の名前にしたのは単純に私が混乱するから、というのをここで白状させていただきます。

洋風の名前にすると本作の主役であるアランやミラベルとごちゃ混ぜになって、書きながら誰が誰だかわからなくなる自信しかなかったもので。

そんなこんなで書き始めた美形司書さんですが、初めて「キャラが勝手に動く」というのを感じた作品でもあります。

一読者でいるときは、そう作者さん達がおっしゃっているのを聞いて「自分で書いているのにどういうことなんだろう?」と不思議に思っていましたが、今作はまさにキャラが勝手に動きまわりました。特にアラン。彼は本当によく動いた。

その結果が決闘かくれんぼです。あれには自分でも驚きました。素直に「アランは一体何を言っているんだ」と思いながら書いたのをよく覚えています。

だけど今となってはとってもお気に入りのシーンとなりました。勝手に動いてくれてありがとう、アラン。

最後に書籍化の打診をいただき、最後まで一緒に駆け抜けてくれた担当さんに感謝申し上げます。ちょっと悩んでいた部分などを相談した際なんかは、バシッとお答えをいただけて感謝しかありません。

また、今作のイラストを担当してくださった逆月酒乱先生、本当にありがとうございます。逆月先生のことは以前から存じ上げていたので、担当さんから逆月先生にお願いしたいと考えていますと言われたとき、「あの筋肉描写が素晴らしい逆月先生に描いてもらえるの!?」と狂喜乱舞しました。

今作に関わってくださった皆さま、WEB版から応援してくださった皆さま、そして今作をお手に取ってお読みくださった皆さま、本当にありがとうございます。

今作が皆さまの心のほんの片隅にでも残ってくれれば幸いです。

最後までお読みいただき、ありがとうございました。

冬見六花

本書は「ムーンライトノベルズ」(https://mnlt.syosetu.com/top/top/)に
掲載していたものを加筆・改稿したものです。
この作品はフィクションです。実在の人物・団体・事件などにはいっさい関係ありません。

●ファンレターの宛先
〒102-8177 東京都千代田区富士見 2-13-3 eロマンスロイヤル編集部

美形司書さんは絶倫肉体派
ヌルヌルなのはムキムキのせいで溺愛されました!?

著/冬見六花
イラスト/逆月酒乱

2023年8月31日 初刷発行

発行者 山下直久
発行 株式会社KADOKAWA
〒102-8177 東京都千代田区富士見2-13-3
(ナビダイヤル) 0570-002-301
デザイン AFTERGLOW
印刷・製本 凸版印刷株式会社

●お問い合わせ
https://www.kadokawa.co.jp/ (「お問い合わせ」へお進みください)
※内容によっては、お答えできない場合があります。
※サポートは日本国内のみとさせていただきます。
※Japanese text only

ISBN978-4-04-737626-7 C0093 Printed in Japan
定価はカバーに表示してあります。